向继东
主编

周实

著

有些话语
好像云朵

山西出版传媒集团 北岳文艺出版社

· 大原 ·

**图书在版编目（CIP）数据**

有些话语好像云朵 / 周实著. —太原：北岳文艺
出版社，2022.9
（香雪文丛 / 向继东主编）
ISBN 978-7-5378-6611-8

Ⅰ.①有… Ⅱ.①周… Ⅲ. ①随笔－作品集－中国－
当代 Ⅳ.①I267.1

中国版本图书馆 CIP 数据核字 (2022) 第 156049 号

# 有些话语好像云朵

周实 著

//

| | |
|---|---|
| 出品人<br>郭文礼 | 出版发行：山西出版传媒集团·北岳文艺出版社<br>地址：山西省太原市并州南路 57 号　邮编：030012 |
| 选题策划<br>谢放 | 电话：0351-5628696（发行部）　0351-5628688（总编室）<br>传真：0351-5628680<br>经销商：新华书店 |
| 责任编辑<br>吴国蓉 | 印刷装订：山西人民印刷有限责任公司 |
| 书籍设计<br>张永文 | 开本：890mm×1240mm　1/32<br>字数：285 千字　印张：11<br>版次：2022 年 9 月第 1 版 |
| 插　画<br>陈新 | 印次：2022 年 9 月山西第 1 次印刷<br>书号：ISBN 978-7-5378-6611-8<br>定价：58.00 元 |
| 印装监制<br>郭勇 | 本书版权为本社独家所有，未经本社同意不得转载、摘编或复制 |

# 总序

香雪是广州地铁6号线的一个终点站名。近几年，常往返于6号线上，每每听到这个报站，总觉得有味。有时顺手拿一张地铁线路示意图看，一个个站名过一遍，唯觉得香雪这名儿富有内涵，让人遐想。

记得还是二十世纪八十年代，曾参加一次文学讲座。一位诗人教导我们如何作诗，他顺口溜出几句写雪的诗："江山一笼统，井上黑窟窿。黄狗身上白，白狗身上肿。我就去打酒，一脚一个洞……"显然，前四句是唐人张打油的《雪诗》，后面也许是他随意发挥的。他说这首诗，好就好在全诗没有一个"雪"字。作为一个客住之人，我对粤文化所知有限，不知当地是否有咏雪的诗篇遗存；即便有，也不会很多吧。

广州是个无雪之城。每年冬天，要看雪，只有北上远行。市郊有广州海拔最高的白云山，冬天，偶尔也会飘几粒雪花，但落地即化。香雪之名缘何而来？后来才知道是萝岗有一香雪公园。旧时，广州也有"羊城八景"之说，香雪自然名列其中。羊城人喜欢雪，就因为无雪吧。

由广州人好雪，我联想到一个有趣的问题：凡生活中没有的东西，人们总是越想得到。譬如一个美好的愿望，其实就是一种精神诱导，或叫一种心理安慰剂，尽管如镜花水月，而有，总比无好，画饼还是要的。未来是美好的，现在吃苦受累，就是为了将来。天堂并不是虚妄的。我是个过了耳顺之年的人，河东河西，一生也算见过不少，如要追溯这传统，恐怕比我辈年长，只是觉得于斯为盛罢了。

香雪之所以拿来做了丛书名，也是一时想不到更合适的。这套丛书分A版、B版两个系列，各有不同。至于能做到多大的规模，还真不好说。唯愿读者开卷有益，也愿香雪能带给人们不一样的遐想。

是为序。

向继东

二〇二二年三月于广州

# 目 录

# 开头的话

那天，他突然有所觉悟，问：你没觉得和我闲聊是浪费你的时间吧？

我说，怎么会？我说即使和他瞎扯也算不得是浪费时间。

何况我喜欢和他瞎扯，同时喜欢浪费时间，时间如果不浪费，又能够做什么用呢？

何况，令人烦恼的是，我们常常不能不把我们可以浪费的时间浪费在不值得为之浪费的事情上，也就是讨厌的事情上。

闲聊虽然是浪费时间，但和他闲聊却是很好地消费时间，和沉思一样有益于身体。

他说谢谢我，听我这样说，他真的很高兴。他说他也很喜欢和我一起浪费时间。说罢，他又说，不得不承认，凡事都会有两个理由，一个好理由，一个坏理由。

我说他说得很正确，人是最会找理由的。哪怕就是做坏事，也能找到好理由。

那么，人做好事呢？

你若想要找，也可以找到坏理由。

# 相逢能让万物归一

## 天上人

长沙的高楼越来越多。

有天去参加一个聚会，就在一栋大楼的顶层。

他对我说站在这里可以看到大半个城市，他的感觉就好像这个城市属于他了。

我说我现在很愉快，我的感觉就好像冬末的太阳和白云让我年轻了好几岁，我不想谈论严肃的话题。

这是严肃的话题吗？他感到很诧异。

难道不是吗？我笑着说他：还是年轻人心态呀！雄心勃勃。这个城市属于你？你是想这城市的女人全都属于你吧？

我哪里敢这样想呀！他也笑了，脑壳直摇：莫开玩笑，莫开玩笑。

我哪里开玩笑了？我还不晓得你吗？

嘿嘿，嘿嘿，你知道，我这人，历来是，弱水三千，只取一瓢。

那也只在某一空间，或者某一时间段内。

好吧，好吧，随你说吧。倒是你，为什么，这样喜欢晒太阳，这样迷恋看云朵？请将目光朝下吧，看看人间烟火啊！

人间烟火天天看，看腻了。好不容易来到了这个空旷的半空中，你就让我安静地想象一下天上人吧。

那我也来做一回你所说的天上人。说着，他也放眼望去，嗯嗯嗯地感叹起来，真不错，这风景，确实是种享受啊。

## 还要如何

你觉得吗？他对我说，为什么有的人看起来总是那么优雅，那么迷人，而实质上他们本应让人觉得讨厌才对。

我说只是遗传的缘故，没有什么特别的原因。

我说我在很久以前曾经采访过一个名人，也就是他所说的这种人，也就是大家心里面都想成为的那种人。当我面对他的微笑他的衣着他的眼神时，我无法按捺自己的嫉妒。我感觉那嫉妒从胃的深处涌上来，就像夏日的热浪一样，让我全身都在沸腾。那时，我真无法否认：我也想成为他，成为和他一样的人。

现在你——已成了——成了和他一样的人。

我说：你不用嘲笑我。我知道自己什么样子。虽然有了一把年纪，还有自己的事情做，别人嘛也认可你。虽然有了一些肚皮，但是双臂还很结实，目光也可算得犀利。已经过了不顺的日子，但是腰也有了问题，并开始去看前列腺。不要多久这膝盖就可能软弱无力了。

他说算了，算了，算了，越听越没有搞头了。

我说，能够混成这样，一个人还要如何呢？

## 天　乳

有画家说画乳房如同画一只牛奶罐，形状和那色调的对比才是画笔的关键之处。

我问他，在说这话时，有没有想到她的乳房？

谁的？

她的！

他明白我在问谁的。他说你想象不到的，还是那种小女孩的，很小，很小，真的很小。

你难道不喜欢大的吗？我不相信地看着他。

他说：当然，那当然。一开始我也很吃惊，怎么那么小？但是，她的一番怪论，让我心悦诚服了。

呵，居然还有这样的事？我越发地不相信了。

你听听她是怎么说的：大的又有什么好？不要几年就下垂了。不是干瘪如布袋，就是臃肿似冬瓜，上面还有条条青筋。于是，只能用那带子这样那样地吊着捆着，还要用那钢圈海绵固定着和包裹着，还要美其名曰"塑形"。这么样的"塑形"之后，外表看起来可以了，但是，只要一松绑，瞬间就原形毕露了！

所以，她就不"塑形"了。我及时地补了一句。

她自称她是"天乳"，就像旧社会不包小脚的都自称"天足"。她说，她夏天"挂空档"，好凉爽，冬天也是无拘无束。

她自己是好过了。你呢？还是不满足吧？

刚开始，是有点，他承认，但你别看它那么小，敏感却是无比的。一碰一激灵，马上立起来，对着你，渴望着。我喜欢把它们小心翼翼地握在手中，那么稍稍地轻轻一握，好温软，好柔嫩，就像两只小动物……

哇！别说了，别说了，再说成人都不宜了。


## 梦中情人

昨晚做了一个梦，醒来却又记不得了，分不清到底是苦是乐还是胜利或失败，也不知道梦到最后自己算是永生得救还是已经万劫不复。他从梦中惊醒之后却又仿佛还在梦中。

我说你是在说人生。

他说你真是个解人。

我笑：有过情人吗？我指的是梦中情人。

他说：当然有，难道你没有？

我说当然有，不过是很久以前了，那时还是一个男孩。

他说都一样。

他说：每个男孩的心中或早或晚都会碰到一个神秘得无法拥有而又总在想着的女人。

我说是。

我说喜欢他说的神秘。

为何神秘？因为想，想着却又无法拥有。


# 灭　绝

他说，每次去动物园看动物，它们的眼睛和肌肉似乎都在这样说：我们在这里，我们活着，我们饭来张口。可是，我们的天性并非如此，我们的过往也并非如此。再说，这样的生活也不是我们想要的。

我说我们也差不多。

他说，每次当他看着它们，他也对它们这样说：可怜的动物们！的确，你们有过美好的过去，但那过去已经消失或正在消失。你们知道吗？故乡回不去了，山林也没有了，在外面的兄弟们活得更不容易了！大象被人野蛮剜牙，结果撕去了半个面颊。犀牛头上角没有了，露出一个大血洞。很多珍稀动物的名称开始出现在灭绝动物的名录中。还有那海上的霸主鲸鱼，也在大批大批地死去。它们哪里知道它们张开巨口所吞下的不是以往的鲜美鱼虾，而是成堆的塑料垃圾。就连海豚，那样聪明，也免不了中毒中招。人类制造的化学毒素已经深至大洋深处，世上已无从前有的神圣洁净美丽之地。

活着还是死去？这是一个问题。我又想起莎士比亚，和他讨论起这个问题。


## 腐朽的

我的目光向着这个峡谷一般的酒吧投去。房间又窄又细长。抽烟的非常多。污浊酸臭的空气中，摇曳着，一层层，反复叠加的烟雾。透过烟雾，我终于，看见他，正有节奏上下地撸着一个啤酒瓶。

我走过去对他说：我怎么觉得你这动作像手淫。

他说：你脑壳里想些什么？

我说：我又想起了你说的那个女上司。

他说她的子宫里面不是硬邦邦的水泥就是烂得稀烂的水草。我不明白他为什么会有这样奇特的比方，又不好再仔细追问。

那只是一个故事罢了，没想到你竟认真了。他笑着看着我。

我觉得那是你的生活。我认真地对他说。

生活中总会缺点什么，或者，反之，多点什么。而故事的美妙之处就在于它可能有你开始要后来又不要却又甩不脱的东西。

我说，你到底想说什么？

他看着我不吱声。

我说，你在看什么？

他说他的脑壳在想：某个腐朽的身体里到底有没有灵魂。


## 好音乐

他说：你听音乐时有过这样的感觉吗？听着听着就分不清那音乐是在你的体内还是在你的身外了。

我说这是好音乐，不好的音乐可不是。好的音乐能让你感到一个眩晕的旋涡在你体内慢慢升起，似乎想要融入你的身体深处的黑暗中。你想要抓住却又是空无。也就是在这个时候，内外的眩晕合二为一，它们互相涌向对方，自然交融，不分彼此，差别消弭为一种纯粹，没有间隙，没了声响，这个相逢让万物归一。

他说我描绘得非常好。我说是书上看来的。

他说借给他看一看。我说没问题。

他还说：我的小学和中学，音乐老师都很好。我还记得小学的那位男音乐老师，三十好几了都没有结婚，头发好长，不修边幅。他给我们教的歌曲都是他自己挑选的，与别的小学教的不同。记得有一首《行军小唱》，它的歌词是这样的：

　　　　长长的行列，高唱着战歌，
　　　　一步步地走着，一步步地走着。
　　　　叮叮得儿龙格龙，叮叮得儿龙格龙。
　　　　哼……
　　　　炮口在笑，战马在叫，
　　　　战士们的心哪，战士们的心在跳。
　　　　……
　　　　我们走过村庄，我们渡过大河，
　　　　炮手啊扶着炮，驭手啊拉着骡，
　　　　驮粮的毛驴儿摇着它的长耳朵。
　　　　叮叮得儿龙格龙，叮叮得儿龙格龙。
　　　　哼……

他那深沉的男中音唱起来格外有韵味，他还让我们分部唱，自己眯起眼睛听，很陶醉。那时候好歌太少了。还有一首很欢快的，只记得后面几句了：

提上你的木桶，老牛身上挤奶，

拿着你的皮鞭，赶着羊儿回来。

啊！白羊奶子拌炒面，太阳底下多么自在。


说着，他就哼了起来，哼得那么有腔有调。

几十年了，还记得，这就是音乐的魅力啊。


## 儿 时

我有一个儿时的朋友，后来长大了，分开了。后来，我又去看他，想要延续过去的友谊，可是，他却没有劲了，没有过去的热情了。后来，就很少见面了，再后来就没有联系了，但是那些过去的友谊却仍然在我的心中，成为我生活的一部分，以某种方式影响着我。

他默默地听我说着，说他完全能够理解，因为时常也有朋友对他真切地这样感叹：你对我说的那番话，说得真的好，我一直铭记在心呢！可是，他却想不起他说过的那些话了。

朋友是分阶段的，阶段不同了，朋友自然也不同了，即使过去的影响还在。

儿时的你能想象你现在的样子吗？同样，童年时的心态，你现在也大半忘了。

我有时想，人如果每年能拍一段录像，说说自己的心境、感想以及认识和计划，到老年后，再回头看，人一定会大大惊讶：当时怎么会那样想？

可惜的是那时没有现在这样的摄录技术。如今我们只能久久凝视自己当年的照片，努力回想当时的想法，有的时候还会疑惑：这个人真的是我吗？

不过，即使变化再大，骨子缝里是不会变的。

你还记得你给我看过你一岁的照片吗？我一眼就看出了那是你。那眼神，那嘴角，与现在是何等相像。人的眼睛和嘴角是最具有表现力的。

那个婴儿，在想什么，现在的你知道吗？

不知道。我笑道。


## 递　烟

天黑了，在街上，正走着，有人拦住我，向我要支烟。

我弹出一支递给他，然后拿出打火机。火光照亮了他的手，黢黑的，尽皱纹，僵直得似两根木棍，指甲也脏得像个原始人。

你为何不给他一包呢？他问我。

我说我没这样想。

那一瞬间，我确实没有想到是施舍。我觉得他就像多年以前和我一起挑土拖车的某个伙计。歇气时，甩把汗，在衣裤上擦擦手，互相递根烟，平时互相也要烟，一切都是那么简单，一切都是那么自然。

可是，我又为什么注意到了他的手？那么黑，那么脏，是下力人才有的，可能是位农民工，也可能是个拾荒者。我已经有很多年没有见过这种手了。点完烟后本来想随便跟他扯几句的，话也卡在喉咙里了。

我说我真的不知为什么没有给他那包烟。我说我只是那么本能地给了他那么一支烟，然后替他点了烟。


## 老　屋

他又说起他的梦，说他回到老家的老屋。

落叶在腐烂的门廊上飞舞，不时能听见鬼魂低语。

楼梯被踩得嘎吱直响，哭泣声也穿墙而过。

一百多岁的老奶奶，脸是核桃壳的颜色，坑坑洼洼，皱皱巴巴，黑色的披肩乌云一样遮住她那小小的身体，她深陷在椅子里。

她的眼光很锐利，像是刚刚磨过的柴刀。

她的声音很低沉却又惊人的美妙。

一条红黑相间的长蛇，滑过起起伏伏的小路，消失在塘边的石头缝中。

然后，我替他补充道：最好的时光是天黑之前，塘水变得更为安静，更为平和，有鱼在那塘中跃起，活在另一个世界里。


## 鬼　神

他说他们老家的人都迷信鬼神。

我问到底是迷信鬼还是迷信神。

他说，这有差别吗？

我说还是有差别的。

他说有时候神变鬼，有时候又鬼变神，有时候还变成人，然后又会那么一下，突然消失得无影无踪。

每当想起与鬼相遇，他就会感觉到身边有一个庞然大物，好像黑夜里撞上了大山。那刻，虽然看不见它，但你却知道它就在你眼前。

我问：为什么你这一段时间老是说鬼说神的，好像回到了过去？

他却好像没听见，依旧继续他的话题：我们那里的鬼是用声调来表意的。声调升上去，或者降下来，或平声，或拐弯，或从绷紧的喉咙里发出某个奇怪的音符都是非常紧要的。声调不同，意也不同，有时变化非常大。

我说，你也会说吗？他说不会说，但是他会听。

# 开　颅

他从医院回来了。

我问他，他回答：可能长了一个瘤。说着，点了一下额头，在这里。

肯定吗？他摇摇头：医生说，还要看，还要等等看，看看它的发展如何。或者，打开我的脑壳，才能得到最后确定。

如果是，能治吗？我感到很震惊，问得很机械。

不知道。

不知道？

不知道！

除非打开你的脑壳？

想都莫想，谁都莫想！

那怎么办？

只有等！

只有等？

不等怎么办？难道真让他们钻洞？他又点了一下额头，切掉大脑一部分？然后，我就只能像蠢宝一样地过日子了！

难道没有别的可能？

恐怕只有这种可能！但凡人做过这种手术，几乎没有不变的。有的不能说话了，有的不能看书了，有的认不出人了，他们虽然还活着但再不能想事了！

不过，他们还活着。

是的，他们还活着，但已不是那个他了！

# "花教授"

谈到他的首任妻子，他说她是性冷淡。他说他们每次做爱，她都像具尸体似的。每次他的脑壳里都会响起管弦乐，就是葬礼上播放的那种。

我说那是有原因的，肯定是你新婚之夜，如狼似虎，太粗暴了。

他说，怎么可能呀，新婚三天了都不准我入洞房！

有这事？我不相信。

是真的。他很诚恳。

后来呢？我好奇。

后来经过她妈的劝说，勉强进去了，但她却对我厌恶得要死，在床上始终不看我，双眼紧闭，赴死一般。完事后就赶快去洗，洗个不停，擦个没完，好像我是不洁之物。天亮了，大白天，还要看她的鄙夷脸色。

怎么会是这个样呢？我真觉得有点诧异。我曾看过他年轻时的照片，那时的他还真有形，算得上是个美男子，再加上他事业有成，爱他的女人一定不少。

我也不懂呀！怎么会这样？结婚前还算正常，对我也很好。我们那时很守规矩，也没想过要试婚。

再后来呢？我又问。我实在是好奇得很。

完全被她摧垮了。自信没有了，人也阳痿了。这样正合她的意，不会烦她了。我们就这样表面上维持了两年。唉，只有我自己知道呀，那两年我过的是些什么日子啊！

于是，你就离婚了。

不离婚，干什么？知道吗？离婚之后我性趣大增，一眼看去都是美女，别提什么阳痿了，简直就是阳亢了。

呵呵呵，我笑了：难怪叫你"花教授"！

# 担心时间过得快

## 一　生

他说：我们就是鲜花，一只山羊走过去，花没了。

又说：我们就是蜉蝣，是些很小很小的飞虫，活得再久也不过是可怜兮兮的一下午。

我说：不错，确实如此，但一下午也是一生。

说罢，仍觉意犹未尽，又说：谁都是一生。欢乐是一生，悲哀也是一生。绚丽是一生，黯淡也是一生。何不笑着过？世上万物是神圣的又是微不足道的。万物生长靠太阳，但是，终有那么一天，太阳也会消亡的。

"但是"之前，一切不算。他笑着说，说得有理，但是，还是有差别的。欢乐悲哀毕竟不同，绚丽黯淡也不相同。快乐的人不想过去，而不快乐的人们呢，除了过去又一无所有。

我说：算了，你又来了，又要开始悲观了！我们见到了昨天的太阳，又见到了今天的太阳，明天，照旧，不见不散！

## 鹰与麻雀

谁都想做一只大鹰！他点着空气对我说，可是，你说怎么可能？大鹰总是有限的，尽管天空那么空。

我说：那就做只麻雀好了。有时，我真这么想。麻雀再小也有翅膀，有了翅膀就能飞了。

他说：可惜，也是空想。你又怎么会有翅膀？你天生就生在地上，直到死去，也在地上！

那就待在地上好了。我突然间懒得说了，末了，还是丢出一句，待在地上有何不好？

他说也没什么不好。只是地上待得久了，也就偶尔会想到飞。只是因为人不会飞，自然也就渴望会飞。

年轻时，总是想自己就是一只大鹰，翱翔万里，搏击长空。

年轻时还嘲笑那些小鸟麻雀呀，当然还有地上的鸡。

记得先前读列宁时还有这样一句话：鹰虽然有时候可能飞得比鸡低，但鸡永远都不能飞得比鹰高。

这话不是列宁说的，只是列宁引用的，列宁喜欢这句话。

这话谁说的？

克雷洛夫的寓言。

等到终于明白了，自己不是一只鹰了，甘愿做一只麻雀了，才知道小麻雀也非谁都能做的。

好多人，到老了，才发现，原来地上也还有那么多精彩可留恋。


## 庄子和蝴蝶

他说他也成了庄子。

我说：呵呵！

他说他也梦见了蝴蝶。

我说：呵呵！

他说他还看见了蝴蝶，扑闪扑闪地扇着翅膀，落到了他的头顶上，就像一架直升飞机落到一座楼顶上。

不，他立刻又纠正道，就像一架直升飞机落到一块草坪上。

他的头发清晰地感觉到了蝶翅的颤动。

慢慢，草坪敞开了，就像一朵花开放，蝴蝶飞进了花里面，飞进了他的脑壳中，他也觉得他自己飞进了蝴蝶的脑壳中。

那真是互相融合呀！他觉得自己快乐极了，再也不用忍受任何无聊人事的折磨了！

庄子真是幸福呀，这一回我真正感受到了。他对我深深地感慨道。

听着他的这种感慨，我不想扫他的兴，但我还是没忍住，问了他一句：那蝴蝶，幸福吗？

不知道，他说道，想来应该幸福吧！人总是追求幸福的，我想那只蝴蝶也是。那么多的人，它停在我头上，肯定是它的选择啊！

那是你的头发茂密。我笑着讥讽他。

茂密的头发使它幸福。他肯定了我的讥讽。


## 人生的感觉

有时候，他叹息：生命他妈的怎么就这么短呢？

有时候，他叹息：生命他妈的怎么就那么长？

我问：你说的这个短是多短？

又问：你说的那个长有多长？

他说他只是这样感觉：人生似乎很长很长，但说起来却又很短，几分钟就说完了——生下来，长大了，老了，结束了。说着，他弯了几下指头，好像只用了几秒钟。

而且，头和尾，自己没感觉。我咧开嘴补充道，有感觉的只是长大，长大了就开始老。人长大不容易，有的时光很快乐，有的时光很难熬，人们记得的，往往是后者。自己长大很难熬，带大儿女更难熬。而老去却很容易，快得连自己都感到吃惊，拖都拖不住。我说你可要小心了，人老了也会有极其难熬的时候的。

他说，这还等你说？他说他早就准备好了。

## 坐　牢

他问：知道住在从外面锁上门的屋子的感觉吗？

我说不知道，因为没有经历过。

他说那就是住在监狱里与住在家里的最主要的差别了。

我说：呵，还真没有这样想过！

他说：住在家里面，门是从里面锁上的。而你住在监狱里，门是从外面锁上的。他说这是他早晨起床时突然悟到的。

想一想，也是的，自由人难得体会到失去自由的滋味。当人衰老到一定程度也会有这种感觉吧？一天到晚待在屋里，再无能力走出门去。以前听乡下的亲戚说起，有个老人，偏瘫在家，三个儿子没有一个愿意与他同吃同住，只好轮流"送牢饭"。城里的老人，也许好一些，碰到有孝心的儿女，每天还可用轮椅推到外面来"放风"。人老了真可怕！看来现在就要预习这种"坐牢"的感觉了。人老了会"坐牢"，这是没有办法的，但心还是应该能保持自由自在的。心是不能被衰老从心外面锁上的吧？听说过自闭，看来也可能。若是你把你的心禁锢在一个模子里，时间一久了，它就僵化了！

## 别人的故事

他喜欢说梦，总有说不完的梦。那天，他说：你也说一个你的梦吧。

我说醒来就忘了，想记也没办法记住。

他说那太可惜了，做梦是一种享受啊，等于你多过了一个人生，而且是那么不同的人生。在梦中，你能看到从未见过的奇境。在梦中，你能遭遇从未经历的险境。周围的亲人和朋友也会变得、表现得与现实中大不同。你自己更是随心所欲，想飞就飞，想隐身就隐身，平时不敢做的事，渴望已久的愿望，都能一一得到实现，还能与死去的亲人相逢。虽然醒后会有失落，但是那种惊喜、释然，也是能够让你遐想，让你久久回味的。

我说是，可是我，无法记住我的梦。

那就说一个白日梦吧。

我说我白日没有梦。一日三餐，平平淡淡，哪里来的什么梦？要不，就是忙得要死，哪有时间去做梦？

他说谁都有自己的梦，或者自己的故事，就像谁都有自己的过去。

我说一个人有过去不等于有故事。再说，我每次回顾过去都觉得那是别人的生活，而不是我自己的。

那就说别人的故事吧！他倒是很宽容，很干脆，不纠缠。

于是，我只好说了起来，说了一个别人的故事。


## 以胖为美

他肥胖。他说肥胖就是美。

他还告诉我：中国的鼎盛时期大唐就是以肥胖为美的。

我说，是吗？

他要我去西安看看那个时期留下来的绘画、雕塑、织锦等等。

我没时间去，但我找了些画册来看。

不错，他没有乱说，那个时期的人们，特别是那些贵妇们，真的很像他，个个都肥肥胖胖的。

他还说，中国古时胖子少，也不承认肥胖美。你想想，吃米面，能长出我这种身段吗？唐朝的那股崇胖之风是从外域带来的！你看那些画和雕塑，那些人的体态、相貌和服饰，不都具有明显的北方少数民族的特征吗？你查诗人李白的身世，也说是来自西域的名叫碎叶的地方。胖子厉害啊，大唐盛世就是由这些精力十足的胖子嘿的一声创造的！

那后来为什么又不喜欢胖了呢？

中华民族的同化力嘛。

原来是这样。

## 拥　抱

他说：不知为什么，看西方男人见面时，贴脸搂抱很自然，而中国人就很别扭。

我说：还是习惯吧。

他又说：为什么平时看见女人们互相抚摸很自然，而男人就不行，就觉得是变态？

我说：女人向来如此，搂搂抱抱，若无其事，不然，就不是女人了！所以，我仍说是习惯。

为什么是这样？他还是一脸的不明白。

因为她们是女人呀！我更干脆地回答他，接着，我又长长地叹了一口气：中国式男人呀！只有小时候还能和妈妈等等亲近的人抱抱，成人后就立马被那种种的经和典，被那无数的言与说，教导得肉皮上长出一层硬壳来。什么"人心隔肚皮"呀，什么"逢人只说三分话，未可全抛一片心"呀，一个人怀着这样的心思，还能坦然地拥抱吗？要抱大概也只能抱抱"属于自己"的人了。而且，还怕被人说，说他娘娘腔，说他是软蛋，"男儿有泪不轻弹"嘛，规矩多得很。女人们则放松得多，表达情感是她们的专利，爱哭爱笑，爱拥抱和被拥抱。女人们也更容易接受西方的风潮，好友一相见，先来个"熊抱"。但愿女人们能影响男人。

照你这样说，若真影响了，男女一见面，先来个"熊抱"，那还真的不晓得会搞出一些什么事来！

什么事？

你说呢？装傻吧！


## 刮　脸

他说他不用刀片刮脸，只用剃须刀。

我问：为什么？他说他的脸皮薄。

那我用刀片，这也就是说，我的脸皮很厚了？

我的心里这样想，但我不想和他争。

因为我已非常累了，我只想睡觉。

因为我觉得，我最后那次睡着了的而且又香又甜的午觉，似乎已是很久以前，甚至非常遥远了。

而他的脸上，他那皮肤很薄的脸上，也好像还留着很久以前的黑眼圈。

唉，不管是脸皮厚还是脸皮薄，我们的时代都过去了。他好心地安慰我说，现在流行"小鲜肉"，他们好像不长胡须，皮肤都是粉嫩的，他们是如何做到的？

时代不同了，人自然也不一样了。


## 人生如梦

他又说他喜欢做梦而且总是在做梦。

我说很多人都这样。

他又说：做白日梦，做明明白白的梦，或者，反过来说，明明白白地做梦。

我摇了摇我的头，表示这是闻所未闻。

他又继续说，所谓明明白白地做梦就是去落实某个梦中追求的目标，或者，控制梦中发生的一切。他说他这一辈子好像都在做这事。

结果呢？

都失败了！失败了！他沮丧地摆摆手。

什么时候能实现呢？

他说他也问过自己，也许要到死的时候。

那你就无法看到了！我替他总结道，终归还是一个梦，一个黑夜里的梦，一个糊里糊涂的梦。

是啊，他也随着我感叹，人生如梦，梦如人生。所以，最好不要想什么成功和失败了。有梦的人生过起来，有追求，有味道，这就足够了。美梦成真当然好，但从一般的情况来说，只是少男少女的痴愿吧。


## 成功欲

庆功会上，他对我说：你不能否认，成功之中夹杂着一些让人厌恶的成分。

成功是人家的出色工作所带来的必然结果。我不同意他的说法。

但也多少牵扯到一些虚荣和庸俗吧。

你说的就不是成功了，我打断了他的话，而是成功的欲望。

欲望太强了也不好。

没有欲望就好吗？

成功的欲望在我看来是社会发展的推动力。人都是生活在比较中的。有了一定的本钱之后，是人都会想要比试。只是比试能否成功牵扯的因素就太多了。所以，如果成功了，那得感谢好运气。失败了呢，淡然处之，不以物喜，不以己悲，不以成败论英雄。

他听了，笑了笑，摇摇头，好像是同意又像不同意。

有的时候，他总这样，显得模棱两可的。


## 生死同一

他喝了一大口啤酒，盯着我，说：生，并非死的对立面，它们是同一的。

我不搭腔，他还是盯着我，仿佛等着一个答案。

于是，我只好说：我们生而死，死而生，就像走进一个房间，然后再转身走出来。

不过，你不可能再走进这个房间了，也不可能再走进另外的房间！

我可不想拖着我的已经衰弱老朽的躯壳继续地待在那个房间，我情愿去迎接死亡。

我也没有办法想象，我还走进另外的房间，然后，从头再来一遍。

那是何等厌烦的事情，我的灵魂会感到厌烦，如果真有灵魂的话。

他说，是的，完全同意，既然一生已经过完，经历了生，经历了死，人也应该满足了。


## 伤心与快乐

你从来都不伤心吗？

怎么可能！谁都会有伤心的事！

真正伤心的那些事都是无法挽回的事，是你一旦想起来心都会要战栗的事。这时候只有躲起来，让眼泪尽情地流，或者躲得更远一点，让你自己放声大哭。过后你那痛苦的心会在痛中慢慢复原。渐渐的，你就会冷静下来：既然无可挽回了，就不要老让它占据你的心灵了。

你是怎么做到的呢？不让那伤心占据你的心。

我也有快乐的事情呀。快乐的事会安慰伤心的事。

一个人最最幸运的，就是伤心的事情过后能够碰到快乐的事，快乐的事能让你从伤心中走出来。

真正快乐的事情是一种期盼和希望，你把它种下去一点点地培养起来，然后看着它慢慢成长，觉得它越来越使你快乐再快乐，直到心中尽快乐。


## 抑郁与焦虑

知道什么是抑郁吗？好像要考我。

懒得回答，于是回答：不知道。

那我告诉你吧，一副很得意的样子：抑郁就是时间似乎没有尽头，却又令人伤感地飞逝，每一秒都满满当当，每小时却空无一物。

看着他那知道的样子，突然又想回答他了：唉，你说的这种感觉不是抑郁，而是焦虑。患抑郁症的人，时间对他没意义。他冷漠，他沮丧，完全没有了生活能量，不想动，甚至不想活。而患焦虑症的人才是每一秒都安排得满满当当的。可是，不过，即便如此，他还是很担心时间过得快，不能做出某种成果。

哎，我说你这是说谁呢？

你觉得是在说你吗？你又没得抑郁症！你又没得焦虑症！好吧，这么跟你说吧，正常人都是在地面上脚踏实地的，而患抑郁症的人呢则像是掉入了一个坑里，而且还要缩在里面，你想要拉他，他也不上来，怕人怕光怕噪音。相反，患焦虑症的人，却是时刻都不安，都不满，都在蠢蠢地躁动，他们总想要脱离大地，腾空而起，飞入云中。

## 增长之虑

GDP又下降了。他的脸上满是担忧。

我说不见得是坏事。

他说：为何？

你想，对于一个成熟的机体，增长其实就是癌症，对吧？要是你的嘴巴里有某种增长，或者你的结肠里有某种增长，那都是坏消息，不是吗？

他说不能这样类比。

我说当然能。

我说人类如果不能更为理性地限制增长，我们将毁掉这个星球，我们就会被我们自己创造的无限繁殖活活噎死或呛死。地球的资源是有限的。

他说：是吗？

我说是。

他说：可惜我们的生命有限，恐怕看不到那一天了。

但，我们要为子孙着想，我郑重地警告他。

他拍了拍我的肩膀，就像在西方的电影中，说我是个未来人。

# 爱只有爱能表示

## 爱与习惯

哎，你说说，为什么有的人不爱了，还是不肯离婚呢？

至少有两点。

哪两点？

一是害怕过没有老婆的生活，二是害怕过新的婚姻生活。

为什么？

第一点就不讲了，不讲你也明白的。第二点则意味着又要开始从零出发，又要撰写新的故事，又要构思你的一生。

你是说太累了？

太累了，也老了。

可是，没有爱情呀，只是一种依恋呀，一种对于习惯的依恋。

有时，两者不好区分。

你是说爱和习惯吗？

不是吗？人确实是爱的动物，但也是习惯的动物呀！也许只有初恋时，爱情可说是单纯的。以后呢，也就和日常混在一起了。

## 回得去吗？

哦，别说蠢话了！但我知道他是对的。虽然，同时，我也知道，他不仅想逃离她，而且还想逃离一切，回到那个曾经活得非常偏僻简陋的地方，回到童年，回到子宫。

他曾花费了很多时光，大部分的成年时光，避免自己这么做，现在却想一下放弃先前所做的全部努力。少年时代，对他来说，最重要的事情就是离开自己出生的家乡，现在却轻而易举地就把当年的美好理想一下甩得很远了。

不仅仅是甩得很远，这样说还太委婉了，或是说得太抽象了。他现在所追逐的是那早已逝去了的，已经模糊陌生了的，再苦也不在乎的世界，愁也转眼忘掉的世界，那是他的童年世界：蓝天白云下，尽情地大笑，大叫，奔跑，摇头晃脑。那时，他是自然之子，活在大地母亲的怀里。可是，他还回得去吗？他这老胳膊，还有这老腿，还能穿上溜冰鞋吗？即使穿得上，他这老身板，会不会摔个大马趴？


## 人脑与电脑

好好想想吧！他极认真地对我说，凡事都要好好想想，都要问一个为什么。

我说：想什么？有什么好想的？人类一思考，上帝就发笑，你就大声地放声笑吧。

我很同意这句西谚。我也真的觉得人类还是不要思考为好。人类不思考，脑子里面也许就简简单单干干净净。人类一思考，脑子就像电脑一样，时刻都在产生垃圾。

可是，上帝是谁呀？你见过？谁见过？很多哲人都说过上帝是人造出来的！他有什么资格笑？人类如果不思考，还能算是人类吗？那跟动物有何区别？动物也会思考的吧？虽然比起人类来，它们的思考要弱些。

当然，你也说得对，脑子就像一台电脑。不过，如果真的简单，那就是台286了。现在都在用WIN10了。你现在用286，那可就惨了，一开机就会死机。

至于垃圾，怕什么？每天清理不就得了，每天杀毒不就得了。有人的地方就有垃圾，这是非常自然的事情。你就那么怕垃圾啊？

## 拥有秘密

当我问他，他和某某是否也有人们说的那种特别关系时，他不由得唉了一声，叹一口气，对我说：你就让我也有一点自己的秘密吧！

他说得有理。我不好再问。

生活需要秘密，人也需要秘密。

一个人之所以还是这个人就是因为他拥有自己的某些秘密吧。

一个人如果没有秘密也就没有味道了吧。

一个人若有了秘密，他那曾经空洞的内心也就有了一股力量。于是，他就能带着秘密，走过无数的大街小巷，尊重他人拥有的秘密。哪怕就是走向全国，即使就是走向世界，也能与他人和谐相处。这也就是为什么我们应该特别尊重个人隐私的理由了。

## 内心和外在

他说起内心，说一个人的根本之处，不是外在，而是内心。

我说是，但内心在哪里呢？我想看也看不见。

在外在！他用手指点点空气。

你说内心在外在？我真一点不明白。

用感觉！他说感觉也有眼睛，比外在的眼睛更亮。

我说听他这样说，我更感觉茫然了。

他说你连这都不懂，怎么可能看到内心。

我说是。所以，我才看不到，只有你才看得到。只是我在说这话时，我的内心同时在想：你以为你看得到，其实你也看不到。

## 爱的记忆

人一辈子多多少少总会遇到些爱的时刻，人应小心地铭记于心。人其实就活在这些回忆之中的。

可是，记忆靠不住，人能回忆的，只能是情感，而非外在的显现。

他说有次他想凭着自己的记忆画画朋友，那是他曾亲爱的呀。可是，他一拿起笔，她的面容就模糊了。

记忆只是一种情感。他说。

情感没鼻子，没脸颊，没嘴唇，情感不是准确的。他说。

可是，画画的最高标准，除了准确还是准确呀！他说。

可是……可是……他不停地"可是"着。

听着他的诸多"可是"，我想，这家伙又恋爱了。我默默地安静着，沉到自己的"可是"之中。

## 绝望的女人

他说绝望的女人是最棒的情人，她们已经一无所有，她们不怕失去什么，她们才能尽意尽情。

我说，你这是亲身体验还是书上得来的？

他说是书上得来的。

我说纸上得来终为浅，真知此事须躬行。

他又问我，如何躬行？

我说，这事还能教吗？

他问，为何不能教？

我说，就因为不能教，所以才说必须躬行呀！

他想想，点点头，又问道：你说说，问题是，哪里才有绝望的女人？

是啊，哪里才有呢？我承认，答不出。我们的眼睛所看到的都是满怀希望的女人。


## 碰运气

那次，我们说到命运，他说：命运就在那里，不用我们去找的。

我说：你以为我吃饱了，我会去找它？

他又说：那它会来找你的。

我说：命运之所以叫作命运就是因为它与生俱来，你找不找，它都和你，同呼吸，共命运。

我说要找的是运气。不是说"碰运气"吗？

运气我也不去找，我这个人安于现状。

你这是中层人的心态。中层人是最知足的。中层人比上虽不足，比下却可说有余，安逸平稳，沾沾自喜。

上层人就不知足吗？

上层人"压力山大"啊，高处不胜寒，豪华大厦也可能一眨眼就倾倒的。你看那些上层人，大多喜欢看风水，算运气，有些甚至不惜重金请得各路高僧"消灾"，由此可见他们是如何地担惊受怕了。

不过，即便就是如此，广大的下层老百姓还是羡慕他们的。你说，谁不想发财呀？只是老百姓要发财就只能碰运气了。昨天我路过那街角，听得人声沸沸的，原来是彩票刚刚开过奖。有的人在捶胸顿足：唉，我怎么就把这号码完全搞反了？有的人则信心满满：

我只差了一个数字，下次一定中！

## 老而有爱

我知道自己正在老去，但没想到这么老了。

有个好久不见的朋友遇到我都认不出来，直到我喊他，并且作了自我介绍，他才恍然大悟的一声：呵！

我们看着别人衰老却不认为这种衰老也发生在我们身上。

你是不是也这样？

我说我还在忙，上有老人要照顾，下有儿女要帮助，还有孙子要抚养，还没时间关注自己，还不敢认为自己老。

他说，呵，你这是一个人要管三代人啊！将来是不是还要管重孙？难怪你这么的操心。你没听说过一句话吗？儿孙自有儿孙福！还有一句乡下话，可能你没听说过：崽有崽世界，伢有伢世界。你是这么的忙和累，如何能不老？

被他抢白了这几句，我的心里很不爽，于是，反击道：你以为你找了情人就不显老了？你听说过这句话吧，老了找情人是作死！

我的情人可不是你想象的那个样子！我们不是疯子。我们心心相印。我们心中有爱！

我也心中有爱啊！我嘲笑地看着他。

那当然，那当然。他把五指张开挡住，不让我再往下说了，我明白，我明白，只是对象不同罢了。

## 现代女人

天下的女人都一样吗？

不！他说：我可不接受这个观点。

那——天下的男人都一样？

不！我也不接受这个观点。

说罢，我两哈哈一笑。笑声都是美好的。坏笑也是美好的。坏也坏不到哪里去。

笑完，他神秘地对我说，我现在真正地开始了解女人了。

我又笑起来。他说你莫笑，我自己也挺奇怪，以前我是最没耐心听女人的啰嗦了，但情人的要听呀，而且真的听不厌。

能够分享一下吗？

那还真不能。只能说一些一般的。比如变化吧。这些年，女人们，变化真的很大啊。我们以前结识的都是一些贤妻良母，她们心中的最高理想，一是家庭美满，二是从一而终。现在的就大不同了。

大也大不到哪里去吧。女人还能讨几个男人？

女人也是非常想多体验几个男人的啊。她们什么都想体验，上等而闲适的生活，满世界的旅游，住最舒适的宾馆，吃各种新奇的美食等等。当然，这种女人得自备资源。你只要看一看她们是如何精心地保护自己的那张小脸还有小手就知道了。

女人还得生孩子吧？

不要孩子的也很多，托词就是一句话：我还没有玩够呢！即使生孩子，也是花钱买服务，绝不能对不起自己啊。她们知道钱的重要，只要有了钱，就能把世界，痛痛快快地玩个转。

你的那个怎么样？现代还是传统的？

介于两者之间吧！

你真是个幸运儿！


## 内心能量

人的变化都是从内心开始的。

我说是，说得对。不过，物也是，事也是。

事物也有内心吗？

当然有。我坚信。

比如什么事物呢？

比如河，有变化，有时涨，有时落，河就有内心。

比如山，有变化，有时是火山，有时是雪山，山就有内心。

凡是变化的就有内心？

我是这样感觉的。你不也是这样说吗？你刚才不是说变化都是从内心开始的？

哦，明白了，我想我明白你的意思了，内心就是一种能量，就是一种生命力。火山的苏醒就像人，休息够了，就爆发。爆发完了，又睡去，也就成了死火山。我们的地球也一样，地球的能量来自太阳，一旦能量没有了，心也就停止跳动了。

他笑我，你现在能量满满啊，我看都要溢出来了！

我说，是吗？好像是。可是，到哪里去发泄呢？

你是说到哪里才能尽情地浪费吧。

好吧，就是你说的，浪费都没有地方呀！

浪费的地方还是有的，而且还是很多的。他说着，笑起来，我也跟着他笑起来。笑罢，他又补一句：现在的人都在说，浪费是美德，节约是守旧！


## 爱　过

每次旅游，或者参观，都能看到那些墙上，或者树上，或者石上，刻有相爱者的名字。我真是不明白他们为何那样做。他说着，摇着头。

我说只是不知此刻他们是否还在相爱。

是啊，他说，谁知道呢？也许就连他们自己是否知道也难说吧。

但那时是相爱的，而且爱得很热烈，爱得愿让山川河流树木石头来作证。

此刻，也许已分手了，也许还在爱，但肯定不会再寻找当初刻的字了。

那你呢？你会吗？

我根本就不会刻！

那你用什么表示你的爱？

爱还需要表示吗？

那当然。

那就只有爱。

只有爱？

爱只有爱能表示。

那么，你的爱，又是什么呢？

这还用说吗？你没爱过吗？

是啊，是啊，我爱过，我们曾经都爱过，再爱也只是爱过。


## 洗　脑

那家伙口才确实好，他说，我听过他几次发言，讲得犹如高山流水。

我相信，不管多么荒诞的事情，只要他开口，人们就会不由得着了迷地倾听。至于为何会这样，我一下也说不清。

他看出了我的疑惑，于是进一步地解释：他的话有说服力，只有那些开口的同时自己也真心相信的人才有可能说得出来。

如果做骗子，肯定也成功。我微笑着替他补充。

你是说我被骗了？

我可没有这样说。

那么，你的意思是？

只是有点担心罢了。

担心什么呢？

担心被洗脑。

我都这把年纪了，还能被洗脑？

不管什么年纪的脑，都有可能被洗的。这就像电脑，越是用得久，越是没更新，越是没升级，越容易被黑客攻击，盗取删除电脑文件，更改锁定资料一样。

我看你就是个黑客！

你装防护软件呀！

## 自　闭

他说他的身体里面正在生长着一堵墙，一堵具有生命的墙。

你说它是为了保护我还是为了禁锢我？

我问：你觉得舒服吗？

怎么可能会舒服？一堵非常坚硬的东西从身体里面往外顶，越长越大，越长越高，想要占据我的身躯，让我失去人的形态。

那就不是要禁锢你了，而是要彻底摧毁你！你不能够让它得逞，让它与你融为一体，将你变成一堵墙。

啊！

我又问：她也不能帮你吗？

想帮，她也做不到呀！

那你只能自救了。这就是所谓自闭症了，也叫抑郁症、孤独症。

你不也喜欢孤独吗？

我是能穿行两界的人，该孤独时就孤独，在我思考写作时。但平时，过日子，交朋友，做家务，我都很快乐。

我也融入生活啊。

孤独相比孤独症毕竟还是不同的。孤独症是一种病态，包括生理和心理方面，是属于脑科的问题。

于是，他敲着自己的脑袋：我就知道这个脑壳不是一个好脑壳！

我说：也没这么严重，你这只是初期症状，自己可以调整好的。

首先你要放松自己，让你的大脑松弛下来。然后就是多运动，使大脑供氧充足。再就是好好生活了，好好生活你会吧？

原来我以为会，现在经你这么一说，我觉得我还真不会了。

谈爱，你会吧？

应该还会的。

那就谈爱吧，没有什么能够比爱情的力量更大了。


## 打乱讲

总有一些这样的人，总有一些宏伟的想法，一两杯酒下肚之后，那些想法仍然存在。

他们慷慨地谈起政治，说着世界的诸多事情，俨然成了一个领袖，一个操纵全局的人。而实际上他只是一个木匠而已或者只是一个电工。

听着他的这番感慨，我的心里不由得想：王侯将相宁有种乎？谁知到了什么时候，有的人若登高一呼，还真可能应者如云。世界的历史还真可能就由他们改变了。所谓英雄不问出身就是说的这些人吧。

他像是听到了我心中的这番随感，停了一停，又对我说：登高一呼？应者如云？这世界再不会有这样的事情了。你想，人人都有饭碗，不管是金的还是铁打的，或者是个破瓷碗，都能吃饭都有喝，谁会舍得丢掉呢？我看以后的社会变革，只怕是另外的方式了。

他还说，那些侃侃而谈的人，不过是继承了先前的运动遗风罢了。你还记得小时候吗？天天上街去听辩论。这里一堆人，那里一堆人。这边一个派，那边一个派。那演讲的亢奋得就像打足了鸡血，那听讲的则像是喝了几碗迷魂汤。人人都以为天将降大任。现在想起来，好笑不好笑？

既可说好笑，也难说好笑，我只能够感叹，说：看来是那些人已老了，又到酒馆茶肆来发挥他们的余热了。这也算得是一种好的休闲方式吧，闲聊瞎扯打乱讲。

# 幸亏发明了显微镜

## 观与论

他说：如果世界上所有人都是体育健将的话就不会有哲学家了。

我说：是，反过来，如果世界上所有人都是哲学家的话，那也就不会有什么体育健将了。

你知道什么是哲学家吗？他嘲笑地看着我。

不就是大讲"三观"的人吗？或者是创造"三观"的人。我也嘲笑地看着他。

哪"三观"？

世界观、人生观、价值观，不是吗？

还有呢？

还有什么？

还有认识论！

认识还要什么论吗？我一向都害怕喜欢论什么的家伙。他们总想用他们的大脑统治所有人的大脑，总想用他们所想的践踏别人所想的。

他们没有这样想吧。

即使主观上没有想，客观的效果也是这样。

你现在不就在论吗？

是呀，我这好像也在论！那我也成了哲学家了？也会使人害怕了？

有什么可害怕的呢？他有他的观，你有你的论。不同的观，不同的论，互相碰撞着，哲学也就在发展，思想也就进步了。

若真这样就好了。

## 显微镜

幸亏发明了显微镜。

为什么？

不然，我们就看不见细菌了。

看不见就看不见呗。

那么多的细菌呀！

如何？

那么多的世界！

如何？

它们是否也和我们一样，有社会组织，有各级领导？

应该没有吧。

如果没有，它们是怎么组织起来，向我们进攻，让我们得病，甚至死亡的？

不知道。

为了弄清这个问题，我们需要发明制造更大更好的显微镜！他的口气非常坚决。

那我们就不要活了！

为什么？

就只能每天都面对无以计数的细菌并与它们进行斗争，摧毁它们的世界了！

你怎么会这样想呢？细菌也有好坏啊！我们体内的很多细菌就都是好的，就都是朋友，它们都在帮助我们对付那些坏的细菌，保护我们的身体安全，让我们能够与各种细菌，相安无事、和平共处……

说得真的就好像亲眼看见了一样！我打断了他的话。

那当然，显微镜，通过显微镜……他又说起了显微镜并且延伸至细菌学。


## 差　别

昨天我接到了一个朋友的电话，声音高亢，中气十足，与他忧郁时判若两人。原来，他在前不久参加了一个佛教团体。由此可见，佛教团体对这些走投无路的人还真的是救星呢。

你是不是也要加入了？

你看我像吗？

只有不需要救星的人才不会加入吧。

我需要救星吗？

不要出谜语好不好？

你连这个都觉得是什么谜语吗？你真是太不了解我了。这方面，我还真的是我父母的后代呀，不相信别人，只相信自己。

你父母不需要救星吗？

我说了这话吗？

人是脆弱的，是需要抚慰的。

当然。

有时，哪怕是暂时的抚慰，也好。

确实。

也可能是我们还没到走投无路吧。

我觉得，就算到了那一步，我可能也不会信。这是否与基因有关？

也许吧，不知道，人是不同的。

你到那时会信吗？

谁知道呢？

你更会出谜给我猜，从来都这样。

要到那时候才知道。不到那时候怎么会知道？

我现在就觉得我不会。这也是人与人的差别吧？

是呀！我也觉得我不会，但我不会这么说。人与人就这点差别。


## 如果蜜蜂消失了

那天，他说：蜜蜂正在消失，人类可能灭亡！

我说没那么严重吧。

于是，他滔滔地说起来，从美国说到美洲，从美洲说到欧洲，从欧洲说到澳洲，从澳洲说到中国，说得那么有根有据，不由得我不相信了。

相信的理由很简单：世界上的多数作物都要依赖蜜蜂传粉，蜜蜂群体的迅速消亡将给人类的粮食生产带来灾难性的后果。

而且，爱因斯坦预言：如果蜜蜂消失的话，人类将只能存活四年。

我问，为什么会这样呢？蜜蜂为何会消失呢？

他说科学家们研究：疑凶一是杀虫剂，疑凶二是手机辐射，疑凶三是转基因作物，疑凶四是蜂箱脏。

我问有何办法解决。

他说很简单，四个字：有机农业！

呵，这可是现在最难做的，或者说最难做到的了！

无机多舒服，有机太累了！

于是，我也跟着感叹：人类行为产生的后果真的非常可怕呀！

他说是。他说他最喜欢看电视上的老虎视频，老虎真是漂亮的动物，而且是最最漂亮的。

我说：我也是。但它们已濒临灭绝，没有多少栖息地了。最后，恐怕，只可能，待在动物园里了。

野生华南虎早就消失了！动物园里的还能待多久？以后只能看看猫了！所以，他说，我喜欢猫！

## 真心话

我，看了他一眼，又看了他一眼，然后，认真地对他说：我希望我们俩不要落到那种境地，两个喝醉了的男人相互倾诉那些自己觉得非常重要的而别人却丝毫不感兴趣的东西。

他说，你知道，我这人不喜欢把话说得超现实。

我说，当然，你也知道，我这人最怕的就是说得很现实。

他说，我的脑子里装的就是这些东西，酒后吐真言，你不想听也要听，你为什么对我的心里话不感兴趣呢？

你不也对我的话没有半点兴趣吗？

你怎么知道我不感兴趣？我只是这一下不知如何回答才好。好不容易听到你讲了一回真心话，真的都把我镇住了。原来你心里还有这些想法呀！你太与众不同了！真的可说一声：高啊！

我那是酒后失言，不该那么说的。

你想收也收不回了。你真像一只蚌壳啊，平时闭得那么紧，撬都撬不开。你那心里面也太柔软了，生怕受到一点伤。今天，在老友的面前，你就张开吧，让人看看里面的珍珠。

哪有什么珍珠呀，不过是块顽石罢了。

你就是这样喜欢自损！知道不，自损也会损人的。

## 工作狂

他说做事喜欢就好。

问题是：谁会喜欢做事呢？

他说有：工作狂，工作狂就讨厌休息。每当不能工作的时候，工作狂的心里就说：太讨厌了，又要休息了！

我不同意，我问：是你吗？

他不回答，只是笑。

我想他是在说我。而且，我还听见他说，听见他的心里说：你若能做变性手术，是个女版工作狂，可能会要好一些，因为女版相对男版平衡能力会更强些。

我想他是在操空心，因为现在我已老了，老了也就无性了，还说什么变不变。倒是他，还年轻，若去切一刀，一定更好些，起码会要少点狂热，变得稍微平和一点。


## 走　路

他说：人走路就是跟着走，不是你跟着别人走就是别人跟你走。

我说也未必，比如人迹未至的地方。

他问：有吗？无人之地？海中的荒岛？在哪里？

我答不出，好像只有外星球了。

那不结了，他摊开手，我不喜欢无人之地，我不愿当鲁宾逊，无人还有什么意思？

于是，他更坚定地认为：不是你跟着别人走就是别人跟你走。不过，这两者好像也没多大差别，似乎也无什么不好，不好的是你这辈子再也不能向前走。


## 好日子

他感叹：这样的日子真是好呀！

生日宴会结束了，酒也喝完了，他的微醺的说话声也低沉得听不到了。

告别他之后，走在阳光下，想着他的这声感叹，也不由得同样感叹：这样的日子确实很好！这就是所谓幸福吧。

这样的日子吃饱了，喝足了，什么事也不用想了。

既不用考虑明天的事也不用回忆昨天的事。既不用追问你是谁也不用追问我是谁。既不用问你坏不坏也不用问我好不好，或者可靠不可靠。即使你就不可靠，也不关我什么事，我也不想和你吵，因为争吵无意义。

那么什么有意义呢？不知道什么有意义。

只看到有好多姑娘，一个个都惊人的美丽。

## 比　赛

他说起比赛：无论如何比，不管怎样赛，都非公平的，因为人是不一样的。只有各人的条件相同，比赛才有可能公平。

那就比不出名次了，也赛不出差距了，我反驳。

不同的人互相比，又有什么意义呢？他们本来就不同。

相同的人也一样呀，相同的人互相比，不就是和自己比吗？

就是要和自己比，人才能够超越自己！人比人，气死人，不是吗？

我说是，但有一点，我不会气死自己。因为现在的所有比赛，都可看作是一场表演，甚至可以说是娱乐。公平名次固然重要，但也可说不太重要。表演好了就行了，表现了自己就行了。比赛就是表现自己，满足自己的表演欲，满足观众的观赏欲。我们的人生也是如此，在表演中看到别人，同时也在认识自己。

## 司芬克斯

他又说起司芬克斯，说起它的那个谜：你可知道什么动物，早上四条腿，中午两条腿，晚上三条腿？

我说我知道，从小就知道，这动物是人。

这说明你认识自己，不但认识过去的你，而且认识现在的你，还预见了将来的你！他大度地表扬了我，并进一步阐述道：我们总是在某一空间，同时穿越很多时间，至于认识是否准确，那是你的水平问题。

我是什么水平呢？我问我自己。我看到了"两条腿"才是一个"独立"的人。我看到了"四条腿"正在渴望和探索。我看到了"三条腿"正在拼命地强撑着，抗拒回归"四条腿"。

## 医　生

他病了，又好了，他问我：你说医生是怎样看待这个世界的？

我说：在一个地道的医生的眼里，这个世界恐怕只是两个不同的国家吧。

是吗？顿时，一脸兴趣。

而且只有两种国民：健康的和有病的。

而且，这么两类国民是经常地流动的，有的时候健康的会变成有病的，有的时候有病的会变成健康的。他兴奋地补充道。

我说是。我说医生就站在这样两个国度中间，站在两国的边境线上，查护照，提问题，搞评估。

他们怀疑，他们证实，他们就像警察一样。

有的医生看内科，有的医生看外科，有的则是耳鼻喉。

还有的看肿瘤，查细胞，做化验。

还有的看胡思乱想！

幸亏我不胡思乱想。所以，很快就回来了，回到健康的国度来了。他微笑着看着我。

欢迎回国！我对他说，紧紧地握住他的手。

## 笛子大师

他说：我完全有可能成为一个笛子大师，可惜，我没学，不会吹。

我说：虽然我会吹，但我现在已明白，我永远都不可能成为笛子大师了。

你还会吹笛子吗？真的？我怎么从来就没有听你吹过呢？

呵，我说是我说错了，我说我应这样说，我早就明白我永远都不可能成为笛子大师了。

你是怎么明白的呢？能够如此自知之明。

我说我也不知道我是怎么知道的。

一个人有自知之明，却又不知他自己究竟如何自知的，真的很奇怪。

我想，这也奇怪吗？也许道理很简单，那就是：一个人过于自信了就可能缺少自知之明，而一个人不自信又可能被自知之明时不时地束缚了自己。不自信的人，在一般情况下，总是被自信的人压住，但他们在骨子里又还是有点自信的。人就是这样矛盾的。

## 古 砚

那天，他送我一方古砚，是他刚刚淘得的。

我问他，为什么？他轻轻地一摆手：收下吧，收下吧，这不算什么，也没有什么特别的理由，只是想给你罢了，有时候一个人就是想给别人一点他所喜欢的东西啊。

我不忍拂他的好意，收下了。待他走后，我却拿着这砚不知摆在哪里。我不练书法，也不藏古董，放在家里就显得有点不伦不类了。

他总是这样，总是喜欢自说自话、自作主张，但他对我绝对是怀有一片真心的（别误会，不是同性恋那种）。我很了解他，也一贯顺着他，但又觉得这顺着有那么点不太好。我这人是不重仪式的，我最想要的是灵魂的共通，那种快乐真的是从心底里往外涌啊。

## 植物智力

他说：植物也有智力。

我说：凭什么这样说？

他说：植物也是活物，活物就有智力。比如，春天来了，雨水充沛，阳光明亮，能量增多，树就会长出叶子。冬天来了，天寒，水冷，能量下降，树的叶子就会掉落。这就是树的智力表现。

我说我从未这样想过。

他说：很自然，人总是有差别的。

什么差别呢？智力差别吗？

他说：我们的智力是不同的。

我们的智力有何不同？

他说：这还用说吗？也像植物一样呀！比如含羞草，就知道避险。比如猪笼草，就知道捕食。昆虫若误入它的笼里，就难有生还的希望了。

我看你就像猪笼草！

你呢？你以为你是含羞草？

## 肚脐眼

你不觉得你瘦了许多吗？他对我做了一个手势，脸上浮现微醺的光芒。

我说：有点。

我说：每个人每天都在变。

他说是，同时摸了摸自己的脸庞，不说他又胖了许多。

人老了不是会变胖就是会变瘦，那些不变的、"永葆青春"的，只是变化得慢点，千万莫上当，上那些什么药的当。

老是慢慢来的。先是脸上出现皱纹，然后悄悄有了斑点，法令纹也随之加深，眼角嘴角都下垂了。同时，还有衣服包裹的地方也在偷偷发生变化，连肚脐眼都变得好像要比原来小了。

怎么会这样？你目瞪口呆，原来是你腹部的赘肉把它挤满了！曾几何时，你还是一群屁胯精光的孩子中的一个呀，下河去游泳，个个肚脐眼朝天，手臂上也油亮得连水珠子都挂不住。

## 老年之泪

他对我说：我的朋友，别说永远都忘不了，一切都会随时而逝，人呀，事呀，物呀，回忆会越来越淡薄，痛苦会越来越减少。

淡薄？减少？

是的，淡薄，减少，他很肯定，但又不会彻底消失。

我想，是啊，这就是我们读一个人的情诗与看他晚年的回忆录所感到的差别吧？也是他的前半生与他后半生的区别？岁月先是在人的心中刻下深至骨髓的印记，然后又慢慢细细地把它抹掉再抹掉，直至最后平坦如婴儿。当然，心的种类不同，平坦的程度也不相同。世上也有这样的人，至死都忘不了自己的最爱。看网上新闻，医院里，一位九十多岁的老爹知道自己患痴呆症多年的老伴即将去世，于是坚决要求医生将他自己躺卧的病床推至老伴的病床旁边，然后拿起老伴的手，享受最后的温馨，两人的眼里都流出了泪水。这泪水与年轻时相爱的泪水不同吧。这泪水是老年的，更多的是一种依恋吧。这泪水与那种锥心的痛苦和绝望也不会是相同的。

# 再好的语言也有间隙

## 挽救青春

听说你加入了作家协会，成了一个作家了。

不加入就不是作家吗？我看你也是个作家。

是是是，那当然，有作品就是作家！我只是想表达现在你加入了作家协会，我感觉就像我也加入了作协一样。我是为你感到高兴。你一定会写出好作品来，挽救我们彷徨的青春。

好作品能挽救青春？我觉得他在胡扯。

青春已经逝去了，还有谁能挽救吗？只能唱一首挽歌了。

书写在纸上就是一种挽救啊，你不觉得当年的我们，有太多的珍贵东西，值得你一一写出来？

我们的青春太清淡了，彷徨小心，缩手缩脚，像个老人，粗茶淡饭。唉，错过了多少爱情呀，枉费了多少浪漫呀！

哪里像个老人了！现在的老人才不吃你说的粗茶淡饭呢。没看过老年宝典吧？

摇摇头，没看过，我又不是一个老人。

老年宝典上这样说，有几件事必须做，其中之一就是：对当年的暗恋对象不失时机地表白一次。

## 作家的独特

他问：你知道作家们为什么独特吗？

我说我没有这样的感觉。

他说大多数的人都是藏身于自己的那个心灵深处的。而且大多数的人都会把他们的人生故事带进火葬场，带进坟墓里，根本不与他人分享。他们害怕他们的故事一旦公开变成文字，会有不知怎样的结果。那样，他们的那些故事就变成了"共同财产"，就不再归他们所有，就不再受他们控制，就像一粒粒的种子，播撒于读者的想象之中，长成各种奇异的植物。

那有什么不好呢？

这就是作家的想法了。一般人不这样想的。

想想也是，他说得对，外婆给我讲的故事，在我听的那个时刻也就成了我的故事。现在，这个世界上，只有我会续写我外婆的那些故事。而我续写出来的东西与外婆的肯定不同。别人的故事也是一样。所有的故事概莫能外。所谓作家也就是能把别人的那些故事编进自己的故事，化作自己的故事的人。


## 传世经典

看了我写的书之后，他说他也想写书。他说他的最大心愿就是要留下传世之作。

我说我可没这样想。

他问，为何不？

我说，传世容易吗？

他开始思考。

我说，你想过没想过这可是要赢得世世代代的人心呀！

他当然地看着我：就是呀，不然，我写它做什么？

他又说：世世代代怎么了？不还是那颗人心吗？

那倒是。我承认。

经典的东西，几千年，到现在还是经典啊！

这个当然也承认。

因此，我只能说佩服，只能说：我等着你的经典了！


## 脑壳里面

他说透过我的额头，看到了一片遥远的风景。

我说那是我的过去，没有什么研究价值。

但他只是笑而不语，仿佛真的发现了什么，但我知道没有什么。

可他还是盯着看，盯着我的额头，说：我真想打开你的脑壳看看里面的构造。

我笑：还不是豆腐脑！

那可不是一般的我们说的豆腐脑！那好像是被发过功的，能够高速运转的。我真羡慕你的大脑。我的怎么就那么笨呢？

哎呀呀，这太阳，今天从西边出来了！你的大脑哪里笨了？你这人就是会装笨。而且你更擅长行动，你我是不同类型的人。

确实，你更耽于内心，所以你能当作家啊。我喜欢看你写的书。你的书能让我从中看到我自己，看到我们两个的差异。不过，我对你那本书，那本关于爱情的小说，倒有一点不同看法。

哦？说说看。

那么长的一部小说，从头到尾都在谈爱，却又始终没有做爱，这是多大的铺张呀，浪费了多少美妙之夜！

要是你写就不同了，就只看见做爱了。

那倒不见得，我也会谈呀，我也会写谈爱的呀！

# 心里的感受

那天，说起我的一篇新作，他说：你写的都是真实的吗？

那当然。比真实的还真实。

那为什么看起来，感觉乱七八糟的，根本看不懂！

看得懂的才真实？

你所写的那些人事你真的都经历过？

你说呢？

不可能。

当然不可能。

那你凭什么非要这样写？

凭心里的感受呀！

你没感受的，你就不写了，就不存在了？

你要这样说，那我只能说，对于一个写作者，当然就不存在了，除非他把它好好写下来，或者像你说我的，乱七八糟写下来。

那些没写的就被忽视了，就不重要了？

有的可能更重要。有时可能更重要。

你这话是什么意思？

我的意思是，在有些时候，有些没有说出来的比说了的更重要。

为什么？

至少有两点：一是我想说却又不能说，无法说出来，没有能力说出来；二是我想把它放在心里，一个人，珍藏着，不足以与外人道也。


# 老婆怎么看

你老婆怎么看你所写的这些东西？

一般来说，她不看，即使看了，也不说，也不问。

为什么？

她不看，她不说，她不问，就是对我写作的最大关心和爱护了。

为什么？

她不看，她不说，她不问，我在写作时也就不用去担心她的所思所想，不用去看她的态度，不用去瞧她的脸色。这样，我在写作时，也就能够少些顾忌，就能放心大胆地抒发自己的奇思异想，写出那些在生活中难与人言的隐秘的东西，写出那些在交流中无法言说的神秘的东西。

很奇怪，她是怎么做到的？能够不看不说和不问。

这有什么奇怪的呢？因为她爱我，关心我，鼓励我，让我能够有时间有空间有可能尽情地亲近我的写作，让我在文学的时空里能够尽量地表现自己。

她真好。

那当然。

那你为什么就不能因为她的这个好，写点迎合她的东西？

不是不能写，而是因为文艺女神不喜欢任何迎合的东西。她所喜欢的是奇思异想，是新颖的表达形式，是个人所独有的东西。如果不这样，她就会离你而去了。你所写的任何东西就与她没关系了。

文学与很多事物的关系，在我看来，真是这样。


## 酒后真言

这酒好像有点酸。

好的葡萄酒都会有点酸。

相比葡萄酒，你好像更喜欢那些烈性的烧酒一些。

烧酒能点燃，能有扑扑的蓝色火焰。

你喜欢幻想吗？

喜欢。幻想能更好地表现现实。

你好像喜欢写痛苦，写忧伤。

痛苦和忧伤相对于快乐分量似乎要重些。

你特别喜欢自由自在。

谁不喜欢呢？你不喜欢吗？

还有独立。

我的内心是独立的。

还有死。

谁都是要死的。

还有永恒。

这个我真的不太关心。地球总有那么一天又会变得光秃秃的，或者突然一下粉碎。

你关注过现在的那些民间作家吗？

有民间吗？

相对于作家协会而言。

那就不是作家了。

好呀，酒后吐真言！以前你还说，即使不参加作家协会，只要写东西，也算是作家。

呵呵呵，说错了，以前说得对，刚才说错了。

好吧，就算写作者吧。他倒很宽容，一点不纠缠，不在乎作家不作家：他们的读者不少呢。

任何写作者都会有读者。再差的写作者也会有读者。

你为读者而写吗？

不。我为自己写。或者，首先，我是为我自己写。

写作时，你发现了什么？

没有。写作时，我是迷糊的。因为我迷糊，所以我才写。

时间一分一秒地过去，谈话越来越没意思，越来越显得无聊了。

## 姑妄言之

有一件事你不愿也不好对别人说，那就是你清楚你不应该这样写甚至不该这样活。

听他这样说，我打断了他：那你为何对我说呢？那你不要对我说了。

我真对你说了吗？他笑了，摆摆手，不，我没对你说，因为无法说！说了又有什么用？已经没有人愿听我说了。有人劝我该回头看看自己所写的，不要再像过去那样一个劲地虚构人生，以图不必直面现实。

我看你不是这样的人，何必这样妄自菲薄。

是啊，我真不是这样的人，也不该是这样的人！他又有点兴奋了，略带自嘲地说起来，我们这样地写呀写呀，只是为了让我们的读者能够比我们聪明一些，或者和我们一样聪明，从而能够深刻体会伟人们已经明白的真理。

伟人们明白什么呢？我问他。

伟人们一向都明白，如果将人关起来，人就会变疯或者变成动物。伟人们一向都明白所有崇拜权力的人，所有害怕权力的人，都会成为权力的奴隶。伟人们最最清楚的就是暴力会滋生暴力。而我们要做的就是要让一般人明白伟人们是如何想的……

听他这样说，我又打断他，和他开玩笑：那你应该这样写呀，就像你现在所说的！

他说：那不行！不能这样写！他说，伟人们现在都很忙，我们不该去打扰！伟人们现在所关注的是如何去开拓火星，他们脑子里所想的是人类的未来社会怎样才能更自由，如何才能更高尚。一般人所想的东西已经落后于伟人们一万年都不止了。

我说：真的吗？

他说：那当然！

他说，伟人们站在山上，正在看着山下的人们——很多的一般人推着一块巨石上山。

我说：照你这样说，那就是伟人们竟将自己的伟大希望寄托在一般人身上了？

他说：是。所以，才会需要我们通过我们所写的作品去使一般人都明白伟人们是如何想的。

于是，我又问：那是一座什么山呢？

他说：那是一座黑暗的高山，山上的泥石是人类的愚昧。

于是，我就说：那我可不属于你说的那些一般人，也不是你所说的什么聪明的写作者！

他笑了，问我道：那你属于哪种人呢？

我回答：我也很想成为伟人，立在那个山顶之上。

他又笑：你哪里有那样的运气！你只是一个聪明人，就像我一样！

于是，我就清晰地看到一群人正在弯腰驼背地推着一块巨石上山。每当他们推上一点，就会突然轰地一声，暴发山洪，或者地震。于是，巨石就滚下去，不是滚到底，而是停在比原先稍微高一点的地方，直到快到山顶时，才会又是轰地一声，才会完全滚到底。于是，又有一群人再用肩膀顶住巨石，继续将它往上推。

如果真有那么一天，巨石推到了山顶之上，世界会是什么样呢？这是我想象不到的。无论怎么想，我都想不到，无论我是多么聪明。


## 逮住它

他说他最近很苦恼，每次坐到电脑前，一句话都写不出来。写了一行，一看，不行，删掉。再写一句话，呆呆地看着，想了好半天，觉得还是一句废话，又删掉。他觉得他的脑子里似有一种固执的东西，阻碍他用他的文字表达他的思想情感。可是，他想表达的主题其实就在他的手边。为什么会这样呢？仿佛是他的那些思想，那些汹涌澎湃的感情，注定不该被写出来。

我说在这种情况之下，他应该去做别的事情。语言不是他怀里面所抱着的那只小猫，它不想待在房间里面。它是一只游荡的野狗，一只令人讨厌的狗，一只从那地狱之中挣脱锁链逃窜的狗。每当这时，我都会放下手头写着的东西，走到小区的花园里，站在那棵大树下，聆听夜晚的美妙寂静。

我知道那只狗，跑着，跑着，会累的，累得趴在大地上。

## 作家的忧郁

作家总是容易忧郁。

好像事情真是这样，至少好多的作品中都沉积着好多忧郁。

早在一五八〇年，蒙田就认为抒发忧郁不值一提。尽管他知道他自己是个忧郁的病人，他仍这样看。

我说是。我说福楼拜也是这么看。福楼拜也同样被诊断患有忧郁症。

蒙田还认为忧郁的情绪是独立自主的理性主义和个人主义的敌人。按照他的这个观点，忧郁根本就不配跟智慧跟美好跟道德等等高尚的品质并列。他还赞成意大利人把忧郁跟万恶之源以及疯狂和伤害联系在一起的说法。

但忧郁易引起美感，使人生出许多怀想，不是吗？

确实是，他承认，事情就是这样矛盾。

## 好作品

我说：有的作家的书真的像冰毒，你读着上了瘾，想戒也戒不了。

他两眼望着窗外说：你这是说人家好呢还是说人家写得不好？

我说：你说呢？我只是说一个事实。

什么事实？书像冰毒？

事实是有的称之为好的作家或者大作家的书，你想读也读不下去。

那么，什么是好作品呢？他指头转着他的笔。

我说我觉得好的作品都是能使人感受生活以及人的内心的。好的作品不仅能让人们对修辞产生兴趣而且还能让人们对生活也产生兴趣。

哦，是吗？他说，不置可否，眼睛还是望着窗外，手里还是转着那笔，就像夹着一根烟。最近，他爱上了"哦，是吗"，回什么都用"哦，是吗"。他觉得这样很有派。可我觉得这只是他的反应迟钝罢了。


## 文以载道

强调文以载道对作家来说可能并不太好。

为什么？

这可能导致作家不是走入说教式的文学就是陷进自己并不真懂的东西中。

也许有的作家就善于说教并真懂各种东西呢？

也许吧。不过，那也就有可能与文学关系不大了，或者是远离文学了。

不明白。

比如吧，读书不光是为了学习。

为了什么？

很多时候都只是为了打发一点时间。

写作呢？

也不光是为了改造人心。

还有呢？

更多的时候是为了表达自己，或者表现他人，或者娱乐自己，或者娱乐他人。

但这些与文以载道也并不是对立的呀！

那当然，我指的，只是那个"强调"而已。凡事太过"强调"了，可能就不合适了。


## 文学青年

他笑我是个"文学老年"。

我说NO，我说我觉得我还是一个"文学中年"。而如果我能够当一个"文学青年"的话，那我就更加喜欢了。

他说我真是不清白。他说他就曾听人用贬抑的口吻说：那个文学青年呵！要不就是这样说：他还是个文学青年！

我说我也听到过，只是我的想法是：文学青年怎么啦？文学青年有何不好？

幼稚吗？嫩芷吗？也许吧。不过，即使再幼稚，也未见得就会比用这种口吻说话的人差到什么地方去。

做"文学青年"不容易。做"文学青年"至少要比一般的什么"青年"在心灵上思想上情感上更善感更敏锐更丰富。我这样说并非说其他"青年"就不行，我只是想表达一下"文学青年"的特质。

## 做自己

每一个人都是独特的！

我说是。

每一个故事之所以能够成为故事是因为它们不一样。

我说是。

每一位作家也应是独一无二的，即使是一个二流作家，或者是一个三流作家。

我说是。

我根本不想反驳他。如果真像他所说的，那每个人就都是他认为的自己了，但人活在这个世上，最难做的就是自己。

作家呢？也一样。任何人的个人风格都不是一天形成的，这就像有人说罗马并非一天建成。任何人的个人书写，即便就是天才的书写，最开始都难免或多或少地模仿他人。孩童不也是通过模仿才开始牙牙学语的吗？谁又能够一生下来就是一个成人呢？

其实，话再说回来，能不能够做自己，讲到底也无所谓。做了自己是一生，不做自己也是一生，怎么样都是一生。


## 托尔斯泰

谈到托尔斯泰的伟大，他说不在别的，就在于诚实。托尔斯泰说作家写人的弱点和可笑之处，就在于他们把这些全摆在虚构的人物身上。当然，有时也成功，这要看作家的才气了，但多数的情况是显得非常不自然。

为什么？

因为人的弱点是我们从自己身上认识到的，为了表现得准确，得通过自己去表现，而这样做要有勇气，有勇气的人很少。人们在把自己的弱点移到某个人物身上去时，总是拼命地扭曲着这个人物的形象，以免自己被认出来。其实，不如直接地说：瞧，我就是这个样子呀！你不喜欢，很遗憾，但这是上天造的我！一切内心的情感迸发起初都是纯洁的，是现实毁灭了感情的无邪和魅力。

他说的我完全同意。我说托尔斯泰还说，他看到了生活的无聊也就是它罪恶的一面，使他感到毛骨悚然。他不能理解，那些怎么会吸引他。当他诚心诚意地祈求上帝接纳他时，他忘掉了肉体存在，那时，他只是一个灵魂。可是，肉体也就是那生活的无聊一面，一转眼又占了上风。祈求不到一个小时，他几乎是有意识地听到了罪恶和虚荣以及生活的无聊呼声。他知道这呼声来自何处，知道它会葬送他的纯洁和幸福，他挣扎，但他还是依从了它。他幻想着世俗的荣誉，幻想着美丽的女人睡去。他并非是明知故犯，而是他没能力抗拒。


## 写作的意义

他又笑问：为何写作？

我只好说：只是想说一点我觉得有点意义的话。

但是，我从你的脸上马上就清楚地看到了，这根本是不可能的。

为什么？

因为在你的眼里看来，一切有意义的表达同时也是无意义的。

莫乱说。

哪里乱说了？这不是肯定之否定吗？

你还螺旋式上升呢！

当然要上升！

我嘲笑地看着他，等着看他如何上升。

他说：越是无意义才越显得有意义！

不得不承认，还真上升了。

## 一贯错误

那晚又接到他的电话，谈到最近我的文字，说到其中的某些观点，我连忙贴近话筒说：千万莫说我正确。

那边，愣了愣，我连忙又抢着说：我是从来都不正确。

那边，继续在发愣，我又继续抢着说：我是一个错误的人。

连人都是错误的吗？总算有点反应了。

是的，是的，连人都是错误的。我又赶紧进行肯定，接着，再进行补充：我怕，我就怕正确。

那边呵呵笑了起来，我也呵呵地笑了起来。

正确当然是好的，只是做到不容易。有的人能一贯正确，那是他们独有的本事。我却没有这种本事，所以，只能一贯错误。尤其面对正确的人，那就更是一贯错误。

每次与人互相挑错，结局必是我错我错，错了还是一错再错，只能抱着头颅鼠窜，夹着尾巴，狼狈逃窜。

## 冷漠的激情

他说：创作源自激情。

我说：源自充满激情的冷漠。

我说：火大了，要降温，不然，就是烧毁，烧熔。

我说：无论写作还是绘画，冷静是前提，不要与对象产生共鸣。否则，你很难精细地感受风景或个人。

我说：创作时一定要同描绘的对象拉开距离。

我说：要拒绝靠近。

我说：近，意味着温暖，意味着爱，爱会模糊你的感觉。

那就只有不爱了。不爱，人就清晰了？他说我简直一派胡言，他不喜欢我的胡言。

也许吧，有时候，我真的，在胡言。


## 语言的间隙

那天，说起一个作家，我说他的语言很好。

他说：再好的语言也有间隙。

我问，间隙在哪里？

他说就在那个作家所写以及他的所想之间。只有好读者才能够看到他所说的这个"之间"。

我说我不懂，请解释一下。

他说：说得很清楚呀。一个作家心中所想和他能够写出来的多少总是有距离的。再好的作家也是如此，再好的文字也是如此，都不可能完全表达那个作家想要写的。

我说，即便就是如此，这也很正常，你到底想说什么呢？

这就需要好读者了。好读者就能从未尽其意的文字中看到那作家想要写而又没有写出来的。

这就是善解人意了？

也是善解文意了。

很多时候，越是好的，也是越难表达的。

很多时候，越是好的，也就越是不能表达，只能深深地放在心里。

就像地下的宝藏一样？

是呀，要等某个灵感来时，要等某个合适的时机，它才能够出土的！

我说我多少明白了。

## 自　评

你如何评价自己的作品？

还是别人评价的好。比如你。很多作家都这样说，一篇作品完成了，作者的话也说完了，然后就是读者说了。

读者说是读者说，一千个读者就有一千个哈姆莱特，我想听你自己说。

你这不是为难我吗？不识庐山真面目，只缘身在此山中呀。

作品又不是庐山。庐山是客观存在的事物。作品是你心中的产物。难道你还不能说自己心中的东西吗？

心中的东西不好说呀。

可以写？

是。

可以看？

是。

不可说？

是。

如果你硬要逼我说，那我只能这样说：我生活在自己的作品里，生活在自己的人物里。我和他们一同生长，一起玩耍或吵架。我和她们恋爱、结婚，还有离婚，等等，等等。这就是我的作品的所谓秘密所在了。在我所写的作品里，有我无法达到的人生。


## 做个普通人

我觉得下班后就应该休息，不能再思考，也不必再"业余写作"。当然，这只是我的"觉得"。我这样"觉得"了并不等于我就能切切实实地做到了，有的时候有冲动了，我会马上打开电脑。

我躺下去试图像很多大师建议的那样彻底腾空我的头脑，但我听到电话铃响。

我知道是他打来的，我真不想接，可它会一直响下去。

他在那一头告诉我，他正在写作，越写他就越觉得他适合做个普通人。

我说：你不行，你太伟大了，下班还在思考问题。

他说：何谓普通人呢？你是如何理解的？

我说：这个很简单，该休息时就休息，该做事时就做事，该偷懒时就偷懒，有缺点，有错误，就像所有人一样。

# 新生活需要新形象

## 谈　爱

爱就是交谈。他问我：知道是谁说的吗？

我说不知道。

他说：是我说的呀！难道你就忘记了？

我说我真记不得了。

他说他在今天晚上，对他说的这句话，有了更深的理解。

望着我的莫名其妙，他进一步阐述道：

他和她在公园里，坐在一张长凳上，交谈在两个人的周围慢慢细细展开了，两个生命，互相交织、互相交融，融为一体，如同先前曾经以另一种方式缠绕那样。

你是说这交谈是又一种男女关系？

是又一种形式的爱！他强调着纠正我。

我说这次我记住了，交谈也是一种爱。谈爱，谈爱，这个词，就是这样来的吧？

## 需要黑暗

他问：你有这样的感觉吗？一些在白天不好说的话在黑暗中似乎就好说了，真相在那黑夜里也变得可以展现了，交流在那黑夜里也变得更加容易了。

我说有，当然有，但为什么会是这样，我就说不出来了。

他说不用说出来。为什么要说出来？感受才是最重要的。

比如他不喜欢白天，不喜欢光天化日，不喜欢大庭广众，那就是不喜欢。为什么不喜欢？他也说不出，但他就是不喜欢。

他说无论多黑的地方，只要你去看，那就会有光。

他说黑夜虽然黑暗，但有一种朦胧感，犹如童话的世界一般。

他说白日里鲜花盛开，这是谁都看得到的，但他们能看到黑暗中的绽放吗？

他说，其实，很多时候，人都是需要黑暗的，甚至需要完全的黑暗。比如，某晚，你想睡，睡不着。你拉上窗帘，可是还有光。于是，你又戴上眼罩，依旧还有光。你的眼睛总是感到许多光的猛烈撞击。这时，你需要什么呢？当然是完全的黑暗了。这时，只有完全的黑暗才能使你进入梦乡。可是，这个世界上有什么完全的黑暗吗？回答肯定是没有。就像这个世界上也没彻底的光明。

什么都没有彻底的吧？

是啊，什么都没有彻底的。开灯还有灯下黑呢。


## 借阳寿

谁也不能永远活着，他说，他走了的父亲对他说：一个人一旦过了七十，那往后的每一天就真的是借来的了。

向谁借的？我问他。

不知道。

向阎王爷借的呀！传说中有好多向阎王借阳寿的故事，可见人多想要长寿。

你就不想长寿吗？

当然想。小时候，我调皮，老是逗得外婆烦，被她骂作"小讨债鬼"。外婆不信佛，但她也知道，细伢子，阳气足，怎么咒都咒不倒的。现在，我，果不然，顺利活到今天了。如今的我也快到向阎王借阳寿的年纪了。

那你还早哦。

不早了，快到了，一眨眼的事情了。我一定要多借点，哪怕就是花言巧语，即使就是欺骗贿赂，也一定要多借一点。

但愿吧，他笑道，只是借债要还的！

你不晓得我会躲吗？

而且还会赖！

如今，借钱的是爷爷，要钱的是孙子！

那我要叫你一声爷了！


## 心中的敌人

那天，他说，一个人要活得好就要搞清谁是敌人。

我说，还要知道谁是朋友。

他说对。他说，谁是我们的敌人，谁是我们的朋友，这个问题是活着的首要问题。

那么，谁是我们的敌人呢？

我说 A，他摇头。我说 B，他摇头。我说 C，他摇头。我说 D，他还是一个劲地摇头。

我说我不知道了，我要他说说看。

他说他就奇怪了。

我问他有什么奇怪。

他说，我是奇怪你呀！为什么一说到敌人，你就老是盯着别人，而不看看自己呢？

我说，为什么要看自己？我不明白他说什么。

因为那个真正的敌人，不在别处，就在你的心里呀！

好吧，我笑，朋友呢？

也在你的心里呀！

你说，到底，哪个奇怪。


## 心中的桃花源

他说：孤独很难忍受。

我说：何谓孤独呢？

他说：废话！这还用说？一个人待着就是孤独，无人说话就是孤独。

我说：你现在不孤独了，现在你不是一个人了，你已在和我说话了。

他说：我还是觉得孤独。

由此可见，孤独这事并不是一个人的问题，也不是无人说话的问题。

他说：是。那是什么问题呢？

我说我也说不清。但我记得叔本华曾经说过这样的话：谁要是不热爱独处，那他也就是不热爱自由。谁要是不热爱独处，那他也就是无法享受自己的思想。我们承受的所有不幸，皆源于我们无法忍受独处。

他说是。他说这话说得实在。他说生活在人群当中必然就要迁就忍让，就会觉得烦躁不安。只有一人独处的时候，你才可能成为自己。但你若是一人独处，却又不免觉得孤独。

我说这就是两难了。还是顺其自然的好。一个人顺其自然了，就能像那陶渊明了，就能有自己的桃花源了。

这地方到底在哪里呢？他不由得苦笑起来。人们都寻了千百年了。

我说：我觉得在心中。你心中有了桃花源，你也就不需要和别人拥挤在一起了，也不会在人群中觉得自己孤独了。

他说就是还没有啊。

我说是，难得有，说来容易，难得有。


## 顺应时代

有个做得好好的同事，突然之间就辞职了，来办公室向我们告别，大家的反应却很平常，几乎就是一模一样，大都笑笑，问声：是吗？然后就是祝他好运。这个祝他好运的意思无非是说辞不辞职或者说是开除与否都是你自己的事，但愿上天多多保佑你能顺利地向前走。

这是一个什么年代？唯他转头向我询问。

我知他是什么意思，为了缓解他的情绪，我随意地对他说：这是一个用声音写字然后点击发送的年代。生活在这个年代里，一个人整天拿着手机在网上面逛来逛去已经不是个人的爱好而是大家的爱好了。

他笑了，他说对，花白的胡茬随即绽开，露出牙齿，非常白，他知我在宽慰他。

活在这么一个年代，已经没有任何事情能够让人感到惊讶。任何事情对于世人也都不会显得奇异，显得突兀不可信了。每天都有那么多的荒诞无稽的人和事出现、发生在团转周围，甚至每个人的身上，以致人们再无兴趣也无能力做出反应。

人都变得麻木了。

人能告诉自己的就是一切顺其自然。

## 吴哥窟

年是什么？他也学着记者的口吻脑残似的来问我。

一种感觉。

什么感觉？

一种不用工作的完全回家的感觉。所有的物质加起来也抵不上这种感觉。

哦？

我看出他心不在焉。你到底想说什么？你在哪里过的年？

啊！我过了一生中最好的一个年，我在吴哥窟过的！

我知道那地方，废弃的吴哥王朝的遗址。你去旅游了？跟谁？

你先别管我跟谁，这一趟真太值了！那个神奇的地方，那种神秘的微笑，不管你走到哪里，抬头一看，微笑的大佛，那大佛就仿佛看到你的心里去了，令你心惊肉跳的。

你又没做亏心事，心惊什么，肉跳什么？

呵呵，做了也不跳，反正在外面，碰不到熟人。大佛虽然阅尽沧桑，却永远地一言不发。那真是——那真是——最奇妙的七天啊，整天无忧无虑的，通宵心旌摇荡的，陶醉在美景仙境中……

还有美酒美人吧？

那空气，嗨，那空气，那空气都是甜的呀！那空气，软软的，绕着你，围着你，我是头一回知道了什么叫作醉生梦死……

他微微地眯着眼，陶醉在那回味中。

嗨，嗨，嗨，打卡了，我笑着推了他一把。


## 新生活

新年好！

他穿着新衣来上班。

我笑他。

他说：新生活需要新形象，新形象需要新生活。

我仔细地打量着他，真的，果然，新形象，不光衣服新，从头到脚连发型，还有鞋子和袜子，都一下子讲究起来，搭配得也恰到好处，人仿佛在一瞬间就提升了几个层次。

你这家伙搞什么，跑到哪里装修去了？

嘿嘿，嘿嘿，嘿嘿嘿，他竟然不好意思起来：我有个免费的高级形象设计师啊！他那么，稍稍的，嘿嘿，参考了一下。你说怎么样，还过得去吧？

确实有点不同凡响，我不由得不承认。又说：我都快不认识你了！

他愈发地腼腆起来：嘿嘿嘿，没办法，不拼颜值不行啊！这是拼颜值的时代呀！有颜值就有一切，没颜值就没一切，奈何？周围的人都在拼，我不拼就落伍了。何况就是这么一穿，我的感觉就不同了，自信心也倍增了，真的好像年轻了十岁，什么都可以重新开始！

你准备要开始什么样的新生活呢？

突然，我有点好奇了。

他说：保密！要保密！


## 出事了

出事了！他说。

什么事？大还是小？

既不大又不小。

于是，我得出我的结论：那就不是什么事了。

吴哥之行被我老婆知道了。

意料之中。大吵大闹吧?

奇怪啊,既不吵又不闹,似乎早就知道了,似乎我的所作所为都在她的掌握之中。

那——是——你老婆是谁呀,还有比她聪明的吗?

是啊,是啊,她好像已经深思熟虑过了,而且,毫不含糊地跟我约法了三章。

说来听听,哪三章?

第一,她要掌握经济大权,除了零花钱,我身上不能有多余的钱。第二,不能抛弃这个家,离婚是想都不要想。第三,丑事不能公开,对外仍是和睦家庭。

铁板钉钉啊!还有吗?

最后,她说,她明白,已经这么多年了,她想管也管不住我的这颗浪荡的心,她懒得再管了,看我还能蹦跶几年!

就这样?

就这样。

有个难得的好老婆呀!我都有点羡慕他了。


## 成功是意外

某件事,我做时,感觉非常好,大家也说会成功,结果却是失败了。

觉得有点意外吧?

知道他会这样问。

我说不光是我意外,很多人也意外。

他笑了:大家说成功是你的回声。人家说意外也同样是回声。那些都只是你的回声。你所听到的只能是回声。

我说：你这人怎么这样？人家失败了，你还来讽刺。

世事不如意十之八九，凭什么你的感觉好，做事一定就成功？

我也没有这样说呀！

那当然。你是一个聪明人。你当然能看到：别人预祝你成功，别人表示很意外，大多只是附和你，只是一种客气罢了。

你还继续讽刺我！

怎么会？我只是想表示一下，成功大都是意外，所以我们要祝贺。不成功倒是常态，所以也不必气馁。知道农药六六六吗？

好像听说过。

据说为了试验这药，失败了六百六十六次！


# 离　别

他说，一个朋友要出国了，他去飞机场送他，那朋友对他说：我一直说我生错了地方，这个地方不是我待的地方，但此刻真要离开了，竟又有点舍不得了。

我说都这样，人就是这样。

他说真的有点奇怪，故乡只有离开了时，才感到它的亲切的。

我说：人也一样呀，在一起时磕磕碰碰，分手了又恋恋不舍，真的永别了就更感到可贵了。

他说：我知道你在说谁了。

我说：你又乱猜了。你这人就喜欢乱猜！

我哪里乱猜了？

你又在坐实。

坐实有什么不好吗？

你说呢？

至少要比坐虚好。

我说不见得。我说有时候虚一点比坐实还准确些。

## 肉　身

关于人际关系，他说了一段令我难忘的话：肉体是会变的，那么，与之相关的各种人际关系也不可能一成不变。

我说是。肉体的变化，生老病死，才是这个世界上的绝对的谁也不能阻挡的自由，而且是彻底的永远的资产再分配。

于是，他又进行补充：所有权什么的根本不存在，个人的概念也是虚妄的。同意吗？

我只能说两字：同意！

于是，他又进一步阐明：一切都是身外之物，看穿了这一点，还有什么好争的、好吵的，还有什么非要坚持，活着还是随意为好。

我说：你到底想要说什么呢？又是权，又是产，不是又要动婚姻吧？

他说：你又坐实了。

那好吧，不坐了，我起身，既然一切都是虚的，又何苦要动来动去，我看你还是好好地招抚好自己的肉身吧。

这肉身也不好招抚呀，它是最不听招抚的！他深深地吸了一口气。

## 车祸女人

他像近视眼一样地眯着他的眼睛说：她就是那种走在大街上能够引起车祸的女人。

我问：新结识的吗？

他说是，颇得意。

漂亮吧？

不。不是你所想象的。

那是什么样的呢？我不由得遐想起来。

很直接的人，莽里莽撞的、笨手笨脚的，不会算计，喜欢一个人就死心塌地。

那和你反差太大了啊！你们怎么结识的？不会是在车祸中吧？

在另一种车祸中。他诡秘地笑了一笑。承认反差确实是大。承认他们的关系里确实缺少很多东西，但有一样东西不缺，那就是肉体的相互吸引。

听着他说这些话，我的心里感觉到，那条古老的丛林大蟒，正在钻进达尔文的进化论的洞穴里，不断向前，舒腰展背。


# 异　类

她太狡黠了！他说，不但精明，而且机巧。散布起流言来，说起怪话来，分寸也拿捏得特别好。更懂得用那些不用说出声的花招，轻蔑人，糟蹋人，挑衅人，让你难受，极不舒服。

他的话很自然让我想起一位朋友，差别只是他是男的。我一直都帮助他，他却一直嫉恨我。每次听到他在背后莫名其妙地伤害我时，我都想起一句老话：一碗米养个恩人，一担米养个仇人。很多人，很多事，你都只能叹奈何！

他说：就是这样呀，好像与生俱来的，即便他想改，他也改不了。

因为人是不同的。这种人与你我本就不是一类人。所以，才有那句俗话：物以类聚，人以群分。

可是，你在这世上也不可能只是和同类的人打交道呀！

所以，只能叹声奈何，因为异类也是人啊。他们生成那个样也是没有办法啊。一天到晚转心思，你以为他们好过吗？累不累？肯定累！

## 角落里

餐馆里，我和他，坐在一个角落里。

他说起了他的婚姻，说起婚姻渐渐蜕变，说起当爱不复从前甚至消隐无踪的时候，内心涌出的那种悲凉，记忆之水裹挟着他，他看见了很久以前，爱情刚开始的日子——那个曾经的无邪少女，面庞明净清新可爱，透出花一般的羞怯。

我说迷惘起于猜疑。

他没有作任何解释，因为他已懒得解释，没有什么可解释的，没有多少要解释的。

记得不久前我也跟我老婆聊过类似的话题，她说：唉，男人呀，这些男人们，怎么就是长不大呢？还无邪少女呢，你自己还是那以前的无邪少男吗？

男人们一旦厌倦了婚姻，惯用词就是女人变了。女人怎么会变的呢？怎么从林黛玉变成贾母了？再说，贾母就不好吗？年纪大的人，若不做贾母就会做那刘姥姥吧？即使就是刘姥姥，其实也有可爱之处，但你会爱吗？

我有时想，男人们，如果有可能，还是找机会，多和女人聊聊天吧，那一定是有益处的。

# 美丽的东西不求关注

## 维纳斯的美

他问我：想过吗？如果那个维纳斯，不是断了手，而是一侧颧骨凹陷，或者少了半个鼻子，或者额上有条裂缝，结果会是怎么样呢？

那还真的没想过。那尊雕像一经发现，人们就被她的美完完全全镇住了，就认定她必然是那个女神维纳斯了，而且是所有维纳斯雕像中的最美的一座。

但如果她头上或者面部有缺陷，那恐怕就不同了。

那就不是维纳斯了，而是别的什么斯了。

好在她缺的只是手臂，而非别的什么部位。

这就成了艺术家们说的所谓残缺美了。因为她的手臂缺失，人们也就把注意力更加地集中在她那高贵典雅的头部和她动人的身姿上了。

这就是重点突出了。我不由得笑起来。现在的人不也是迷信"一白遮百丑"吗？美白产品铺天盖地，抹了这种，又换那种。还有什么割眼皮、垫鼻梁、做假乳，等等，等等，数不胜数，都是在人们的目光所聚焦的地方下手。可惜的是，再这样，也只是一种人工美。这种美与维纳斯所呈现的那种美真的是不可比拟的，甚至可说天差地别。

他说是。他很同意我的看法。他说维纳斯的美，是一种崇尚自然的美，这种美是健康的，是一种自然健康的美。

## 鼓励之弊

做得怎么样了？我问他正在做的事。

他说不知道，意思是他没把握。

于是，我开始鼓励他：你肯定会成功的。无论做什么，你都会成功。

他停住，转过头，对我说：一个人认为他自己无论做什么都必定会成功与他认为他自己无论做什么都必定会失败又有什么不同呢？

确实没有什么不同。他的责问，问得很对。鼓励也要有分寸。

我平时对别人总是一个劲地鼓励。我很相信"心灵鸡汤"，相信"油多不坏菜"，没想到这世上还真有人吃腻了。

他的话也警醒了我，对别人的盲目鼓励其实是不负责任的，也是一种懒惰行为。

我懒惰吗？我不负责吗？我想还不至于吧。

但，作为他的真正的朋友，我就应该实事求是，应该帮他分析利弊，指出他的不足和缺点。这样，虽然，可能冒犯，但"良药苦口利于病"，老话总是没错的。

我对他说，我知道你问题出在哪里了！


## 老朋友

他说真好笑，昨天在公园上厕所，碰到了一个老朋友。

我问有多老。

他说，这还用问吗？在他这个人生阶段，所谓老朋友，指的就是有十年或者二十年不曾相见并且还能互认的人。

我想，在这个资讯发达的时代，居然还有一二十年不曾相见的老朋友，那就说明这期间可能有着某种原因导致他们不想见或者互相回避了。不过，对于老朋友，肯定还是会在心底里留有一席之地

的，偶尔想起还是会有一些说不出的感觉。

现在，既然"不期而遇"了，各人心里都那么隐隐约约地动了一下，脸上也都绽开了感到惊喜的表情，那是自然而然的。人都到了这个年纪，还有什么事，不能带过呢，不能一笔勾销呢？

于是，我又开始想象，他们怎样互相问候，讲述分别后的情形，打听他们共同的朋友和那以前交往的熟人，就像刚刚分别不久。

## 偶　然

什么都是偶然的。

生命也是的。

探视完重病的同事出来，我们禁不住互相感叹。

我们为什么难以接受生命是一种偶然呢？

是啊，为什么这样难以接受？

你问我，我问谁？

是啊，你问我，我问谁？

你不要学我的话！

我是在学你的话吗？我在进行我的思考。

你就是这样思考的？

那你呢？你是怎样思考的？

不得不承认，我也是这样思考的。

我们就这样思考着，一路走，一路说，最后，终于得出结论：什么都是偶然的，两个人的相遇也是。

## 与众相同

我就是要让他们看看！他说。

我说：何必！

我说：美丽的东西不求关注。好的东西也是一样。

他说：你这观念过时了，跟不上社会发展了，现在是市场经济了，不能酒好不怕巷子深了。

我说：也是。不过，你打算怎样做，才能让他们看看呢？

当然是以其人之道还治其人之身了！

那你不也就变得和他们一模一样了？

一样就一样！样子很坚决。

我不知道如何说好，我不知道如何说了。

活在这个世界上，谁都想要与众不同，或者曾经这样想过，这是可以理解的。只是事情到了最后，大多数人都放弃了，也就是与众相同了。

不是这样的与众相同，就是那样的与众相同。


## 分　居

他说他们分开了。

你是说离婚了？

摇头。

分居？

点头。

你没劝她留下来吗？你没劝她回来吗？

劝了。

这说明你还爱她。

开始时，我以为，还是爱她的，劝她留下和回来都是我分内的事。但是，现在，我觉得是她已经不爱我了。

她爱你不爱你，那是她的事。你的事是你现在到底爱她不爱她。

也可能不爱了。现在，她在我的心里，已经七零八碎了。现在，我要看见她，都要重新拼凑她，就像小孩子拼积木，一块块地凑起来。


## 希望与梦幻

昨晚他做了一个梦。

他说：梦并非是梦，梦讲的是事实。

我说：这个谁都知道，日有所思，夜有所梦。

他说：不过，每个人的梦都是不同的。

我说：这还用说吗？人不同，梦自然也不会同。

他说起他做梦的情景：每次他的梦开始时，一个梦境就会接着另外一个梦境出现。它们就像扇面一样，或者就像屏风一样，慢慢，慢慢，慢慢展开，好像俄罗斯的套娃，一个大的套个小的，一个一个套下去，梦境就像链环一般，一环一环接连出现，有时甚至倒回去，回到第一个梦境里。说到这里，他感叹道，人生若能如梦一样可倒回去就好了。

你刚才不是说梦讲的是事实吗？

他说是，但也并非人生如梦。梦是已经失去的东西，就像我们的希望一样。希望就是失去的东西。希望是这个世界上最后死去的一个东西。

为什么？

因为它只是希望呀！


## 记忆不宜

还是少点记忆好，甚至丧失记忆也好，望着月光，他抒发道，月亮就像天上的酒吧所敞开的一扇窗子。

我问他想表达什么。

他又继续自言自语，你说一个人怎么可能在一间满是回忆的大屋子里快乐呢？

我说什么都有可能，何况人的记忆有限。很多人事你想记恐怕你也记不住。

比如？

比如，你能记得这辈子到底抽过多少烟吗？

摇头。

每支烟是什么口味？

摇头。

是在哪个时刻点燃？

摇头。

最后那个小小的烟头又被扔在了什么地方？

头都快要摇掉了。


## 潘多拉盒子

我要是有一个潘多拉的盒子就好了。这样，我就能把我的所有不愉快都收到这个盒子里头了。

然后呢？我问他，这盒子放在哪里呢？

埋到我的记忆深处，死也不会再次打开。

你的不愉快太多了，你太容易把自己限制在烦恼之中了。你如果试试用"宇宙视角"看问题，你也许能跳出烦恼，你的心也更加自由。

你说什么"宇宙视角"？

认识到宇宙之宏大和人类之渺小，牢牢记住，这个世界不是因为你而存在的。

天体物理学家尼尔·泰森曾经说过一段话，说他思考宇宙的时候，"我会忘记地球上还有饥寒交迫的人……我会忘记地球上有人正在因为宗教信仰和政治理念的不同而互相杀戮……我会忘记地球上有的人不顾对子孙后代的责任，恶意破坏环境"。

好好体会这段话吧。有人说天文学是令人谦恭，同时也是一种塑造性格的学问，因此我们应该更加亲切和富于同情心地去对待身边的每一个人。

他说：道理我都懂，但我就是不能释怀，我一想起曾经的一切，我的心就像被老鼠在咬啮。

是啊，人是血肉之躯，人的构造千差万别，也许你确实有你的一定的道理吧。

快去找潘多拉盒子吧。

不过，在我眼里看来，即使你就找到了，你也很难埋起来，即使你就埋起来了，也会把它再次打开。


## 瞎　编

他给我讲了一件事，一件非常可笑的事。

我笑了，他也笑。突然间，我觉得，他的那种笑好像不是他的笑。我的意思是，他的那种笑不是他这种年纪的笑。我确信，我从来没有见过那种笑。他不仅是眼睛在笑，嘴巴在笑，嗓子在笑，他的从头到脚的身体都在不出声地笑。

我夸他讲得好，他说只是故事而已。看我脸上露出诧异，他又解释道：故事，你不知道吗？就是哄小孩子睡觉的，帮老人回忆从前的，某个人的某件事。

我说：你的意思是刚才你所讲的都是你随口编造的？

他又呵呵地笑起来：是真是假重要吗？在我看来都一样。

他说在这个世界上，不仅仅是看得见的，不仅仅是摸得着的，才能说是真实的。那些东西都在那里，但是，它们也会变的。一旦到了我们的舌尖，它们就不再是先前那样的东西了，它们就变成了另一种真实的东西了。

我说：那么，我是谁呢？是小孩呢还是老人？

他说：嘿嘿，这还用说，明显处于两者之间，或者是这两者的融合。

## 纽　带

哎——知道吗？

知道什么？

你——你可是我最好的朋友！说时，有点不好意思。

我说那当然，这还用说吗？我又不是一个傻子！

而且，我还非常清楚：我们即使不在一起，我们也是如影随形，却又不会互为影子。

而且，我还特别明白：当他的朋友可是不轻松，有时甚至可说难受！

他那异常骄傲的个性，他那格外孤独的自我，强烈而又执着的追求，一般人都很难适应。

这么多年了，我们交往着，既互相吸引，又时有分离，分分合合，合合分分，却又始终被一条看不见的纽带连着。我们为何会这样呢？这大概是因为我们有着某种共性而且互相需要吧！

## 修身养性

昨晚睡得好吗？他问。

今天拉了吗？他问。

拉大便睡觉等年轻时不是问题的问题，现在都成了大问题了，比"今天吃了吗"重要得多。哪天要是没拉大便那就是出了大问题了。他嘲笑着对我说。

那当然，我回答，人活着就是要保持全身循环通畅，空气的循环，血液的循环，消化道泌尿道的循环，等等，等等，而这一切都是靠那股看不见的推动力，中医谓之为元气。元气一旦衰退了，堵塞了，那里也就推不动了，人就出现各种问题。而元气若没了，人也就没了，人活一口气！

哇，你最近躲到哪里修炼去了？讲起话来一套一套的。

我碰到了一个高人，有幸得到他的指点。要知道，我这样的文科生，与中医，可以说是同根同源。

那——什么时候也请他稍稍点拨我一下？

好呀，我说，看他一眼：中医是强调养和保的，靠坚持，你这样的性格嘛……

你不也是这种性格！

对，对，对，我也是，修身前，先养性，先养气。


## 独　思

站在河边，看着河水。

水是浑黄的，很满，流得急，这使河面涌动着阵阵不安的波浪，树枝顺流漂过的速度看上去比水流还快。

他问我想什么。

我不说。因为正在想的东西，以及还没想好的东西，都仿佛是一种欲望正隐藏在黑暗之中。

你不觉得不公平吗？

我不知他想说什么。

我有什么事，我都跟你说！而你呢？你是我最好的朋友吗？

我连忙道歉。我说我脑子确实有点乱，想说我也说不出来。如果硬要说，那就有点像正在孕育中的胎儿因外力停止发育，不是流产，就是早产。

你还是不相信我呀，不信我能理解你。好吧，不说就不说吧。其实，你说了，或许说不定，我还能够出点主意，还有可能帮到你呢！

只怪我的思维方式，有时总是一人独行，一中断，一暴露，就难找回了。

他说他理解。他真理解吗？

# 不想自己无聊至死

我的天呀！

不想自己无聊至死。他说，同时将头扭向窗外，一句一句地念了起来：

我不知道/为什么/在我短暂的生命中/会有一种叫你的痛//走在炽白的大街之上/享受盛夏的滚滚热浪/还有空调的集体轰鸣/我突然有一种感触//我看清了这个世界/竟是如此黑白分明/活在这个世界里/我的一切都是错的/你的一切都是对的/我的一切都是坏的/你的一切都是好的//我要怎样才是对呢/我要如何才是好/可惜我又不是先知//谁是先知/谁是先知//是我脖子上的这位/还是我的裤裆里的//有的时候/他们统一/有的时候/他们对立……

我听着，忍不住，感叹道：你这是在写诗呀！

哦，他惊讶地回过头来：你也对诗感兴趣？没等我回答，他又激动地讲了他的一个秘密。年轻的时候，他曾立志——这辈子要成为一个诗人。

一个什么诗人呢？我问他。

一个……一个……他说他也说不好。于是，我就替他说了：一个伟大的诗人！

他不好意思地笑了起来。

实现了吗？不用回答。显然是没有实现的。

那——事情怎么会这样呢？

他听了，又笑了，呵的一声：我的天呀，我的天上知道一半地下全知的朋友呀，这样的问题，我若能回答，就能靠写诗为生了！

就是伟大的诗人了？

他又呵呵地笑了起来。

我也呵呵地跟着他笑，同时我的心里在想：好多过去的伟大的诗人，恰恰是因为他们的伟大而无可奈何地潦倒一生，有的甚至走投无路、饥寒交迫，郁郁而终。


## 明天与海子

下班了，他说：又一天过去了。

有点失落，是不是？

他不由得点点头，然后，咧了一咧嘴，呵呵呵地笑了起来：但还有明天。

明天什么样？

不知道。但我认为不是坏事，有明天就不是坏事。

为什么？

有明天就说明你这个人还活着！

活着就好吗？

活着你就有明天，有明天就有希望。明天也许会发生什么新鲜事。也许能在夹缝之中，与情人约个会，和老友聚个餐。即使是刻板的日常工作，也有很多乐趣的，也能够在工作之中享受完成计划的高兴，体会获得新知的欣喜，尝到团体合作的好处。明天真是如海子说的：面朝大海，春暖花开。

这个你就说错了。我立即就否定他，而且毫不含糊地指出：海子是没有明天的。海子的这首"面朝大海"，或者说是"春暖花开"，是首多么无奈的诗呀，有人却说"热爱生活""期盼明天"，结果，海子卧轨死了。

一首诗只有被误读了，才可能有希望吧。他似乎在略有所思。

一个人就不同了，就只有死路一条了。我又进一步地指出。

我一直都认为"面朝大海，春暖花开"其实就是海子的遗书。"面朝大海"是选择他要死在山海关，"春暖花开"是自杀而且血流成了河。

那么，喂马劈柴呢？

那是他想象的他在另一世界的生活，只是他的赌气话，或者只是他的反话——好吧，那我就不写诗了！我去喂马劈柴好了！这下你就高兴了吧？这下你们满意了！

照你这样说，喂马劈柴成了他重新开始的新生活，意思是不做诗人了？

不是吗？喂马劈柴相对写诗，不是新生活是什么？

是也只是愿望罢了。

在我看来，就是绝望。希望越大越多，绝望也就越甚。绝望和愿望，和希望，或者别的什么望，只是一对双胞胎，或者，多胞胎。

做诗人真痛苦。

写诗更痛苦。

你可以写一篇论文了，题目就叫作"在另一个世界里喂马劈柴"。

好！这个题目好。那我就是这样开头：

什么样的诗人是真诗人？这个世界给真诗人的生存空间到底有多大？他们在这个世界生活得幸福吗？

海子是一位公认的真诗人。

海子说：从明天起，做一个幸福的人。

那么，今天乃至之前，他觉得自己不幸福吗？如果是这样，再看他的诗，他又是怎样的无可奈何地拥抱了那个令他并不幸福甚至痛苦的世界呀。如果这样想，那就真的是太令人感到悲伤了。可海子就是这样的……

　　他听着，颇激动，他打断了我的话。他说，很好，真的很好。这个开头开得真好。你就这样往下写，慢慢写，莫着急，千万莫着急，心急吃不得热豆腐……

# 我我我

　　他真赶时髦，开始写诗了，每一句都离不开"我"。

　　我说这是他自私的表现。

　　他微笑，他说是，所以他才要写诗。

　　写诗的都是自私的吗？

　　不是吗？不都如你所说的，都是"我我我"的吗？

　　还真是！

　　你看过《维京传奇》吗？

　　没过看。

　　这是一部电视剧，连续剧，几十集，写古代北欧人的故事。

　　一个很长的故事了。维京人，我知道，八世纪到十一世纪，一千多年前的事了。

　　电视剧的片头曲，就是"我我我"：

　　　　请赐予我更多
　　　　我若有心就会爱你
　　　　我若有声便会高歌
　　　　沉沉黑夜我将苏醒
　　　　敢问明日将奈我何
　　　　我……我……我……

还真"我我我"的呀！

比我"我我我"得多！再说我写"我我我"，如你所说是自私，但也没有妨碍谁呀。

听他这样说，我想也确实，他所写的那些诗，那些"我我我"，不管多自私，也没伤害任何人，因为一首都未发表。他也试着投过几次，编辑部的人也说好，但却没有刊登出来。

为什么？

编辑们要我多写"我们"。

那你就写呀！

写了，写不好。

为什么？每天只要读书看报，看电视，就会看到好多"我们"，为何你还写不好？

因为"我们"在我心中，只是这样两个词语：一是无论如何，一是无可奈何：

　　无论如何，无论如何
　　我们都要走向前方
　　前方无论有些什么
　　我们还是走向前方

呵，原来如此，那么——那么——你说的无可奈何呢？

　　无可奈何，无可奈何
　　我们总是盯着什么
　　与其说是盯着什么
　　不如说是期待什么

期待什么？好像知道，其实一点都不知道。我觉得，我活着，就是这个样，就是这样的不知道。

怪不得编辑部不发你所写的诗了。我不由得笑了起来。编辑们都被你的自私，被你的这些"我我我"，还有你的"无论如何"，以及你的"无可奈何"，弄得不知所措了，吓得魂飞魄散了。

他也跟着笑了起来，无可奈何地对我叹道：由此看来，今后的我，真应好好学习才行。只有将"我们"弄明白了，才能好好地写好"我们"。这样我所写的诗歌，就能被编辑们接受了。

就是一个好诗人了！我充分地肯定了他。

不过……不过……

不过什么？我问他。

你说……难道……我所写的这个"我"与编辑们说的那个"我们"就是那么的矛盾吗？那么的对立吗？"我们"不是由"我"而来，由"我"构成的吗？没有一个个的"我"，哪里又有"我们"呢？

他又在开始纠缠自己，让自己变得矛盾起来。


## 两条路

人只有两条腿，不可能同时走两条路。狗有四条腿，也不能同时走两条路。蜈蚣有腿上百条，也不能同时走两条路。能在一个时间段内处于不同时空的只有我们的脑和心，还有我的诗。

我说他说得非常好。我问他是否也知道美国诗人弗罗斯特那首《未选择的路》。他说听说过，但是没读过。于是，我朗诵给他听：

　　黄色的树林里分出两条路
　　可惜我不能同时涉足
　　我站在那路口久久伫立

我向着一条路极目望去
直到它消失在丛林深处
但我选择了另一条路
它荒草萋萋，十分幽静
显得更诱人，更美丽
虽然在这两条小路上
都很少留下旅人的足迹
虽然那天清晨落叶满地
两条路都未经脚印污染
啊，留下一条等改日再见
但我知道路径延绵无尽头
恐怕我难以再回返
也许多年后在某个地方
我将轻声叹息将往事回顾
一片树林里分出两条路——
而我选择了人迹更少的那一条
从此决定了我一生的道路


他说很不错。他说这首诗与他所说的，有点异曲同工的味道。

他说古希腊哲学家赫拉克利特也说过：人不能两次踏进同一条河流。

他说天上的云瞬息万变，当你看见这片云时，它已不是这片云。

他说地下的河曲里拐弯，当你踏进这条河时，它已不是这条河。

真想画出某片云彩，那恐怕是不可能的，你只能够画出云彩。真想绘出某条河流，那恐怕也很是难得，你只能够绘出河流。

很多时候，我们真的只能把握一个大概，就像你能登上月球，却难解剖那些细菌。

还有你的狗，你真了解吗？还有你的猫，你真了解吗？甚至你的父母、孩子，你也难说你了解的。何况这个世界上，还有这么多的人，还有各种各样的语言，你又能懂几国语言？

即使对汉语，你也不能说，你就真的把握了。虽然，每天，你都用它——表达思想，抒发感情。

你只能说好，比如这个好，比如那个好，至于哪个更加好，你就难说了。

至于罪恶，那就更难说，你凭什么说此罪定较彼罪更加恶？

有的罪是伤身的，有的罪是伤心的。

至于善，也一样，即使最大最美的善，也难尽善尽美的。

我们多靠错觉而活，将那错觉当作正确。这样，我们走在街上，就会觉得自己好爽，已经将这人生把握。

于是，我们开始写诗……

我很惊讶他一下竟说出了这么多，而且发挥得这么广，我想跟上他的思维也没办法跟上了。我说也有人这样说过，如果在河水结冰的时候，一个人就可以两次甚至很多次踏进同一条河流了。

他说我这是诡辩。我这当然是诡辩。赫拉克利特的弟子克拉底鲁更诡辩，他说一个人不但不能两次踏入同一条河流，甚至连一次都不行。

太阳每天都是新的，太阳时时都是新的，河流也是一样的。你说什么不是呢？一切皆流，无物常住。一切都是存在的，同时却又不存在。


## 还记得吗？

如果你有父母你要为父母承担责任。如果你有子女你要为子女承担责任。跟着，我接上他的话，如果你有老婆你要为老婆承担责任。他说他没有。他现在是个自由人。我赌他难得自由几天。

有几天也很不错呀。你还记得那首诗吗？我们年轻时最爱念的。

那当然。于是，我俩念了起来：

生命诚可贵，
爱情价更高。
若为自由故，
两者皆可抛。

敢抛吗？他问我。不敢抛。我回答。我承认他比我敢抛。

还有呢？还有一首，记得吗？那当然。于是，我俩又念了起来：

假如生活欺骗了你，
不要悲伤，不要心急！
忧郁的日子里需要镇静：
相信吧，快乐的日子将会来临！
心儿永远向往着未来；
现在却常是忧郁。
一切都是瞬息，一切都将会过去；
而那过去了的，就会成为亲切的怀恋。

念完，他又问：你说我们活到现在，到底得到了一些什么？

想了一想，我回答：日子。

日子？

是，日子。无论什么样的日子，就是你活着得到的一切。

除此之外，一无所有？

一无所有。生活曾经赐予你的，迟早都会收回去。

于是，我俩相视一笑，又继续地念了起来：

再见吧，自由的元素！
最后一次了，在我眼前
你的蓝色的浪头翻滚起伏，
你的骄傲的美闪烁壮观。
仿佛友人的忧郁的絮语，
仿佛他别离一刻的招呼，
最后一次了，我听着你的
喧声呼唤，你的沉郁地吐诉。
我全心渴望的国度啊，大海……

念罢，他收起了笑容看着我：为什么我的眼里常含泪水？
我说：那是你对这土地爱得深沉！


## 清晨守则

每天早上，整理床铺，他的心里都默念着自己编的"清晨守则"。

这个守则，语句虽旧，却神奇地保佑着他，使他能够如愿以偿。

这个守则非常简单，但要做到却不容易，他总要求自己做到：接受新的一天里所带来的所有劳累、所有烦恼、所有有用无用的闲谈以及晚间沉重的疲惫。他要高高兴兴地从这早上活到晚上，不要发火，不要生气。他深深地知道自己从小就爱生气的毛病，多少年来，他一直与这毛病做着斗争。渐渐，渐渐，不知不觉，已经很久没生气了。只有很久很久以前那件旧事仍在心底时不时地打扰着他。

什么旧事呢？

他不想再说。

难道还要带着它走进那个火葬场吗？

他说他的这种想法常常就像一道闪电在他脑海一闪而过。每当这时，他就会想起美国的女诗人狄金森的那首诗：

太阳出来了
它改变了世界的面貌
车辆来去匆匆，像报信的使者
昨天已经古老！

昨天真的古老了吗？

他抬起手，理理头发，在镜子里他发现：自己已经长成一个满脸都是笑纹的老头。

## 未　来

他说他读了一首诗，诗题叫作《相信未来》。

我说我知道，是食指写的。

我们应相信未来吗？

这个我可不知道。

凭什么要相信未来？凭我们能够听见它还是能够看见它？他是个算命先生吗？他有预测未来的本领？相信未来就一定美好？这相信是否也算得是一种迷信呢？再说，我问你，未来的人类具有什么特征呢？真像某些书上说的：自由平等和博爱？可以光明正大地生活？不会不信任任何人？可以讲真话？不将轻信软弱天真视作我们的弱点？生活能力强也不再等于肆无忌惮不顾一切？有些人的眺望未来只是可怕的自我想象！

他滔滔不绝地阐述着，好像不会停下来了。

我问他，今天怎么啦？未来碍了他什么事？

## 鹰和鱼鹰

今天，他凑到我的身边，用诗的语言对我说：有一种智慧叫悲伤，但，有种悲伤是疯狂。我的灵魂的悬崖上蹲着一只巨大的鹰，它能潜入最深的峡谷，然后，展翅，翱翔入云。

我说：放心，你放心，那是只不起飞的鹰。

没有不起飞的鹰！

因为那不是它的天空。

鹰只飞在它的天空？

对，鹰只飞在鹰的天空。

我的嘴上这样说着，我的心里却很明白：悲伤确实是种智慧，而且是人特有的智慧。动物也许也悲伤吧，只是我们很少见到。或是我们太过自私，看见了也漠视吧。人若悲伤到了极点，就会变得疯狂了。

至于他，我知道，他是不会疯狂的。他再悲伤也就是今天这样作作诗。他很清楚他的世界，或者说是他的天空，只允许他悲伤，不允许他疯狂；只允许他潜入，不允许他飞翔。他顶多也就是船头的一只鱼鹰吧。

## 诗的想象

我劝他别再写诗了而去写小说，理由是他是个多少有点故事的人。

他说他试过了。但他在写小说的时候却因为要直面人生而感觉到难以忍受。于是，他就退了一步，试着只写自己的故事，结果还是做不到，因为他仍没有勇气运用文字面对自己。最后，只能进行美化，那就没有意思了，写出来也是垃圾了，一堆美化了的垃圾。

写诗就不会这样了？

写诗可以想象呀！

想象就不会这样了？

想象能使我飞离一切，飞到喜欢的任何地方！

但那是短暂的，你还是要回来的。

那我就再写诗呀，再次开始我的想象。

# 人都爱照镜子的

## 照镜子

他说：有人照镜子，是因为自己长得漂亮，害怕自己会变丑。

我说：有人照镜子，是因为自己长得丑，希望自己变漂亮。

如果不帅也不丑呢？

那就不用照镜子了，因为照也没意义。

他就不想变漂亮吗？

他就不怕会变丑吗？

那倒也是，我承认，人都喜欢照镜子。

镜子是一种自恋的工具。他又上升到新的高度。

自恋是一种生活的动力。我也上升到新的高度。

现在都手机自拍了，这样可以撷取影像，反复多角度地研究。

是啊，我也不由得跟着他感叹：丑和美都是相对的。再美的美人也觉得自己还有不足之处。再丑的丑人也认为自己也有美的地方。所以，都爱照镜子。

情人眼里出西施。他呵呵地笑了起来。

其实，人都是东施。无论你是照镜子，还是你用手机自拍，都是你在检查自己，模仿别人，琢磨理想的表情姿态。你看现在的好多人都在手机的镜头前摆出各种各样的pose（英文，姿势），那可是经过练习的，都是私下在镜子前反复练习的成果。

你私下里不照镜子吗？

你呢？难道你不照？

老成这个样子了，还照什么照？

你怕看见自己老吗？有些人反而更想照，看自己怎样拖延老。有的人甚至在最后，只有一口气吊着了，还要拿镜子照一照，看看最后的样子。

是人都爱照镜子的，无论老还是年轻。照镜子能让你看到脸上的秘密。他这样地总结道。

于是，我想象他的家里有好多好多的大镜子。


# 青春痘

他没想到，这么老了，还长青春痘，不是这边一两粒，就是那边一两粒。

我说我也是，每天早上或晚上，当我站在镜子前，我就清楚地看到自己是何等的不合时宜。镜中，一颗红痘痘，调皮地瞪着大眼睛。

每天都是这样开始，每天都是这样结束。

我仿佛听到了痘痘在冷笑：

这能怪我吗？

环境不合适，我能生长吗？

你们两个，一天到晚，不是东想，就是西想，搞得体内的激素失调，不上火才怪呢！

你们看看，多少好人，吃斋念佛，清心寡欲，个个脸上像唐僧一样，白白净净，又长寿，不值得你们学习吗？

确实值得我们学习。

我们也每天都在学习。

可是，结果怎么样呢？还是东想和西想，还有七想和八想，激素还是照旧失调。受的折磨还少吗？真是苦海无边啊。

我就这样想着，想着，又感到脸上有痘冒出来！

101

# 镜　子

又说起镜子。

他说每次面对镜子，他的心里都会想，人就是这样通过镜子来认识自己的面目的。随着人的成熟长大，开始工作和生活，他会寻找更多的镜子，更多各种各样的镜子，来确定自己的长处短处。但是，就是那些镜子，有的时候，也会使人迷茫恍惚，不知哪个中的才是自己。这个时候，你就处在镜子的荒原之中了。

我喜欢他的这个表述——镜子荒原，白晃晃的，我觉得眼前白晃晃的。我不知道这个词是他从哪里看来的，他也没想告诉我。

当你倾注自我时，你会看到自己的孤独。他还在继续他的表述。

我问他，究竟何谓孤独？

他说就是你想说时却只能对自己说。

他说当你身处孤独，自我就站到了你的面前。你的心思有时候是你联系世界的线，有时却又恰恰相反，是阻止你与世界的墙。

线与墙，我觉得，这真是一个好题目。我在这样想着的时候，我的眼前浮现出的是砌工们砌砖墙时，拉起一根白白的线作为他们的准绳，然后他们沿着那绳砌出一道高高的墙。


# 爱自己

他对我说：你知道吗？你这个人的最大特点就是随便说什么你都能联系到你自己，你是个自我中心主义者。

我说是，我明白，我这个人对于世界确实是微不足道的。但，我自己的每个瞬间，无论怎么样，对于我来说，都是重要、美妙的。而且，我想，你应明白，爱自我真的是所有爱的形式之中最为困难的一种呀！

为什么？

人难有自知之明呀，人贵有自知之明呀！一个人不自知又怎能好好地爱自己？

自知了就好了？

自知了就更难了。

为什么？

一个人自知了就像面对一面镜子，一面能看见灵魂的镜子，就能看见自己的不好，特别是那内心的各种不好的想法，自己都会讨厌自己。

他说：是呀，有点道理，爱自己也不容易，爱自己也要学，只有好好地爱自己才能更好地爱他人。他说他最近还看了美国心理学家露易丝·海所写的《爱自己的10个方法》。我问哪十个，他理解如下：

1. 停止自责：赞赏自己的不完美。

2. 停止恐惧：不要自己吓自己，而用想象美好的事物来替代。

3. 延迟满足：只要你选择相信，并耐心地等待，你最终会得到自己想要的生活。

4. 放松自己：深呼吸，默想美好的场景。

5. 赞美自己：指责会摧毁内在的灵魂，赞美可以塑造灵魂。

6. 帮助自己：寻找能够帮助你的朋友。

7. 接受缺点：从经历中吸取教训，培养幽默感。

8. 呵护身体。

9. 照镜子：用镜子来练习说一些语言，爱、鼓励、原谅和接纳。

10. 从现在开始爱自己。

这么多！

试试吧。

爱自己真不容易。

# 老　丑

他劝我和他一起去游泳馆游泳。我拒绝了。

他问，为什么？

我说先前我去过。在那里，我看到的都是些静脉曲张的小腿，松软下垂的肚腩，还有肥肉堆积的臂膀，还有囊肉滚滚的腰身。那样的景象让我头晕。

他瞥了一眼我的腹部，然后慢慢地拖着腔说：看起来呀，你年轻时，身材还是蛮好的。

一般般吧，算不上好。

看得出来，像那个——意大利的《大卫》雕像呀。

我说他就别取笑了，年轻时谁都好看的，比起他说的那个《大卫》，谁都差不到哪里去。

是啊，不过，到了老年，就跟那个巴尔扎克，还有那个爱因斯坦，大概也就差不多了。他们要是进了泳池，恐怕更要吓坏你的。老丑，老丑，老跟丑从来就紧紧连在一起的，巴尔扎克年轻时也是英俊漂亮的。

想想真可悲！

自然规律啊！如果老了还像《大卫》，那才怪异呢。眼睛不要老是盯着那些俊男和美女。还是多看看老年人吧，他们都是你的镜子。

我不喜欢照镜子。

那不看就是了。久而久之，你眼里也就目中无人了。


# 白领绅士

他是越来越发福了。

我说他最近的这种发福使他的缺点更加明显。他以自我为中心，奔走于他人之间，但他具有的这副形体就真的是对不起他人了。腰间以及脸上的赘肉，形成了一个环，凸出了他血管上所包裹的那些脂肪。他的有点沙哑的声音也是他这肥厚的身体所选择的一种释放。

他说我说得一点都不错，但我也应撒泡尿，照照我自己，看看自己的那营养不良是如何以他人为中心的。

相对他而言，我不得不承认，我是有点营养不良，但我究竟是怎样以所谓他人为中心的就非他所能说明白的了。

比如今天天亮之后，我所展示的一番情景：

我在一家大酒店里。我起了床。我走进卫生间。卫生间里有浴缸有浴巾。一个有镜子的洞穴。我按照往常的习惯，刮脸，淋浴，穿好衣服，把我的身体当作模特认真仔细地布置好。我喷了香水，脸面光亮，系着红酒色的领带。一个标准的白领绅士出现在镜子里，灰色三件套，衣洁领净，准备去开会发言了。

这就是我。我就是这样装模作样，以所谓他人为中心的。

## 老的历程

他说起他奶奶一个人在乡下孤零零地打发日子。

我想起我父母也是整天躺在医院，伴着年老带来的病痛，不时念着来日无多。

我们都是剩余物了。这是父亲说的话。只有这时，他才发现过去在他的脑子里面不但从未离他远去而且简直近在咫尺。只有这时，他才知道过去即使近在咫尺也不可能再次重来。那些往昔使他痛苦令他深感悲愤的日子，那些不公不义的日子，如今在他的心目之中也都变成了温馨的回忆。

这就是时间的作用吧。任何往昔的悲苦都好过现在的状态啊！他现在的剩余物就是老病的肉身了，生活中也不会再有什么好事发生，人们谓之混吃等死就是他的当下的生活。然而就是吃，即使他想吃，即使他贪吃，什么都想尝一尝，也经常是吃病了，吃于他也很难了，吃也吃不了多少了。

看着父亲的老病状态，我不由得想到自己。

我又是在什么时候发现自己也老了？当你照镜子，发现白发时，发现眼角的皱纹时，发现鼻令纹越来越深时，你的心头会仿佛被人揪了一下，立即想到老了二字。然而，马上你又会把这感觉丢到脑后，你会告诉你自己时间还多还长呢。

当你拿到新的证件，看着证件上的照片，看到自己的那种老态被清晰地印在上面，你会暗暗大吃一惊，觉得自己又老又丑。你恨不得撕掉照片，重照一张，回到从前。你不愿意承认自己现在已是这个样子。但是，过了几年之后，当你回过头来再看这张讨厌的旧照时，你会觉得自己当时还好英俊很年轻，因为新照又不能看了，新照更老更丑了。

人就这样，一次一次，从不服老到服老，一步步地后退着。

而我，虽然明白这些，知道自己最终也会落到父亲的这步田地，却依然是无法想象自己衰老的那个模样。老人们说，这是你——还没活到那一天！那就等到那一天再唱那个山上的歌。


## 童话故事

想起小时候，母亲讲故事，总是喜欢这样开头：很久很久很久以前……

那是什么时候呢？他禁不住问母亲。

母亲的回答是：那个时候，我还不在。如果我在那个时候，那么现在就不在了，就不是你的妈妈了。不过，我们在讲故事，那就只能这样开头，很久很久很久以前……

他这一说也让我想起妈妈的声音了，想起妈妈的故事了。妈妈给我们讲故事，就那几个旧故事，老得掉了牙，但我们仍听得就像从没听过一样。比如《一幅壮锦》的故事：老大呢，砍柴。老二呢，砍柴。老三呢……说到这里，她总是有意无意地停一下，于是我们就一齐争先恐后地接上了：也砍柴！哈哈哈！待到终于闹够了，我们都睡了，妈妈也关灯躺下了。过了一阵子，她又悄悄地起了身，走到书架边打开饼干筒，偷偷地拿了两片饼干放在口里嚼。这时，我会在黑暗中，轻声说：我也要。这时，其他人也全坐起来，都喊饿。于是，妈妈会笑着再次打开灯，大家分着吃。跟着，爸爸就会说，老鼠子留不得隔夜粮！

他说：你妈妈真有味。

我说：也有严厉的时候。有的时候还打人。不过，现在，我们姊妹，个个都很怀念她！


## 鞋　带

那天，他的鞋带散了，他蹲下来系鞋带。他想起了他的妈妈，想起在他小时候，妈妈帮他系鞋带。妈妈边系边对他说：鞋带散了要系上，不要让它拖在地上。不然，你会踩上去的。踩上鞋带会出事。弄不好会摔得很重。说着，妈妈就教他，教他如何系，鞋带若长了，就系上两道，还可多打几个结，打得就像一朵花。

他还想起更小的时候，那天，外婆出门了。他很孤单，一个人，躲在屋角哭。妈妈听到了，从另一间屋，喊着他，寻过来，手里还拿着一个红色的布面本子。妈妈给他擦干了眼泪，抱他坐到她的腿上，还用手臂环绕着他，在本子上画小人玩。他坐在妈妈软和的怀里，闻着她身上特有的香气，觉得真是无比舒服。他真想外婆晚点回来，这样他就可以一直坐在妈妈怀里。多年以后，他又在妈妈留下的箱子里看到了那个红本子，那是妈妈的日记本，里面有一页，有几个小人，正在追着玩。他看了看上面的日期，那时他正好三岁。


## 母难日

他向我祝贺我的生日。

我说：我从不过生日的，因为我觉得我妈妈生我受了太多的苦。

他说：你妈妈也快乐着呀，痛并快乐着。

他说得很对。那么，我应该过生日？

他又说：你说你生下来只有四斤，那么小，一溜也就溜出来了，相比那些重的大的，你妈妈所受的苦，不能算是大的呢！

我说怀我时受了苦，听说我很闹很折腾。

哦，他说，人小能量大！他说他妈妈告诉他，他在她的肚子里可是安安静静的。他妹妹就不同了，拳打脚踢的。

不管怎么样，我的出生日是妈妈的受难日。一般来说那一天也是每个母亲的节日吧。她们都会清楚地记得生产时的每个细节，怎样发作，怎样等待，怎样咬牙熬过阵痛，怎样一波接一波地坚持坚持再坚持，最后是那拼死一搏，然后，蒙眬地睁开笑眼，看一眼那用性命换来的丑陋的小人儿。

我还听我妈妈说，她在整个月子里，两条手臂都是痛的。大概是她生我的时候用力抠住床栏所致。所以，我总觉得妈妈是这世上最坚强的。

不过，你也不用歉疚，他打断了我的思绪，你带给你妈妈的欢乐也是她无法言说的，你是她这一辈子最大最好的收获呀！

唉，说罢，他又感叹道，大概只有我们人类才会终生都在牵挂自己的子孙后代吧！

# 上一辈老人

早晨，上班，他在路上，看见一只狗，一只流浪的小花狗，只有三条腿，竭力奔跑着，躲着各种车。它的每一步都令他心惊，都使他出一身冷汗，好在它没事，至少在他眼前没事。他说，今后，若处逆境，若陷困境，也应努力像它一样，绝对不能放弃自己。

他是和他的老母亲住在一起的，看到母亲和她的那一辈人的变化，他知道，人老了就逐渐变成残疾人了。

他母亲是过了八十五岁生日后才开始拄拐杖的。开始她还不肯用，故意甩手走大步：我这不走得蛮好吗？他告诉她是以防万一，她才慢慢接受了，但还是不好意思用，每次出去总是要陪同的保姆帮拿着，回来时腿无力了，才无可奈何地拄上了。后来，用惯了，就杖不离手了，有时还要用拐杖吓唬吓唬小重孙，小孩子笑着跑开了：你追不到我！你追不到我！

她是到了九十多岁才需要坐轮椅的。开始也是不肯坐，自己在后面推着轮椅走，实在不行了才勉强坐一坐。她的双手到最后也没丧失手的功能，吃饭总是要自己拿勺子，说是别人喂，吃着不过瘾。洗澡也要抢过毛巾，嫌别人没擦到痒处。她是这样的独立要强，但她还是逐渐衰老，不得不依赖别人了。

她的眼睛和耳朵也都很争气，一直到最后都能看电视，听对白，认字幕，别人也都说，你母亲的生活质量还是蛮高的。

她有一好友，眼睛失明了，但记性却特别好，九十多岁了还能记得住电话号码几十个。有时来了新电话，她只要人家复述一两遍，也就记住了。她每天的最大乐趣就是跟老朋友打电话，回忆从前，互相鼓励，多活几年。

我说，是呀，老一辈人，都是从苦难中过来的，他们的性格，特别的坚强。不知我们老了的时候是否能像他们这样？

他说他能。他说他一想到那只三条腿的小花狗，他就觉得自己能。


## 不放弃

妈妈开始糊涂的时候，总是念着：我要回家，我要回家，我要爸爸，我要妈妈。那时的妈妈已经忘了她这一世度过的人生。她已退回儿童时代。她的脸是七十多岁，记忆却只剩下一条从家门口延伸的小道。一个刚刚会走的小孩正在那条泥巴路上揪着妈妈的一个衣角。她要跟着妈妈出去，到那田野山冈上去。

老年女性到最后也就是糊涂的时候，大多念叨着叫着妈妈。有些还把照料的护工叫作自己的妈妈。我妈妈也这样。她一生都坚强好胜，到晚年却弱如婴儿，把我妹妹叫成妈妈，眼睛里面含着的全是依赖和无助。

人生就是一个圈，从婴儿到成年，到老年，然后退化回婴儿。人们说，七十多岁相当于幼儿园，八十多岁相当于托儿所，九十多岁的就像婴儿了，最后躺到摇篮（棺材）里去。

退化和衰老是人的必然，最可怕的是大脑退化，想想都可怕，你认不出自己了，你已经不是你自己了，活着还有什么意义？

当然，也有很多人杰，如科学家、思想家，活到高龄仍头脑清晰，还能收获新的创造。

那是他们的那个大脑还在继续喜欢的工作。

普通人也行吧？

应该也是可以的，只要自己不放弃。

# 凡事不可一概而论

## 废　话

一颗心若没有感受是谈不上什么理解的。

如果我们的会场是一个思想和艺术的殿堂该是多么美好的事情呀！

再强壮的人也有疲惫的时候。

再年轻的人也有衰老的时候。

好汉都怕病来磨。

天下没有不散的筵席。

我们有很多危险，但最大的危险是恐惧，或者说，恐惧是唯一的危险。

我说：你今天怎么啦？如此的前言不搭后语，一口气说了这么多废话。

他说：空气里有雪花的味道了。

我说：你有一颗冬天的心。

## 经久不衰

冷空气的前锋，晚上到达了城里，气温下降了十多度。

雨下过之后，天阴沉着，秋意很快就浓起来。

这是与心上人共枕的季节。

他说是。他说活在这世上再也没有任何事能比共枕更好的了。

我说那倒不见得。

那你说说看。接着，他马上又补一句，吃饭要除外。

我问，为什么？

他说这世上，只要你活着，只有两件事是你不厌的，一件是吃饭，一件是睡觉。

想一想，还真是。于是，我笑他：看来新鲜劲还没过去啊！

每次都新鲜。每次你都可以发现上次忽略的新鲜之处。

真是难得啊！我只能感叹，能够如此经久不衰！


## 上中下

有人说：上等人本事大脾气小。中等人本事大脾气大。下等人本事小脾气大。

我说：完了。我脾气大本事小。

他说：不要妄自菲薄，不少人就脾气大而且本事也很大。比如张飞，比如李逵，比如程咬金。凡事都不可一概而论。

我终于松了一口气，看来我还不是下等人，但是若比张飞、李逵，还有程咬金，似乎也不是那么回事。

一个人脾气大好像是与生俱来的。当你还是幼儿时，家人疼爱你，满足你，你一不满足，就要哭，就会闹，大家也觉得很自然，因为你还没能力，所以会尽全力满足你。慢慢，随着年龄的增长，以及你的能力增加，这种哭闹会逐渐减少，但是也有少数人将它保持到了成年。这种人一般都缺乏理性，在社会上容易碰壁，想做事也难得成功。这也就是所谓的下等人虽然本事小但是脾气却很大的由来吧。

当然，上等人也有脾气大的，但在他的团队里或者他的朋友中肯定会有冷静的分析处理事情的高手，而他也能反省自己，克服自己的不好脾气，接受他人的正确意见，从而走上成功之路。

现在的年轻人看这些又有了新的观念了，他们推崇的是：过上等人的生活，付中等人的努力，享下等人的情欲。可惜的是，这种想法要践行也很不容易，大概只有富二代才有可能做到吧，而若一旦做到了，那结果也就是富到二代打止了。


## 争　论

我又和他争了起来。

他说世上有些东西，人是没得选择的。比如，人们常说，生活就是选择。这不对！一切所谓真正的东西都会否定选择，也没选择这个概念。比如，你爱一个女人，那你就已经没有了选择。要么是她，要么什么都不要。如同你爱自己的祖国——这是同样的道理。

女人和祖国？能够类比吗？

为什么不能？祖国，你没得选择的，这就像你诞生一样，不是由你选择的。

那女人是不一样的。不管你爱还是不爱，你要选择总可以的。而且，怎样选择女人，或者，选择怎样的女人，最见一个男人的能力。

为什么？

这可是终身大事呀！是选择你孩子的母亲呀！是决定你一生的幸福呀！是选择你有怎样的后人甚至后人的幸福呀！我这样说着，觉得特别累。

我没想到我和他竟会说到这个话题——祖国和女人。我不想再说下去了，我说：有些人是可以争论的，因为他们寻求真理。有些人却不可理喻，因为他们莫名其妙，始终认定自己正确。

他说他也不想争了。他说争论已无意义，既然你认定你自己正确。

我说我不是，我并非像他所说的那样认定自己正确，我只是觉得他没想明白。

他说他也和我一样觉得我没想明白。

于是，我们又争起来。


## 梦的失落

那天，他又说起梦：我们的梦哪里去了？

什么梦？

过去的那些梦。

过去的什么梦？

比如你想要一辆单车，一辆永久13的。

我有过。

然后呢？

被偷了。

是啊，他说，我们过去的那些梦都被另外一些人不知不觉地偷走了。

我沉默了几秒钟。

他也沉默了几秒钟。

可能我们都只适宜生活在二十世纪的那个七十年代里。我思索着这样说。

是啊，现在我们都有点失落，我们生来就有点失落，是这样，真这样，我们一直是这样。他肯定了我的思考。

我又沉默了几秒钟。

他说：我们该吃饭了。

我说好。我说我请你吃饭。

# 一九五四年

我和他从餐馆出来，他倒吸了一口冷气，说：长沙从没这么冷过，好像处在冰河世纪。

我伸出鼻子嗅了嗅，天很潮，闻到了一阵雨的霉味。

他也耸起鼻子嗅着，说：这种天，哪里会起霉？我倒是觉得有一股雪的味道了。

我们的声音在那条狭窄的巷子里回响着，瓮声瓮气，有点滑稽。

我们索性不再说了。巷口路灯上的光线也像是被冻瓷实了。

好不容易走出了那条长长的巷子，坐上了一辆暖和的的士，他又开口了：长沙最冷的那一年，你晓得是哪一年吗？

哪一年？

二十世纪的五四年！

一九五四年？你出生了吗？

我听我的老娘说，那一年年底的时候，连续冰冻了十多天，整个长沙的地面成了一块大厚玻璃，家家户户的屋檐下吊着尺把长的凌垢子，人们全偎在家里面，没有事都不出门。出门就得穿上木屐，木屐上面绑上草绳，还得小心翼翼的，路上溜滑的。那天，老娘的单位门口，一根电线被冻断了，掉在路上，好危险。勤杂工老王不知死活，拿着一把竹扫把，想去把那根电线拨开，结果被电打得一滚，人被打出好几米远，后来大家都说他，幸亏脚上穿了木屐，木屐不过电，不然就被电打死了。

前排的年轻司机听着忍不住地搭腔道：那种路无法开车的。现在只要一结冰，立马就撒盐，所以，车还是照样跑。

是啊，天都这么晚了，天气又是这么冷，还是满街的车。

## 本能的诱惑

我这个人呀经不起诱惑却又有点害怕诱惑。

你就像是一条鱼受到一节蚯蚓的吸引却又同时疑虑难消。

你不是吗？你也好不到哪里去吧。

确实好不到哪里去。是人大概都差不多。

我看你也像一条鱼，而且是条大马哈鱼！

大马哈鱼性成熟后就会组成回游大军，浩浩荡荡，穿过大海，逆流而上，回到它们的出生地也就是河里去产卵。它们的行程千里万里，千难万险也挡不住。不管是大鱼吃它们，还是熊类捕它们，它们都无畏地向前向前，直至到达目的地，用尽最后的气力产子，然后遍体鳞伤地死去，那种尸横遍野的景象真是惨烈又悲壮！

它们终于完成了自己生命的意义了。

本能的力量真是大呀！

不过，人却不是动物，人是超越了动物的。人是越来越巧妙地将自己的繁殖冲动与繁殖后代剥离开来，将它升华成两性的爱情，或者欢乐，或者享受。

现代人的爱情技巧那就更是精湛了，好多的鱼不但能吃光钓钩上的蚯蚓而且还能不被钓上。

你就是其中之一吧？

我没那能耐，我是连钩子一起吞了。


## 智慧和痴呆

他说他老婆告诉他，她之所以爱上他，爱的就是他的智慧。

不是大脑，大脑人人都有。不是技巧，也不是知识。人们一般都觉得自己读了书，有的是知识，而其实那知识并没有他以为的那么多。

智慧是无法定义的。

一个工程师有一个工程师的智慧。一个养路工有一个养路工的智慧。一个老师有一个老师的智慧。一个孩子有一个孩子的智慧。比如他，虽然读了一个大学，也不能说读书很多。读不完的书，杀不完的猪。书本上的知识有限。但他有智慧。

我说你老婆真聪明。她很明白她的美貌每时每刻都在流逝，而智慧却可以到老，甚至越老越智慧。

他听了，一笑，道：你也和我老婆一样，看到了智慧可以到老，却没想到老年痴呆。

我说算了吧，你这本砖头一样的百科全书。


## 极限就是娱乐

看了"挑战不可能"吗？中央电视台播放的。

偶尔看了些。

应该全部看。

哪有时间呀。

有什么感受？

我说不上来。

他说他明白了一个道理，那就是：艰难困苦和娱乐之间有着某些根本的联系，或者说是原始的联系。

比如？

比如挑战深海潜水极限，比如挑战水下憋气极限，比如……

我说我也明白了。

明白什么了？

明白了极限就是娱乐。

## 问你自己吧

说起西方电影，他说他的印象就是西方人真的有钱。

他们总是在坐着飞机飞。总是从一个聚会到另一个聚会，从一个派对到另一个派对，从一家酒店到另一家酒店。

我很同意他的观感。

我说有时我还想象，某人某次落地之后，却不知道身在何方，也不知道自己为何会来这么一个地方。

是啊，是啊，他也感叹：他们喜欢住在酒店，喜欢感受他人的气味，喜欢自己旅途之上能够发生一些故事，能够体会新的生活。

这些我们也喜欢呀！

是啊，是啊，也喜欢。

可是呢？他问道。

可是，仍像古歌唱的：日出而作，日入而息。

帝力呢？他仍问。

我说问你自己吧。


## 雾　霾

雾霾越来越重了。

很多有条件离开的人都一个个离开了。

他问我，为什么还待着？他说也有人在邀他结伴出去"洗肺"了。

我说：我不像有些人可以到处走到处游到处玩到处呼吸。我家有老年痴呆的父母离不开。我只能呼吸本地的空气，这是我从小到大到老都在呼吸的空气。

他说：我真佩服你，你就以身试霾吧。还本地空气呢。这个空气已经变得本地人都吸不得了。小时候，我倒是见过拉着煤的火车驶进长沙北站卸煤。那情形真的是，煤尘滚滚，人不敢近。车卸完了，卸车人也一个个都成了地地道道的非洲人了。我想他们的那个肺也一定是漆黑的了。

那也没办法，他们要赚钱，他们要养家，他们要吃饭。我也是一样，也是没办法，谁家还没有个事，我能撒手不管吗？

那也是，他承认，也理解，又说，还有养老院，也可以送养老院。

我说我不想。我说我去考察了，感觉不太好。

他说那真没办法了，你只能够待着了。

我说那就待着吧。


# 一点没变

一次又一次的变革，时光在流逝，时代在变化，他却还是他。

除了牙齿越来越坏，头发越来越白，腰围越来越粗，胳膊越来越细，他仍好像处在从前，还是那样"一点没变"，久不见面的熟人见了，无不这样惊讶感叹。

"一点没变"什么呢？外貌吗？性情吗？主要是性情。还是那样快人快语，还是那样直来直去，还是那样天真幼稚。

为什么会这样呢？为何人们都变了，他却还是这样呢？还像个傻瓜一样。

面对他的如此追问，我不想回答也只能回答。

于是，我只好这样说，违背我先前的"选择说"：

每个人的出生死去如同他的性情一样都是神秘不可测的。其间没有对错之分，也没什么可选择的。婴儿在其出生之前就被分为两类了，一类是受欢迎的、被期待的，一类是被讨厌的、是父母们不想要的，而这就像胎痣一样，将要伴随人的一生。换句话说也就是，无论怎样灵活多变，你的性情都没有变。你以为你改变了，其实一点都没变。你的那个骨头缝里，始终还是那个样子。

# 如果记忆丧失了

## 知足而宽恕

一个朋友遭了车祸，我和他去看他。

朋友还没醒过来，他说他看到了他的梦。看到了他在他的梦中已经被上天宽恕了，他也相信被宽恕了。宽恕了自己做过的错事，也宽恕了别人的曾经对他的种种不公。宽恕了他让他的父母所遭受的诸多痛苦，也宽恕了他曾睡过还有拒绝过的女人。宽恕了他曾抛弃的或者出卖过的朋友，也宽恕了他这次违章被他撞毁的那辆小车。

我说你别这样说，他都已经这样了。他说他真看到了。

我说那他真是变了，以前他决不宽恕的。

也许是前一阵皈依了基督的结果吧？基督教提倡宽容的。基督教认为公义的权柄在于神而非人。如果你相信有一个完全可以信靠的上帝在替万物扬善惩恶，你也就不会再坚持要由自己去做了。

他又说，我不信基督，我是个人主义者。我宁愿相信佛教说的：我们不只是为了众生才宽恕众生的，而是为了我们自己想要享受内在的安详，体会那种知足的快乐以及那份清心自在。所以，你一定要宽恕众生，这样我们自己的智慧才会慢慢启发出来，心地也会渐渐广阔，目光也会豁然开朗。

这教，那教，信什么呢？别的什么，我不知道，我只知道，人的心中如果充满各种欲望那就很难宽恕人了，难有宽恕之心了。

## 忧郁症

知道丢魂失魄吗?

知道。人要是丢了魂,就不想活了,就不能活了。

不,他能活,这只是一种病。

这种病不是肉体的也不是精神的,而是身体深处的,是人自己圈养在他的骨子缝里的。有了这病的人心里总是闪烁着,闪过一种美,一种稍纵即逝的美,一种无可言喻的美。这美就像水面上风与日光的瞬间结合,或者就像月光下铁轨无声地伸向远方。那光是细细的、波动的、黯淡的、冰冷的、彻骨的⋯⋯

你这是在说忧郁症吗?我打断了他的话。我觉得好像忧郁症。

他点头。他说是。

我说我听他这样说时,我的眼前浮现出了很久以前的一个冬夜。那夜,天上飘起雪花,雪垂直地落了下来,几乎没有一丝风。那情形真的很像人死前的心电图——直直的线条,偶尔会那么突然地中断一下,随后马上又变直了,静静地延伸到正在变白的沥青路面。

## 老年痴呆

如果老了,一直到死,我的记忆都在,我就非常高兴了。

为什么?

因为在我的记忆中,一切都将永存,一切都不会改变,改变的只是我们的外貌、我们的肉体和世界。

你说的也是我向往的。只要记忆在,那我这个人也就还是"我"。如果丧失了记忆,那么,我是谁?人说那叫老年痴呆,学名叫阿尔茨海默病。聪明一世成了痴呆,你说可怕不可怕?我所有的亲朋好友,我曾深爱过的女人,全都成了陌生人。他们叫我,招抚我，试图唤醒我的记忆，也全是徒劳。我内心的那个通道完全关闭了，脑子里面充斥着淀粉样的蛋白斑块，昔日电光闪闪的大脑已经变成岩板一块，脸庞也像戴上了一副僵硬的面具。那时的我还会有人的情感吗？知道痛苦吗？如果不知道，倒也就算了，如果知道呢？

据说八十岁以上的人得这病的比例是百分之十五至二十，那我们是不是能把我们的寿命计划定在八十岁左右呢。到了八十岁，如果还清醒，那就是阎王爷给你加的寿。如果痴呆了，那你的生命也就到此终止了。医学上不是有所谓大脑死亡吗？大脑痴呆大概也与大脑死亡差不多吧？至于这副臭皮囊，要如何就如何了，想管你也管不着了。


## 神　泉

面对呻吟不止的父亲，我不知道如何办。

我问他，怎么办好？他是过来人，曾经面对父亲的离去。

他说他也不知道。

他说听我这样问，想起的是一段奇闻，是从书上看来的。

那书上说有一神泉，衰弱驼背的老头进去，只须泡一下，白发就黑了，皱纹也马上消失了，一身的病也没有了，骨头也灵活了。

我说你别开玩笑了，我是衷心请教你的。

他说他没开玩笑。

他说我要做的就是让我父亲调整自己，让他心里有那神泉。


## 怎么讲？

我们都活在世俗之中。在你能够出点力，还能做点什么的时候，你可以，也应该为了让世界更美好而尽你能尽的力。而当你无力时，特别是当你老了时，你就只能退居一旁，只能自己想开了。

怎么想？

宇宙这么大，你自己不过是一粒小小的尘埃罢了，而且就是这粒尘埃也会不久于世了，而且这粒尘埃的消失于世也是无所谓的，所有的尘埃都要消失的。这样想一想，是不是也就获得了某种心理平衡？这种感觉就像你爬上了一座大高山，俯视下界，你会觉得芸芸众生的那个世界竟是那么的渺小呀，那之中所发生的事情又是何等微不足道，生命的结束于你来说也就不那么可怕了。你为自己获得了宏观的视野而高兴，觉得还是赶快回到你的那个世俗之中，去享受，才欢乐。呵呵，我是这样想，是否有点实用了？

一点也不实用主义。

如何讲？

你这样说只说明你是个浪漫主义者，你还没有真正的老，还没真正地面对死神。

只有到了那一天，也就是你老了的时候，你才会真正明白的。人不活到那一天，就不能讲真明白。不论他好聪明，好会想，好会写。


## 意　味

又说昨晚没睡好。

开始，他是睡不着，躺在床上，左转右侧。身子转到左边时，烦恼跟着转到左边。身子转到右边时，烦恼跟着转到右边。后来，终于，睡着了，他又做了一个梦：

他和她在某市的细雨蒙蒙的街上漫步。

走着，走着，一路上，他总落下什么东西。

一次是钱包，一次是钥匙，一次是外衣，幸亏不是内裤内衣。

后来，走上一段楼梯，她在下面等着他，站在街上的某个角落。

他下来，找到她，他俩继续往前走。

可是，他又忘了什么，又返回，爬楼梯，接着就是他寻找。

左翻，乱得一塌糊涂。右翻，还是一塌糊涂。同时，他还担心着她：是否还在继续等着？是否已经走开了？

结果，他在人行道上，总是能够找到她。

她一直在等着他，脸却像天一样的阴沉，整个脸上，都是乌云。这意味着什么呢？他要我说说。

我说我也说不清，最好还是忘了吧。


## 继续追

无聊地听着他的叙述，我的眼前出现了这样一幅移动的画面：

在某一个十字路口，一个人与他擦身而过。他不由得停了一下，对方也跟着停了一下。然后，又迈步，想要各走各的路。可是，在那抬步的同时，互相又回头，对看了一下，脸上都露出微妙的表情。于是，彼此都明白碰到曾经认识的人了。

他们两人说了什么，我已懒得再复述了。

我想说的是分手之后，一个又从路上折回，追上了那个向前走的，站在他的背后说：你还记得她吧？从前，我们这班家伙一出校门就去逗她。只有你常护着她。她也宣称非你不嫁。最近，她又离婚了，有人求婚也拒绝了。

那人，听着，停住脚步，头也没回，说了一句：不要灰心，继续追！然后，继续向前走。


## 十二岁

我说我在十二岁时就已到了怀旧的年龄。

他说绝对不可能。

我说那时我的心中，不是充满了快乐的忧伤，就是饱含着忧伤的快乐。

因为就在那一年，"文化大革命"开始了。

因为父亲出身地主，我成了一个狗崽子。

狗崽子不用上学了，到处停课闹革命。

狗崽子也没人管了，父亲被关在了监狱里。

狗崽子一天到晚四处打流，不是到某个大院打架，就是去某个渔场偷鱼。每一天都伴随着新的探险和灾祸：被黄蜂蜇伤，被钉子扎破脚，用鞭炮将瓦罐炸成碎片，在湖里游泳突然抽筋好险被淹死。那真是些快乐的日子，当然也是忧伤的日子。那时，我的心里面，不是弥漫着快乐的忧伤，就是洋溢着忧伤的快乐。

十二岁的忧伤快乐，十二岁的快乐忧伤。


# 八　卦

这是一个八卦的时代。每天，我们打开手机，打开电视，打开收音机，看着各种有味的人，听着各种惊人的事，一天也就过去了。

是啊，确实，人都是喜欢八卦的。我们小时候不也八卦吗？只是，那时没有手机，没有电视，也没什么明星网红，八卦的对象也就是我们身边的熟人社会。

对，对，对，他来劲了，我从小学起就会八卦了。小学要选班干部，要评优等生，要评差等生，这些选评有时候是当面的公开的，有时候却背靠背有着各种不同标准，评得多了自然就学会八卦了。我至今还记得，同学们互相唧唧哝哝遮遮掩掩地讲悄悄话，然后发誓：向主席保证，不能讲出去！然而，这些话还是悄悄地传出去了，什么优等生考试偷看，什么哪个老师偏爱谁，什么某某跟某某是一对，这些八卦虽然幼稚却是我们的调味品啊。

难怪你这么喜欢八卦，原来是从小培养的。

那与现在的孩子比也是小巫见大巫了，你没看到现在幼儿园的孩子们个个都认得好多明星，个个都有自己的偶像，讲起谁跟谁的趣事全都里手得不得了。

八卦也和别的一样，也在与时俱进。还是现在这样好，拿公众人物当消遣，不用遮遮掩掩了。


## 分　手

他又说起他的爱。

我说不必讲。

他说他要讲，不讲他难受，就像好多碎玻璃扎在他的肉体中，讲了他会好受些。

于是，只好听他讲。

讲他们的痴心相恋，讲他们的情感牵连，讲他们怎么去看电影，如何坐在黑暗之中，还有那么几个夜晚，他在她的公寓度过，拥在一起睡到天亮，即使就是口角分歧也非恋爱时光的浪费。

他还说起他俩分手，那么样的平静祥和，那么样的黯然销魂，爱情却是毫发无损，所以，愈加肝肠寸断。

而我看来，却非像他所描绘的情景那样，至少不是那么凄凉，未来也会因为如此而更美好，未来会因他们这段曾经沧海的相恋分手而把他们自然而然变成他们各自的样子。


## 上帝与情欲

上帝为了惩罚亚当还有夏娃偷吃禁果犯下的罪恶把他们赶出了

伊甸园。

那算得是什么罪恶呢？

亚当的阴茎就是罪恶。

那禁果又算得什么？不就是一只苹果嘛！

那是夏娃的乳房呀！你连这都不知道？

赶出伊甸园就是处罚了？

上帝是这样认为的。

如果事情真是这样，我看也算不上什么处罚。

为什么？

因为对于亚当来说，夏娃的身体就是他的灵与肉的伊甸园。反过来呢，对于夏娃，那个情形也是一样。上帝若是真想惩罚亚当还有夏娃的话，那就应该只赶一个，留一个在伊甸园内，这样他们也就会深切地互为痛苦了。

他说幸亏上天有眼，没有让你成为上帝。

我说，呵呵，如果真的让我当了上帝，我就不会出此招了。我很明白情欲的力量以及这种力量的可怕。你看鸿雁失去伴侣都会哀鸣而死的！你看希腊的神话传说，为了一个美女海伦，掀起了那么长久的战争。上帝可不想伊甸园变成杀戮的战场。

由此可见，英明的上帝终归还是英明的，所以人类总颂扬他。

上帝也有情欲吗？

请你不要再瞎说了，上帝有情欲还能英明吗？


## 人生如爬山

人往高处走，水往低处流。人生就是往上爬吗？

总不会是朝下滚吧？对于多数人来说，人生就是往上爬。只是如何爬，各人不相同。

有人把人生比作大山，山上标有各种刻度，属于不同人的高度。所有的人都是一样，都从山脚往上爬。所有的人都知道，爬时只能上，不能掉头下。于是，人们各显神通：超前的，抢道的，踩着人家身体的。有的人爬得很辛苦，看准目标，目不旁视，气喘吁吁。有的人却很是随意，边爬边哼着喜欢的小曲，爬累了还不时停下脚来看看风景。旅途风景美啊，旅途妹妹多啊，慢点爬啊慢点爬。

我笑了，我知道，他就是那个慢慢爬的。

不好吗？你可别做那活得累的啊！

不管累不累，爬到那高度，那个属于自己的高度，就得转身下坡了，就得踏上回程了。一般来说，那归途，都是轻松的，没有负担的。归人也是脚步轻快，带着自己一生的回味，不急不缓，流连忘返。但其中，也有人，步履艰难，痛苦不堪，后悔人生如此度过。当然，还有一些人，脚后跟一转，华丽地转身，照旧有人鸣锣开道，前呼后拥，闪到两边，让他先行，前方却已响起钟声！

就是这样？

你以为呢？

那是丧钟？

已到时辰。


## 爱与不爱

你为什么不要她了？

她没什么特别的。

特——别——的——你受得了吗？

我受不了她的声音，每句都像演戏似的。

什么不是演戏呢？

不知道。

结婚你就知道了。

结婚我就完蛋了。

为什么?

婚姻是爱情的坟墓呀!

你是为爱而结婚吗?

错了吗?

没有错,但也不能说是对。

为什么?

你既然为爱而结婚,那么也就有可能为了爱而离婚。

不为爱结婚就不离婚吗?

至少不会因为不爱!

# 什么才叫好好活着

## 会说话的书

他想起了他的父亲。

他说他父亲就像一本书，一本会说话的书。

小时候，他常常给我讲有关科学的故事。他喜欢数学，还跟我讲数学的故事。我还记得他说零。他说零吓坏了那些上古的人们。因为人们非常害怕一辈子什么都没有。

我说现代人也一样，也很害怕零，也怕一辈子一无所有。

听他说着他的父亲，我也想起我的父亲，刚学负数概念的时候，我在课堂上怎么听也听不懂，那些坐标线，画来画去的，完全把我搞糊涂了。我回来问父亲，他说这还不懂呀，你一分钱都没有，还欠了人家五元钱。哦，我一下就清白了。

我还想起放学回家，父亲站在宿舍门口，问我跑到哪里去了。我说玩去了。一个玩字，从古到今，自自然然，千篇一律，问的随意问，答的随意答，于是，那随之包含的信息就像飘在空中的尘土落进年岁所隔开的那条宽大的鸿沟里了。

那时，父亲还很年轻。

## 打招呼

平时跟他一起走时，我发现他总是主动和人打招呼。

我问为什么。

他说父亲告诉他，只要你活着，就要打招呼，打招呼很重要。

是吗？我问，多重要？

他说只要会打招呼就会少掉很多事情。

我说我的感觉是有时就因为打了招呼反倒惹上了麻烦事。

他说那是因为你不会打招呼，打招呼也是要会的，也是要有技巧的。

我问他有什么技巧，他说以后再告诉我。

以后是什么时候呢？

在你打招呼的时候。

小时候也曾听父母说起这个事，说要先在心里面练习好多遍才敢打招呼。可是，就是这么样，他们也不会打招呼。我这样说的意思是，无论他们怎么做，还是不善于打招呼。


## 地下情

他说他这辈子最感无奈的事情就是：母亲面对父亲的不忠所持有的那种忍耐。母亲从未露出过怨恨，从未揭示过事实真相。由此，他也不再认为真相有多么重要了，因为真相和谎言一样都是让人心碎的。

我很理解他的心碎：父亲的不忠，母亲的隐忍，儿子的心碎呀！这种所谓的家庭秘事自古以来就一直存在，而且大多的情况都是：家庭内，母子联盟，父亲遭谴责。家庭外，父亲招人指背脊，甚至还有组织处分。夫妻间则明争暗斗，里里外外，纠缠一世。多么悲惨的人生哦。不过，即便就是这样，想要出轨的父亲们仍不在少数，而且因此形成了一个特有的词汇：地下情。这词听起来总让人想到以前的地下工作者。

他说就是啊，非常像特工，还要有暗号，还要防止吊尾线！说着，他也放松下来，并说现在他也开始理解他的父亲了。

我笑他也像他父亲，有其父必有其子。有句老话说得不错：屋檐水点点滴在原档。只是他碰上了好时光。

你不也是吗？也是碰上了好时光吗？他又开始反诘我。

我说是，好时光，只是在这好时光里应该怎么做才算得更好，更像一个人，我还没想好，还要好好地思量。


## 旧老人新老人

我说我父亲真是怪，老成那个样子了，躺在床上不能动了，嘴里还老是念着什么无事可做了活着没有意思了等等等等之类的话。老了不就是活着吗？还要做什么事情呢？

他说：这就是你不晓得了。这一代的老年人年轻的时候是没有多少娱乐的。他们觉得唯有做事才是正经有意义。他们从来就没有好好地为自己活过，不会玩自己的玩，不会乐自己的乐，连做事都不是为他们自己而做的。所以，一旦别人不再需要他们继续做事了，就觉得活着没意思了。而且，因为惯性的作用，他们对别的所有事情也没一丝半点兴趣，活得真的很可怜！

是啊，比较起来现在的那些退休的新老人就真的是幸福多了。他们都在抓紧时间想方设法为自己活。公园里，山麓中，广场上，到处都有他们的身影。他们唱歌，他们跳舞，他们健身，有些甚至去暴走，到马路上与车争道，简直成了老疯子。有些还背着一个背包，满世界地到处乱跑，国内国外都游遍，不想家，也不归家！

我老了可不想去凑这样的热闹！

不热闹也有好活法啊，琴棋书画，电子游戏，老年大学，只要你想，什么都不嫌晚的！

是啊，是啊，一般来说，只要不出什么意外，我这样子还能够蹦跶个一二十年吧？再老就惨了。

听说，现在的有些地方，老年护理机器人也已经在试用了，到时能有机器人与你陪伴也不错啊！

# 父与子

说到老，他说他父亲九十多岁时，听力也和牙齿一样几乎完全丧失了，但他还老是说：那时候，我们做事累得半死，还有力气在河里游上两个多小时！他觉得他年轻时简直就是无所不能。

他还说他父亲吃饭，不但不示弱，而且要逞能，常常吃撑了，过后不舒服，在肚子上摩挲半天。

我说我父亲也是啊，每次吃饺子都会回忆他年轻的时候在东北，一口气吃了四十个，然后扫视一眼桌子：这盆里的我那时一个人都能吃得完！我们姊妹都不做声，只有妹妹说，你老慢点吃。

他说他小时候父亲对他很严厉，总用乡音训斥他，用词却是文绉绉的：白痴！低能！愚子愚孙！他说他当时根本没听懂，长大了才明白是这几个字。

我说是的，那时候，父亲对儿子都是这个样，我小时还常挨打呢。父亲总是看不惯我，他说他小时候走路都是跳着走的，哪里像我这样拖拉。他没想到我没吃饱。

待到后来我从乡下再度回到城里时，已和父亲一样高了，他也很吃惊，对我客气了好多。我还听到他跟妈妈压低声音私下里说：宽肩，细腰，像我！不过，肩还是比我窄一点。

# 老人的回忆

看过父亲，从医院回来，碰见他，我说：老人除了回忆，还有什么呢？还有对生活的期许吗？

他说：有也不多了。此时回忆比生活更能给他以乐趣。他可选择可删除可扩充可重构他脑中的种种记忆。他无法左右自己的生活，但可选择自己的回忆。选择回忆某些往事，并将另外一些事情扔进遗忘的无底洞。

我说他说得真准确。

他说他过世的父亲，晚年也是这样的情形，年纪越大也就越是隔得更远地遥望自己，像看一个似乎认识却又不太熟悉的人。

有点像考古。

这就是回忆的独特之处。

我说：我想要他开心起来，但我做不到。他的身上散发出那么一股陈旧的气味，仿佛一成不变地活得很久很久了。

他会永远待在那里，待在他的记忆里。


## 好好活着

人们来到这个世上不就是为了活着吗？他伏在桌上写着写着，突然抬起头来问我。

我说那当然。我说你怎么又来了，又说起这个话题了。

我说我虽然并不同意有的人所说的什么好死不如赖活着，但我认为人活着就一定要好好活着。

我说我昨天去了医院，去看了我的糊涂的父母，我还对我父亲说了你刚才重提的这句话：人们来到这个世上不就是为了活着吗？于是，我劝他好好活着。

可是，父亲却反问我：什么才叫好好活着？

于是，我的心里又想，你都活了一辈子了，都不知道，还问我，我又怎么知道呢？但我还是对他说，活着就是好，就是在好好地活着了，所以，你要修身养性，继续好好地活着。

我还替他总结了这么六句话，也就是二十四字的养老经：修身养性，心平气和，规律生活，延年益寿，争过九五，再超一百。

我只能够这样说。我不知道如何说。你说我该怎样说？


## 重复与折腾

他说：我们每天都在重复自己的生活，重复自己的一成不变的行为模式。

我说：不错，就是这样，但恰恰是这种重复让你说的单一生活变得丰富且有意义。所以，你我都舍不得，都不乐意自己死去。不然，我们就会厌烦，就会生不如死了。

他说他很讨厌重复，但如果真把他放到一个外星球上，整天面对陌生的环境，新鲜是新鲜了，刺激也是刺激了，那样的生活绝无重复，下一秒都无法预测，他肯定也受不了，连一天都过不下去。

外星球上的一天时间，你说会是多久呢？他突然又偏头自问，三十六小时？四十八小时？或者根本就没有什么小时的概念？

那才是度日如年啊，人肯定会疯掉的。

是呀，他说，肯定会。人类这个血肉之躯，生活需要相对安定。人又不是机器人。即使就是机器人，如果超出设计程序，也会无所适从的。他说有位伟人说过：幸福是对重复的渴望。

于是，我拍拍他的肩膀：以后不会折腾了吧？

他却将他的肩膀一扭：那要看是什么情形，该折腾时还得折腾！

人要改是很难的，尤其是要他不折腾。


## 上天赐爱

还好吧？我问他。

他说没事，没有事，将那焦灼藏在他难掩焦灼的语气下。

我想劝他不要焦虑，还是随心随意的好。爱情是敏感脆弱的。人们总是搞错对象，总是将爱的那点希望完完全全地寄托在不合时宜的人身上。

我还想对他这样说，爱一个人就总会反反复复地诘问自己：她是不是也爱我？她爱我是不是也像我爱她？我是不是值得她爱？这是非常自然的。即使就是搞错了对象，爱上了不合时宜的人，即使就是单恋暗恋，人们在这过程之中也能享受爱的美好，完善自己的今世今生。

我还想对他如此说，爱情就是再好再美也不一定能终身厮守，但它依旧可以表达，可以存在，可以持续，有些人还可以保持终身的激情。

真正的爱情一旦发生，于人就是一种幸运，这是上天对你的眷顾，是他送你的一份厚礼。

他的脸色渐渐开朗。


## 升清降浊

说到人与人的差别，他说不是钱，也不是地位，而是见识和情怀、抱负与才能。

我同意。我同意的理由是：有见识有情怀有抱负有才能虽然不见得就能成功，但那人所散发的味道一定是芬芳美好的。

说完，我又想，是不是太理想主义了？以至于自己一辈子都在傻傻地追求着这种芬芳美好之气。我喜欢清气，我讨厌浊气，但浊气就那么不好？就要像古代的文人雅士那样清高地嫌弃它吗？其实，浊气原指谷气，也就是所谓世俗之气。人吃五谷，难免世俗，总会产生浊气的吧？一个人若没了浊气，就会营养不良吧？

清气与浊气，就像精神与物质，缺一不可的。浊气是赖以生存之气，清气是升华灵魂之气。浊气是务实，清气是提升。中医所说的升清降浊，不但是治疗疾病的思路，比如治疗高血压，也是我们做人的方法。且不说成功不成功吧，你难道不希望自己脚步很踏实，头脑也很清晰吗？

当然希望了！他笑着对我说，我现在就有一点觉得头重脚轻咧！


# 媒　人

自己恋爱当然好。有媒人也很好。特别是现在的年轻人，大都忙于自己的工作，生活压力尤其大，哪有时间和心情去发现合适的对象呢？

如果我还没结婚，如果我还年轻，我就希望有媒人，哪怕是一个坏媒人。

我又不是一个傻子，我还怕他骗我吗？

我说是。我说我也和他一样，根本不怕坏媒人。因为一个坏媒人也可能成就好婚姻。而自由恋爱的婚姻也未必幸福。

那你儿子呢？

什么？

他是自己恋爱的吧？

是。

你儿子呢？

也是。

幸福吗？

还好吧。

这不结了！还是不要媒人的好呀！说着，他把两手一摊。我们两个都笑了。

## 个人英雄主义

他看不起那个人。

我说这不行。我说在这个集体中，他虽然是最弱的，但也是最为重要的。因为链条的牢固程度取决于它最弱的一环。不是吗？就是的。应该牢记这一点。

何况就是强和弱本身也是相对的。你可能在某个空间某些时段比他强，但在时间的长河中，任何变化都可能，强变弱，弱变强，这样的例子还少吗？一个人在任何时候都不要看不起别人啊。

他说，我就这种生性，看到别人做事不行，心就痒了就急了，恨不得自己拿过来三下两下搞完算了。

我笑，我真和他很像。年轻时，我这样，别人说我个人主义，说我个人英雄主义，说我不太好领导，后来又说我不善于领导。

我想我很理解他。我说我太理解他了。可是，你有什么办法？我们活在集体之中，我们要有团队精神。

他说那当然。他说他明白。他说他觉得我越来越喜欢讲道理了。道理讲多了，人就没味了。

难道能不讲道理吗？

是啊，这又成了一个问题，一个有味无味的问题。


## 主宰死亡

又到医院去了？

是啊！

你妈妈患痴呆都十多年了，还是你们招抚得好呀，不然，早就不行了。

是啊，已经习以为常了。

真是不容易。现在的人很少有这样的耐心了。陪护病人的那种辛苦，还有陪护老人的辛苦，我是知道的，因为我也经历过，这也是在消耗你自己的生命啊，十多年，不容易！

没有办法啊。老人住在医院里，即使就是请了护工，有些事情也还得自己到堂才放心。何况医院动不动就要"请家属"，就要下"病危通知单"，吓得你半死。你还得当心理医生，天天编话来瞒、去哄不时烦躁吵闹的老人。唉，每天一进医院的大门，我就有一种抑郁感。不过，时间若久了，你也会习惯病人的，同时也会习惯疾病，感觉这才是正常的。

确实，情况就是这样，这也是人生的一个阶段，我们都要经历的。

我们将来如何终结，那就只有天晓得了。我们这一大拨人，一九四九年后出生的，那个时段鼓励生育，现在已经变成了浩荡的银发大军了。到时，何处去养老，谁又来招呼？真的是个问题呀。

这个问题会越来越大。等着吧。听说，台湾地区已有立法来维护人的尊严死。如果再进一步，人的安乐死也就有可能合法化了。毕竟，人嘛，作为人，应能主宰自己的死。

# 我还没有想清楚

## 被　骗

谁没有被骗过呢？我问他：你被骗过吗？

当然被骗过，还不止一次。

你都被骗了，那骗子也太厉害了。他是如何骗的呢？我有点好奇。

他不说，或者说是懒得说，只说你就再聪明，恐怕也难不受骗。被骗的情况虽有不同，但那差别也不太大，只是稍有不同罢了。

为什么会这样呢？我装傻，故意问。

他知我装傻但也不在意：还不都是因为贪！是人都会有点贪。想当初，那夏娃，如果没贪念，怎会上那蛇的当？但那当也上得值。不然也就不会有我们人类社会了。

你的意思是贪点也没事？我仍故意问。

他仍不在意：只要不是贪污贪腐。

被骗也没事？

有事又如何？已经被骗了！能吃一堑长一智就算不亏了。他的话中有了气愤，但也显得无可奈何。现在到处都是骗子，你如果不身经百战也就没有火眼金睛。当然，你得稳住自己，不要弄得到头来自己也成了一个骗子。这样的人还真不少。

就没从不上当的吗？

也许也有吧。他不敢否定，但同时却十分肯定：那些从不上当的人，最后肯定上大当。

## 没有野心

他说他没野心。

我说那是不可能的，是人就会有野心，只是各人的野心不同。

于是，他就笑着说：那我唯一的野心就是做一个没有野心的人！

我觉得这倒是一个颇有特色的野心。

他说，野心这个词历来不是什么好词，野心家、野心狼，让人想到黑暗深处忽隐忽现的狰狞面目。现在环境宽松多了，说起野心，虽有揶揄却也带着几分赞许。年轻人一受到鼓励，有的竟然明目张胆连野心都不掩饰了。你想，这样一个世界，团转四周，全是野心，那日子会好过吗？所以，我选择做一个没有野心的自然人。

自然人是什么人？

就是顺其自然地活着，不以物喜，不以己悲。当然，上天赋予的本分，我也不能白白浪费。人的能力，我要努力挖掘。人的情感，我要细心体会。人的快乐，我要尽情享受。

你这样做就可能成为人说的什么家呀。

什么家？

比如什么心理学家呀！

也许吧，但也不是容易的事。除了能力，还得策划，还要盘算，还得做很多你自己并不喜欢做的事。比较起来我还是不当什么家的为好。


## 现世爱情

想要爱情，你得有钱。爱情要一身好衣裳、一辆好轿车，在某处有一套公寓，或者一栋单独的别墅。

我说不错，有了这些，或者比这更多更多，成了一个巨大的富翁，也有可能就只有性欲了。

那么，你说，爱情到底是什么？不就是两个人在一起能够活得美好吗？而现时所公认的美好标准不就是前面说的这些东西？

我不能不承认他所说的是事实。可是，难道这世上就没有纯粹的爱情了？人们世代所传颂的那些美好永恒的爱情就真的像人说的在我们这一代消失了？

你所说的美好爱情只在经典文学里吧？现在的人很少看了。而且，他们不但不看，还嫌那些爱情过时。例如托尔斯泰的《安娜·卡列尼娜》吧，很多人都认为安娜只是一"作女"，不懂她为什么不喜欢丈夫卡列宁。不就是稍微老一点吗？卡列宁不但很有钱，而且有地位，还有那么可爱的儿子，还能原谅她的失贞，你还想要什么呢？他们不知道也不想知道，安娜对于卡列宁所怀有的那种厌恶，那种生理上的厌恶，比如卡氏的习惯动作，鼻子里的哼哼声。还有那位温莎公爵，不要王国要女人，他们认为他不过是被那心机女摆布了，他们根本不承认他们之间所具有的那种如饥似渴的爱情。就连《红楼梦》，如今的人们也统统在褒钗贬黛：宝钗才是理想妻子，才是一位贤内助呀！如果不读经济文章，将来怎么做官经商，怎么保证家族繁荣？

你也是这么看的吗？

是啊，我也很矛盾，我还没有想清楚呢。


## 天上的灵魂

幸亏人都会死的。他又对我说起梦。

说他昨晚一连三回都从这个梦中惊醒。

他一个人待在地下一个庞大的墓穴之中。坟墓彼此相连，就像一个蜂巢结构。尸体也都没有腐烂，没有蠕虫，没有分解，都在等着重新复活。

你说可怕不可怕？

我说确实有点可怕。

于是，他就继续感叹：要真复活了，地球就完了，地球上就会人挤人，挤得没有地方站了。

我说这下你明白火化的伟大意义了。火化了就升天了。从今以后，你看天空，看着那些飘浮的云朵，你就应该想到看到那些都是人的灵魂。各种各样不同的灵魂，就那样悠悠地飘在我们的头上，随着我们，伴着我们，看着我们。

人在做，天在看，抬头三尺有神明！他又抢过我的话，开始他的再度发挥。

而其实，中国人，是不怕什么天看的，怕也只怕熟人看。


## 表演悲痛

翻过一张美女挂历，他说：这些美女看上去都很冷。

我说：不过，她们的脸上个个都挂着灿烂的微笑。

他说：是呀，照片能够装出欢乐，但却很难装出悲痛。

我说：你在挂历上是绝对看不到一点悲痛的，谁愿意天天面对悲痛？

他说：是呀，谁都不愿，除了喜庆，还是喜庆！

一般来说，美女们都只是在电影中或者专题照片中才表演她们的悲技的。但，美女们又总是顾虑自己的悲技表演会使自己的形象受损。所以，总是悲痛得优雅，悲痛得非常惹人怜爱。

要想表演真正的悲痛，没有实力，恐怕不行。

可惜现在年轻人并不喜欢实力派，他们更愿看"小鲜肉""小鲜花"，他们即使在悲痛时也在模仿他们的偶像。

他们真的悲痛过吗？

不，我的意思是，他们真的能感到这世间的悲痛吗？

人的时代和经历不同，感觉的悲痛也不同吧。


## 伤害爱人

你知道，怎么样，才能知道你，对你最爱的那个人，到底爱得有多深吗？

不知道。

试着如何去伤害她。

你疯了！

这样她就会提醒你对她爱得有多深了。

你怎么会这样想呢？伤害她也就是在伤害你自己啊！如果你不是真想背叛，那就千万别去试，做了你会后悔死的，会后悔得求死不得，你会死无葬身之地。记住，爱是不需要考验的，尤其怕伤害。

可我已经伤害她了。

怎么样？

她还没发现。

算是你走运。

现在，听你这样一说，我真有点害怕了。我可不能失去她。

那就赶快弥补吧。亡羊补牢，犹未晚也。小心一点，来得及。


## 车祸之后

他是死过一次的人了。

他曾被一辆汽车撞倒，一个星期才醒过来。

我问他是否还记得他昏迷的那些日子。

他说记得一清二楚。

记得那些浮动的色彩，记得嘴里弥漫的味道，记得拂过脸颊的清风，记得失去记忆的感觉——虽然知道自己的存在却不知道自己的名字，也不知道自己的过去——不知道自己结过婚，不知道自己有儿子，不知道自己遭了车祸，不知道自己正在医院，只知道自己还活着。

他还记得混沌之中，所有的杂音都消失了，四周只剩下哭泣的声音——醒来后他才知道那是他的妻儿在哭。

从那以后，不时，梦中，他还能回到那个世界。随着年纪越来越大，梦回的次数也更频繁。慢慢的，他觉得自己做梦上了瘾——每天晚上，还没上床，他就开始在期盼中兴奋得直打哆嗦了，好像在外逃亡多年即将登上回家的飞机。

我说算了吧，打住吧，越说你会越夸张了。

他说他还真没夸张，偶尔还会激动难眠。每当那时，他就只能躺在熟睡的妻子身边，想方设法，尽快入睡。

## 人生各症

我觉得我有强迫症了。每次出门都成了一件极其麻烦的事。我逐个地关掉拔掉家里所有的电器插头，反复地检查煤气开关，看它们是不是关好了，有没有嘶嘶泄漏的声音。我甚至还站在厕所门口，竖起耳朵，一听再听，以确定楼上下来的管道没有脏水溢出来。最后离开家之前，我将门锁锁好之后，有时还会转身回去，再将门锁打开又锁，进行再一次地确认。

他说他现在也是一样，大概和我差不多。物以类聚，人以群分，看来真是说得不错。

他还说起凡是人都会有个什么症，不是这个症就是那个症，没有什么了不起的，只要能够放松就好。

他说他的一个表兄，从小就是个拖延症，无论什么事不拖到最后，那是绝不开始做的，是个典型的"明日派"。

明日复明日，明日何其多！我也笑着念了起来。

是啊，就是这篇小学课文，他也能够背诵的呀，可是即使事到临头，他也依旧照拖不误。记得每次放寒暑假，别人全都早早地就把作业做完了，这样才能玩得痛快。他也同样玩得痛快，但总是要拖到最后，快开学了，才赶作业，还求朋友们帮他做一点。我至今都记得一下午帮他抄了五页字，手都抄得要抽筋了。就是这样紧赶慢赶，直到报到快截止了，他才最后一个跑去。年年如此，说是要改，年年都不吸取教训。

那他现在怎么样了？

还能怎么样？有名的憨子，憨得出油。每次出门他总是到最后才做准备，慌里慌张，丢三落四，但也每次有惊无险，基本顺利，就像他的人生一样。可能是他运气好吧，也可能是他的期望值从来定得就很低。

是啊，我们的人生各式各样，症自然也各式各样，谁又能说哪样更好？


## 文明习惯

你说这是谁说谁？这当然是我说他：你会在家里扔烟头吗？不，不，不，你不会！哪怕就是你家里脏得成了垃圾场，你也不会随意地把烟头往地上一扔，扔到你家的地板上。但在外面就不同了。在外面，你不仅随意扔，而且还总把烟头扔到行道树的根边，或者街旁的绿化带里。扔时，你想，这总比扔在街上文明些，但这却更加辛苦了那些环卫工人们。他们得拿着火钳找，一颗一颗地把烟头从绿化带里钳出来，结果不是找得头晕，就是累得腰酸背痛。

他有点不好意思了，抬起手来摆了摆：是是是，但我找不到地方呀，我总不能拿着烟蒂走过来又走过去吧？说得非常有道理，甚至有点理直气壮。

有时，喉咙里有痰了，鼻子里有鼻涕了，我也只好偷偷到一个角落里去解决，总不能老是含在口里，吞到肚子里去吧？

随身带点纸巾呀，有废弃物先包起来，有垃圾箱再丢进去。

没有这个习惯呀！

那就只能含在口里，或者吞到肚子里，这样下次出门时，就会想起纸巾了。


# 人　生

走在路上，看着那些迎面而来的年轻人，我的心里总不由得生出这么一点感慨：年轻真好！好多年前，我也和他们一样呀！一样的青春美好啊！

可他听了我的感慨，却讥笑地摇摇头说：别恋旧了，莫回头看，向前看，迎接你的新的人生，老了也是新的人生，是你没经过的人生。

我说：你总爱说人生，那么今天我要问问，到底什么才是人生？

他说：如果抽象地说，人生只是那么一段上天特别赐予的必须活出滋味的既长又短的时间。

不满意，我又问：还有呢？

还有嘛，他说道：一个人的人生很多。比如我，最开始是父母喊我的乳名，后来他们喊我的小名，后来他们喊我的大名，再后来有人喊我哥哥，喊我叔叔，喊我爸爸，喊我伯伯，很快就有人喊我爷爷了。

听着他的这种阐述，我也不由得笑了起来，我想我们都是这样，从古到今，都是这样。

## 抢　白

听君一席话，胜读十年书。

没想到他这样谦虚。

我的意思是，我对他的话，也就是他的这句谦虚，真的是深信而不疑。我的意思是，我对他的话，也就是他的这句谦虚，我很愿意深信不疑。因为我相信有时有些话确实能够改变人生。

你到底想说什么呀？我又听见他这样对我说：

我的意思，我的意思，不管你是什么意思，我都不知你的意思！

我只知道你不好意思时，说话就是这样啰唆，就是这样嘟嘟哝哝，就是这样重三倒四。

你以为我说了胜读十年书就会改变人生了？

你真想得太简单了！

其实，我的意思只是，你使我看见了这世上的另一人生，但要改变我的人生，那已经是不可能了。我的身体、我的大脑，早已定型了。我的这艘破旧的大船只能这样摇摇晃晃驶向我的终点了。

还能改变航向吗？我有意地问。

直摇头。

怕翻吗？

当然怕！

这就对了！我心想，听我这番问，胜读百年书。


## 曲　张

他说，据他接触的人来看，每个人都会长痔疮。

我说即便就是如此，长痔疮者也是有差别的。比如：有的人长得早，有的人长得晚，有的人长的只一个，有的人长了好几个。有的人长的是内痔，有的人长的是外痔。当然，也有共同点，那就是：每颗痔刚长时都很小，但不久，就会长大，中等大，很烦人。不用两个月，它会长得非常大，大得让你剧痛难忍。

他说我这是说废话。

我说再过一阵子，我就是个废人了。老病在侵蚀我的身体，幻听在扰乱我的行为，妄想在扭曲我的思考。

他说，你思考什么呢？你真知道衰老吗？你真知道痔疮吗？

我说我又不是医生，并说他也不是医生。

他说他虽不是医生，但他知道衰老的祸首不是别的就是血管，因为血液不再年轻，血管也就开始硬化，导致全身的器官老化。痔疮呢不过是肛门的静脉曲张罢了。

我说我不懂静脉曲张，但我喜欢"曲张"二字，因为我们的许多行为不是别的就是曲张。


## 吸引他人

生活的目的是什么？

金钱？美女？事业？传宗接代？

对于这个简单的问题要想非常简单地回答好像真的还不容易。

他笑着指出道：很显然，你从来都没有认识到，生活的目的就是改善你在生活中的地位。

我说：好吧，那我也问你一个问题，生活里，工作中，最奇妙的事情是什么？

他愣住了，答不上来。

我说：这也是个简单的问题，生活里，工作中，最奇妙的事情就是人都在争相吸引他人。

那不见得，他不同意，有的人就非常低调，就不太想吸引他人，就只想当个普通人，只想过平平常常的生活。

我说也是，有这种人，那我就再换一个说法：一个人在生活里，工作中，如果总是想方设法想要吸引他人的话，那我们就可说他是个怀有目的的人，是个想当领导的人，或者说，是个想统治人的人。

## 暂时的

他说女子无才便是德若是翻成现代话应该就是这样的：

亲爱的，别让什么其他的东西把你的小脑瓜搅乱了。

我凭我们的爱情发誓，不要想那些事。

那些事是有的，有时候能遇见，但是如果老想着，你就无法安宁了。

一个人若想活得单纯那就一定要少知。知得越多越复杂，越麻烦，越危险。

一个人活在这个世上，不要想不该想的事情。想多了就不纯了，不真了，不能纯真地生活了。

很多时候，知是垃圾，使人肮脏和污秽。而无知，则纯净，令人芬芳和美好。

我说：你就做梦吧！

他说他已梦想成真。他又遇到了一个新人。她很接受他的说法，很信奉，很安宁。

我说：这只是暂时的。

他问，为什么？

因为，什么一旦久了，都有可能会变的。

你凭什么这样说？

我说就凭你。你敢说你不会变？别的什么，我不知道，难道我还不知道你！

# 一个人的心究竟有多重

## 鸡之变

鸡年了。

说了一声新年好后，他将手机伸过来，要我看看显示屏。屏上一只金黄的母鸡正在朝着它的鸡仔咯咯咯地亲切叫着。他对我说：这个时节，它的孩子们还很小，可它们却很难见到下一个冬天了。

我的心里一阵黯然。

黯然之后，转念一想，这种情景还存在吗？

我们现在吃的鸡，还有蛋，全都来自养鸡场，而且还是现代化的。鸡妈妈们不要说自己的仔看不到，就连自己下的蛋也是根本看不到的。她们的母性也因此而消失殆尽了吧？

现在的有些农村人也懒得养鸡了，集市上买着吃多省心。你现在到农村去，鸡鸭鹅、猪牛羊，看到的也不多了，狗也显得少见了，冷清清的院子里，多半都是留守的老人，留着守着那些小孩。

于是，人们又开始怀念过去的土鸡了，还有它们的土鸡蛋，那种香气与细腻，是"洋"鸡"洋"蛋无法比的。还有人瞅准了这个商机，又开始大规模地放养。吃的人，说不错，咂咂嘴又说道，还是差了一点味，估计是那养鸡的人终归耐不住他的性子，又往饲料中添加了那么一点助长剂。

## 两支军队

关于人的矛盾无奈，他有段话说得特好，他说：我的心里有两支军队，一支是黑暗的，一支是光明的。黑暗的军队冷酷无比，装备精良。我绝不能让我的良知暴露在这支军队的前面，一秒钟都不行，半秒钟都不行。我要保持爱与忠诚，我要尽力做个好人，我要坚持让我的良知占据道德的制高点，消灭这支黑暗的军队，把他们消灭得一干二净。可是，可是，我又明白这一切都徒劳无用。黑暗军队之所以黑暗就在于它更善于隐蔽，然后，一口吞掉光明。

当然，话若说回来，我对他的这段话，也自然有自己的看法，那就是：既然是矛盾，一方也就不可能消灭另一方，双方只能互为基石。就像白天与夜晚，光明与黑暗。试想如果消灭了黑暗，世界时刻一片光明，那又怎么得了呢，又要请后羿来射日了。人心中的矛盾双方也就是这样，它们可以互相斗争，而且一直斗下去，但却不能把对方痛快地消灭得一干二净。如果那样，剩下的，也就是那胜利的一方也会自我崩溃的。没有矛何来盾？如果一个人的内心全是"好人"和"良知"，这个人可能早已死了。


## 人 心

一个人的心，你说有多重？

我不知道，只能说：百度上肯定有。

于是，我们去搜百度。百度的回答有两个，一个是优质回答，一个是最佳答案。

优质回答是：成年人的心脏重约三百克，它的作用是巨大的，例如一个人在安静的状态下，心脏每分钟约跳七十次，每次泵血七十毫升，则每分钟约泵五升血，如此推算一个人的心脏一生泵血所做的功，大约相当于将三万公斤重的物体向上举到喜马拉雅山的顶峰。这是一个物理学家的回答。

最佳答案是：新生儿为二十至二十五克，一岁时为初生时两倍，五岁时为出生时四倍，九岁时为六倍，青春期后达到十二至十四倍，接近成人水平。成人一般为二百五十克到二百七十克左右，不同人大小有所差别，男女也有所差别！正常人的心脏，不用我们称重，一般都是看心脏肥大才取下来称重一下！这是一个医生的答案。

不知文学家又会如何说。

我说我不是文学家，但我想他们会这样说：人心深不可测。下探人心深处，在其底层之更底处——自我不见了，言语也消失了，仅仅只剩一团血肉在奇怪地蠕动着……

他打断了我的话，说我不是文学家，所以说得这样恶心。

我说那好吧，换一种说法：心是肉体的一部分。肉体呢也是心的一部分。

他说这个好，有点文学了。


## 惜　命

他说：我一坐上飞机就觉得自己要上西天了，好像那就是死亡时刻，而且根本不可避免。

我说：每次飞机安全落地，你都像穿过了死亡的黑洞，从洞的另一头出来了。

他不由得感叹：你这个人就是聪明。

我笑：因为我和你一样，每次一坐上飞机也觉得要上西天了。

真的吗？他也笑，真没想到你我同类，看你平时咋咋唬唬，还以为你胆大包天呢。

我那是谨慎！该咋唬时咋唬，该胆小时胆小。

胆小也没什么不好。从前我们这类人被人叫作"胆小鬼",总是受鄙视,其实那是不对的。即使就是在战争时期,也应该珍惜生命的。为什么要消灭敌人?是为了保存自己呀!现在那就更是要好好地珍惜生命了。只有好好地珍惜了生命,才能更多更好地为我们的祖国做贡献呀!

呵呵呵,我可不像你说的这么伟大和高尚,我只知道老天爷给了我这么一条小命,不容易,几亿分之一的概率呀,我得好好活,活出我的特色来。

坠机死也很有特色,你的墓碑上可以镌刻上"坠机殉难者",这毕竟也是不多的。


## 最　爱

你的最爱是谁啊?知道你不会回答的。

你呢?同样,不需回答。"最"字是很难把握的,也是最难说清的,"最"是一个相对的概念。

我的一个朋友说,他的最爱是自己。

也对啊!

我也是。

我好像也是的!

那么,你的第二爱呢?

这个……

还有你的第三第四……哈哈……

有也不关你的事!

不是关我什么事嘛,好玩啊,你没看到我在笑吗?

笑吧。

我没什么别的企图,请放松警惕好不好!

每个人都有自己的隐私，请别打听好不好？

好吧，好吧，不说了，我们来说点别的吧。


## 真　爱

他说：最近看了一篇小说，说一个小伙子和一位姑娘相爱，而且长年生活在一起，但是他们并没有发生肉体关系，而是与其他的男人或女人发生关系。他们之所以这样做，是为了保持他们的爱情的纯洁。你说生活中有这样的事情吗？

我只能说也许有吧。生活中什么事情没有呢？

他又说：年轻的时候，遇到有人忘情地讲某女人如何漂亮的时候，我就会说，真正的爱情与肉体无关。肉体摧毁一切。它让人睁开了眼睛，毁灭了理想和精神的爱。其实，我心里很明白，真正的爱情与肉体是有关的。

我很同意他这番话。没有肉体关系，那只能叫朋友之爱、师生之爱，或者什么柏拉图式的爱。那种理想和精神之爱，一睁眼就被毁灭了，说明它是盲目的啊。爱一个人，你就会想要了解他的全部，也想表达自己的全部。如果没有肌肤之亲，没有完全地融为一体，不能互相扶持着达到那个完美的境界，算不上真正的爱情吧。


## 活在当下

他很哲学地对我说：当你说现在时，你要明白没有现在，所有的现在都是过去，是过去的一种延伸。所有的现实也是一样，不是现实，而是幻想，是幻想的层出不穷。还有日常，并非日常，而是例外，是例外的一种呈现。

我说我想不了这么多。我说我只活在当下，管它什么幻想、例外都跟我没什么关系。上帝造我，不，宇宙造我，就是为了要让我在地球上好好活。他给了我明亮的双目，让我看美图，让我看美景，让我看美人。他给了我精致的味蕾，让我吃米饭，让我吃果实，喷香的、沁甜的。他给了我聪慧的头脑，让我领略这世间的一切美好和乐趣，让我不时哈哈大笑，要不就是咪咪暗笑，心中充满激情欢快。当然，世界也把他的另外一面给我们看，那就是丑恶和贫穷以及诸多的不公正，让我们也身处其中受苦受难，但这就是生活呀，有甜也就会有苦呀！

他说他只说那么几句，没想到我说这么多。

我说：你的那些高论，时间呀空间呀什么的，过去呀现在呀什么的，听听就好了，老是想着那些东西，人不会疯掉才奇怪！当然，话若说回来，我承认，有时候，过去也会伸过手来，扯着我，抓住我，但我总是一转身就轻而易举地甩掉了。


## 难言之情

他把手贴在自己的胸前，说：我的心里，充塞着各式各样的东西。唉，该怎么说才好呢？

你或许是太浓烈了。我说。

太浓烈？

是啊，情感。

我的情感太浓烈？

是啊！

人家还说我寡情呢！

这与浓烈不矛盾，这是一件事情的两面。

我就像是厨房里吸尽污水的抹布，怎么洗都洗不干净。

你可以把它们写出来呀，写出来了就释放了，就轻松了，你这个笔杆子!

当然写了的。

难道还不行?

无论怎么写,还是没减少,反倒越写越多了。

结果,我也只能感叹:一个人若达不到目的,做什么都不会对劲,心里就像有个刺猬,时不时都觉得难受。


## 打喷嚏

他说:打喷嚏是人的自我保护机制。一个喷嚏可以把侵入的细菌全部打出来,以免它们伤害身体。

我说:那不是传染给别人了吗?

他说:各人有各人的抵抗力,这是没有办法的,你别一天到晚地恐惧细菌好不好。

我说一个人打喷嚏,如果不侧身,不躲起来,不用手绢捂住口鼻,不仅仅在传播细菌,而且是没有礼貌的表现,是文化修养严重缺失的表现。再说,据说,一个突然猛烈的喷嚏还有可能使人心梗,将人瞬间置于死地。这个道理苍蝇都懂。

他说:是吗?不以为然。

我说是。

我说,难道你没见过苍蝇总是用它的一只或者两只长毛的前肢轮流捂住它的口鼻?

他说:好像还真见过。小猫小兔也是这样。那是它们在擦脸。那是动物一天到晚用脸觅食,用嘴吃食,脸太容易脏了的缘故,与人类的文明无关。

我说那是那只苍蝇及时地捂住了它要打的那个喷嚏。

他说我在胡说八道。

他说他应告诉我，因为我有心脏病，若是心脏不舒服，就应使劲、拼命咳嗽，这样可以缓解症状。

我问，为什么？

他说很简单，这与医生在抢救人时电击心脏的原理相同。


## 服　老

他说起她们，他说：我觉得她们都厌倦了。

厌倦什么？

这还用说！肉体呀！

可能，她们，期待的是别的东西吧。

是的，我想，所有人期待的都是别的东西。

他点了点头，笑起来，笑得就像一个老人。

你呢？你不也是吗？你还不觉得自己老吗？

有点，老是真的来临了。

人一开始还在强撑，但在不知不觉之间，也就自然地屈服了。

而且，不再嫌弃自己，习惯成自然，好像本来就该如此。

人们甚至还发现了老的许许多多好处。

是吗？我怎么就没有发现？

那是你还没有老。

刚才还说我老了。

那你应该也有感觉，最大的好处是约束少了，可以随心所欲了。

我笑道：可惜的是欲望的范围也在越来越小了。而且，每隔几年之后，还得调整这个范围，放弃那些心里想做而又无能再做的事。

你这是弃周边保中间嘛，谁都想坚持得久一点。

## 往返三界

说到过去的一些人事，他对我说：很多的事你能理解，很多的人我不必谈。

我很同意他的说法。比如我和他的关系就是这种说近也近说远也远的远近皆不重要的关系。何况，人活着于我来说是活在三个世界里：一个是现实世界，一个是想象世界，一个是抽象世界。你与某个人交流时要看你处在哪个世界。

那么，我与他的相处，我喜欢哪个世界呢？又在哪个世界呢？

现实世界里人是互动的。我可与他一起吃饭，一起聊天，一起游戏，一起玩耍，我们全身心地投入，感觉快乐与疯狂。不过，这样，时间久了，身体也就易疲倦了。谈话久了也难免偶尔发生口舌争执。再好的朋友处久了也会相看两都厌。这时，我会希望独处。这样的情形是否像那个豪猪的寓言呢？

想象的世界总是美好的。多年的回忆被唤醒了，往事点点渗入心中，我沉浸在友谊之中。有时，他还进入梦中，那种感觉，美妙、离奇。当然，有时，也很糟糕，梦里有吵架，有打架，还有背叛，醒过来后，伤心欲绝。

在抽象中，他的形象，似乎模糊退隐了。我与他的友好关系也相跟着淡化了。我尽量地把他看成一个独立存在的人，来自他的独特环境。他以前曾做过些什么，将来的发展趋势如何，我都在内心冷静地分析，然后无情地作出评价。

在抽象中，我也把自己看成别的人，一样地冷静分析着，一样地无情批判着，我不知道哪一界中我才是更加真实的自己。

我就这样在三界往返，根据天时地利人和，决定自己在哪一界里能够停留得更久一点。

# 相　处

他说：不用理会我。

我问：为什么？

他说他在想别的事情。

我问什么别的事情。

他说：我已经说了呀，说了我在想别的事情。

我说：这只是你的解释。

解释了还不行吗？

凡事只要进行解释自然就要有个说法。

我已经解释了，已经给你说法了。

真想对他大吼一声：你跟别人说去吧，懒得跟你猜谜语了！

不过，好吧，我又想，既然你是这样说，那我也去想一想什么别的事情吧。

他的心思，我摸不清，太烦人了。我跟这样的人对话是不是我的失策呢？我应该找一个比我低的人、崇拜我的人。被人捧在手心的滋味，我尝过，何苦在这里装傻呢！

当然，有时候，也是愉快的，即便是最最讨厌的人，也有令人愉快的时候，要看你自己有怎样的心态了。

# 不想在悼词里认识你

## 不断更新

你说，什么是新生活？

我说，就是新的生活。

这不是同义反复吗？

那我就不知如何说了。

好吧，只好我来告诉你了，嘴角露出了几丝得意：如果你想要新的生活，就得清除全部的记忆。

可是，这是不可能的。

怎么不可能？电脑都能格式化，人脑当然也可以。

说起电脑，我的最爱，确实是我的新生活。不过，说起格式化，我就心有余悸了。

我的电脑有脾气，一不高兴就死机，有时甚至是崩溃。于是，我只好四处求人，而且只能求年轻人。年轻人上来，一顿子乱敲，噼里啪啦就好了。有时搞不好，就是一声："格！"（我听成了"革！"）每次"格"过后，损失都惨重。首先，你得重装软件。有的软件升级了，有的软件淘汰了。面对新软件，你要适应它，就要花时间。而且，每次"格"过后，都有资料会丢失，那可是我的心血呀！电脑尚如此，人脑能"格"吗？没有了记忆，人还有什么？还能做什么？

后来，一个年轻的朋友给我装了个复原软件，名字叫 GOHST。他让我在我的电脑处于最佳状态的时候，不要拖延，立即备份，这

样以后出了问题就可退回到这个状态，也就再不用"格"了。于是，我就将我的过去附着在这个"幽灵"的身上，隔一段时间备份一次，隔一段时间附着一点，日积月累，不断更新。

这就是我的新生活了。我的不断更新的生活。我的新生活就是这个样。


## 追悼会

又是一个追悼会。

出来，我悄悄地对他说：好在我已经了解你了，不必在悼词里认识你了。

他好笑，我也好笑。

对于一个死去的人，无论他生前怎么样，即使活得一塌糊涂，我们的悼词也都会写得格外的情深意长，写得好像这个世上如果没有他，天就会立即塌下来。可是，最后，又总是说：某某，某某，你安息吧，我们会化悲痛为力量，把你的工作做得更好。

他说：这都是领导讲的。我们的所有追悼会排在最前面讲话的都是单位的领导。他的讲话是盖棺论定，当然也就最重要。即使死者在生前，领导并不待见他，这时也会宽宏大量，说尽好话，给足面子。说点好话怕什么呢？死者死矣，不会再翘尾巴了，也不会再要待遇了。家属后人呢，挣足了面子，事后必定也会用红纸写一封感谢信，贴在单位的墙上。那信上的开头一句必定是感谢尊敬的领导。

我笑道：只是大家都带着这种定论去天国，会不会又在那里开始新一轮争吵？

他说：我母亲立了遗嘱，死后绝不开追悼会，不要"那些坏家伙"来"假惺惺地说好话"！

# 教　导

　　他跟我说起一件事，一件已经过去的事，而且过去很久了。那人为了说动他，把他请到一家茶馆，许以金钱和权力。他至今都记得那人对他说的话：

　　还有什么可考虑的？我知道你在想：世上的人这么多，为何偏偏选中我？我又不是最坏的最恶的罪孽最为深重的人！是的，是的，你不是。但是，你别忘了先前。当时是怎么开始的？当你内心极度空虚，面对现实，还有过去，被所有的朋友抛弃，甚至包括你自己，你是什么感受呢？最简单不过，寻找栖息地，一个能让自己的身心得到满足得到休息的自由自在的栖息地！你还记得你当时是怎样的情形吗？

　　那人没说他落魄，也没有说他丢魂，那人很照顾他的面子，他也尽量慢慢地用轻柔的语调回答：

　　你知道，也明白，每个时代都不同，每个时代都会有自己的魔鬼和圣人。我很清楚我自己，再崇高，再伟大，也只是个魔鬼的后人，或者换句话来说，只是他的一个学生，一个算是后现代的刚刚及格的魔鬼。你一定想问，为何这样说，这样说是什么意思？这样说的意思是，无论什么事，我都会考虑，前辈们会怎样想？就像一个好作者看待前人的著作一样，如果要引用会打书引号，再贪我也不会忘打上那个书引号。我会非常小心地尊重以前的规矩，借鉴适合我的东西，尽可能地使自己大方优雅和得体，尽可能地使自己远离那些我认为是应该及时抛弃的垃圾。

　　那人点点头，那人很明白，那人说一切都好说，那人要他想清楚。

　　说到这里，他问我：你知道我在说什么吗？我说不知道，又好像知道，大约能够想得到。

他说那天他走出那家高档的茶馆时，他觉得他自己就像一个大铁环，摇晃着，滚动着，不能停，一停就会倒下来。

## 理想的学校

晚上，散步，沿着湘江风光带，看到很多人坐在一起，谈着，聊着，很融洽，他却说：其实，很多人很失落，只是孤独地坐在那里，心里转着敌对的念头。

我说：你这人怎么啦？总是消极地看问题。

他说：你就正相反，总是理想地看世事。

我说：你知道我为什么把世界看得这么好吗？我正在上一所小学。

他说：你别瞎扯了。

我说：是真的。这所学校就建在大自然的环境中，有几个山头，有几道清流。我们的课堂在大自然中。我学习的全都是世界上最原始的最本真的那些东西。老师也都是良师益友，与我共同学习探讨。我在这所学校里又变回了一个赤子。我在重新学习看待这个世界的方法，学习体会自然的呼吸，学习倾听自己的心声，学习与他人沟通灵魂，学习一切生活的技能，怎样修鞋，怎样做衣，怎样养生，等等，等等。最重要的，是学会了爱，爱他人，爱自己，爱世界。

学校这么好，它在哪里啊？

就在我心里。这也就是我的理想，你说的理想看世事。

## 心中有天堂

他说他在上小学时就有了清楚的自我意识。那时，他就已经明白有些人会因为他们的出身而占有更多更大的生存空间，有些人则恃着他们的存在就足以让别人喘不过气来了。

所以，你是萨特的信徒，认为他人就是地狱。

不是地狱是什么？难道还是天堂吗？

天堂或地狱其实都只在各人自己的心中罢了。每个人在世上都能找到自己的天堂。无论你处在哪一阶层，只要你觉得活在世间新鲜有趣又充实，你就会快乐得如同在天堂。

你这只是阿Q罢了。

我说我真这样看的。

我感谢我的外婆，从小就让我们兄妹知道自己是穷人：

不要跟那些阔佬玩，不要跟他们比！

做人要硬气，君子坦荡荡，小人长戚戚！

一棵草总有一滴露水来养大！

她带着我们上山下湖，认野菜，拾蘑菇，捡柴火，还把我们的屋前屋后种满了青菜南瓜黄瓜。穷人的苦日子，过起来也甘甜。

他说：现在人人都爱攀比，竞争更加激烈了。

攀比就是用他人的眼光来看自己啊，所以，你就总觉得到处都是地狱了。

人都活得这么累，到哪里去找天堂！他仍哀叹着，继续问着我。


## 可怕的少年

"文化大革命"开始时，我近十二岁。那时的我不太好。因为家庭出身不好，父亲被关押，我也就开始调皮捣蛋，干脆破罐子破摔了。

破摔成怎样？比如打路灯。

每当两派武斗时，我就打路灯。

捡起一粒石子一甩，一甩一个中。

随着灯泡的爆炸，空中闪亮一团光。

爆炸过后是沉默，接着就是玻璃雨，灯泡的部件和碎片，哗啦啦地落下来。

于是，我感到一阵释放，觉得自己解放了。

他说：你真的有点可怕。

我说：何止是我可怕，整个人类都可怕。比如，我们没生毛皮，于是，我们就杀兽剥皮，披上兽皮，或者茅草织成的衣。

## 离不开

他说我可怕，难道他就不可怕吗？

我又想起那次旅游，他看着风景对我说：我想我的生活里不能没女人。你看这里的风景多好，可是，我还是时时刻刻在想女人。我不能停止想她们。我不知道怎么了。当一些原来有的东西一时不在你身边时，你会觉得少了什么。你看这里有山有水，但是，若是没有女人，这些山这些水对我而言根本不存在。

我说他应该控制自己，控制住自己的这个肉体。如果他不能控制住，那肉体就要控制他。

他说他就是控制不住。

我说：那就没办法了，那你只是低级动物，只能用下半身思考了！

他笑道：那你呢？你不是？

我不敢说我不是。我的心里想的是：是否也有和他一样离不开男人的女人呢？想来应该是有的。否则，老天爷就太不公平了。

## 善待肉身

他说他是个流浪汉。

我好笑。我说：你哪里流浪了？

他说我的思想呀，还有我的那些情感。

他说他披着婚姻的外套，情感却是变动不居，总是抛弃熟悉的东西，而思想则是他唯一可爱可靠的伴侣。

我说你就算了吧，别再美化你自己了。

我美化了自己吗？

没有吗？一天到晚，东想西想，喜新厌旧。其实，你也并不喜新，你的新不过是为了证明你的思想，为了抒发你的情感，一旦证明了，一旦抒发了，那新也就丢弃了。

人的思想就是灵魂，一个人不能没有灵魂。

灵魂是住在肉身里的，肉身要是流浪了，那下场你想过没有？

没想过，也不用想，那滋味肯定不好受。

那是当然的，也不用证明的。你那高贵美丽的灵魂住在你低贱的肉身里，竟然那么心安理得！是肉身给你提供营养，是肉身给你提供精力，使你产生各种感受，使你生活丰富多彩，你凭什么不善待它？难道你就不知道肉身也会报复的！

报复我？

就是啊！你看看，你自己，这几年老得好快啊！因为你从不把你的肉身当回事！不考虑它的任何需要，不了解它的生存规律，只任着性子，只知道索取！你是不是打算不要它了，只跟你那"唯一"的"可爱可靠的伴侣"过？

他说我太刻薄。作为他的好朋友，不但没有抚慰他，反倒这样的打击他。人生得一知己——难！

# 重　生

我问他，那次车祸后也就是死而复生后走出医院的那个时刻第一感觉是什么？

他说他不记得了。

我硬要他说，他说是突然，好像又被撞了一下，生命犹如一阵清风在空气中扑面而来。

他霎时就愣在原地。

外面，阳光那样灿烂，而他看到的却是黑暗中正在打着哆嗦的自己。

而太阳真的是一朵美好的向日葵。

刹那间，他就像疯子一样冲了出去，冲到热闹的人行道上。

猛地，他又停住了，停在那里，仿佛瞎了，仿佛一下又聋了。

然后，过了好一阵儿，他才安安静静地走进街旁的一家粉店，吃了一碗酸辣粉。


# 阿法狗

朋友笑着对我说：人和机器人下围棋，看来是越来越不行了，一连几个围棋高手，一个个地败下阵来。

我说他这是旧闻了。而且机器人阿法狗一举夺得几连胜也是理所当然的。

为什么？

机器人的制造者已经把围棋的最好招数全都输送给阿法狗了。围棋高手智商再高也不可能在有限的人生将这些招数全部掌握。如果高手们能把他们的已经熟悉的那些招数通过他们的DNA，一代又一代地丰富，一代又一代地传递，机器人就不可怕了，就能战胜机器人了。

他说对。他说人的可悲之处就在于没有物种记忆。我们的文化建立在口头上书面上或者图画音像资料上。我们的精神总是随着我们的身体而逝去。一个人的记忆再好也只能够回忆起他所经历过的东西，无人能够回忆起他之前的人的经历。每个人只有经过学习才能继承前人的文化。你只有在靠近火时才知道火是温暖的烫人的甚至还会烧死人。

所以，我说我们人不改造是不行了。如果有可能，我真的很希望，能够从我改造起，让人创造的各种文化积淀在我的基因里，通过性来传递。

那你可就有事做了！朋友说。

我说：我就爱做这事。

他说：你就做梦吧。

我说：我的这个梦，将来一定会实现。

即使能实现，也不会是你，而是将来的什么人了。他撇着嘴嘲笑我。


## 阿法元

阿法狗还有一个弟弟，名字叫作阿法元。

我说我知道，新一代的机器人。

他比阿法狗只小几个月！

我说确实快，怀胎还要十月呢！只有几个月，就有了二胎。

这个二宝真不简单。他不管我愿不愿意与他继续这个话题，进一步地介绍起来：这个二宝，生性孤傲，对实战棋谱不屑一顾，也不屑于屈尊下驾邀人间棋王进行手谈。他就那样妙手空空，从零开始，自我对弈，自学三天，便大获全胜，将几个月前刚刚把一众地球九段人干得片甲不留的老兄，也就是那个阿法狗，杀了一个100∶0。

　　他这是弑兄，有点像该隐。我下了这么一个结论。

　　何止是弑兄，简直是弑父。在他面前人类的围棋领域的全部经验一眨眼都彻底归零。弈坛少帅柯洁闻讯，在微博上敲下了六个字："人类太多余了"。

　　不是万物之灵长了？

　　不是了。

　　天不生阿法元，万古就如长夜了？

　　好像真的是这样。

　　但它仍然归人所有！不是吗？

　　不得不承认，目前它还是。

　　将来也一样会是！我肯定地告诉他。

　　将来那就难说了。他嗫嚅着一脸茫然。

　　是啊，将来，谁能说呢？

　　将来，谁也不能说的。机器人也不能说。


### 小　冰

　　看了吗？

　　看什么？

　　"人民网"发了一则消息《机器人出诗集了，人类的精神世界将被"闯入"吗?》。

　　没看。这机器人叫什么？

　　小冰。

　　小冰写了一些什么？我忍不住笑了起来。比如？


　　　　看那星　闪烁的几颗星

西山上的太阳

青蛙儿正在远远的浅水

她嫁了人间许多的颜色


呵，就这样闯入人的精神世界了？

那——你说还要怎样呢？

那还差得远。

什么差得远？

离人的精神世界差得远。

我看好多人写的诗也和这一首差不多。

这话说的也是事实。我的心里这样想着，嘴里也就跟着感叹：看来这些机器人真的要像有些人所呼吁的那样了——要成立作家协会了。

那当然。不然，就不好领导了。他也跟着感叹道，就有可能会搞乱人的精神世界了，必须加强管理才行。

没有这么严重吧？

只会比这更严重！面对我的不以为然，他只说了五个字，我就信服了，羡慕嫉妒恨！人与机器人也会这样的。

那好吧。我说道，你说谁当领导呢？机器人还是人？

当然应该是我们人。不然，如何谈得上加强什么管理呢？只有加强了人的管理，我们人的精神世界才不会被机器人搞得一塌糊涂呀！

嗯，有道理，我充分地肯定了他的这番英明论断，但我同时也指出，这个领导者一定要具有这样一个基本素质，那就是——他要能以人类之心去度机器人之腹才行。

他说是，他同意，但他认为我这句话若再稍稍修正一下就会更加准确了：他应能以人类之脑去度机器人之脑才行，否则，他就不能领导，或者，很难有效领导。

也许吧，我笑道，不过，这还是将来的事。至于这将来有多远，是明天，是后天，或者大后天，那就只能走着瞧了。

# 应该保持一点距离

## 快进倒退

节日快乐！

什么节？

儿童节呀，老顽童！

我还没有那么老吧！

知道老小这两字为什么连在一起吗？

人老了也就像小孩子一样不清白了，需要有人照顾了。

错！所谓老小就是说老小都不问时间了。白头翁和骑竹马虽然活在不同的时间，过的却是真正的生活。比如小孩子，刚开始生活，不知道时间，每天只想着如何玩。后来，随着年龄的增长，也就越来越受到时间这种概念的支配。到了老年，这概念又在慢慢慢慢减弱，即使时间过得更快，他也毫不在乎了。最后，终于，老得进入无时间的状态了，也就是儿童的状态了。

这就是真正的生活了？

那当然！只有不问时间的生活才算得是真正的生活，才是人生的好生活。

小孩子不问时间吗？小孩子不是常常说：等我长大了如何如何。老年人不问时间吗？老年人不是总爱说：想当年我如何如何。这就像在放音乐，一个希望的是快进，一个希望的是倒退。

即使有时间这个概念，也是下意识，也是潜意识，不是有意识。他又开始强词夺理。他总是爱强词夺理。他也善于强词夺理。

174

# 叛　徒

那天，他问：你说，叛徒可以不可耻吗？

我说，你想些什么呢？

他说小时候有人骂他是可耻的叛徒，今天，突然，又想起来。

我说那要看是什么情况。比如，为了美，为了爱，为了正义，为了祖国而叛变就不能算是可耻的吧。

他说，能说得具体点吗？

我说，小时候看岳飞，看到双枪陆文龙，心里那个急，就盼他从金营叛变回归宋朝，不是吗？

他说是。又说，那么吕布呢？吕布为了貂蝉叛变，你说可耻不可耻呢？

我说那要看你如何看了。如果你是吕布呢？你会为了貂蝉的美丽而杀董卓叛变吗？

他说不知道，他说拿不定，他说叛徒叛变这类词从小他就见多了。比如，秦桧、甫志高，都是些猥琐丑恶的形象，因此"叛"字也就归入坏蛋可耻一类词。久而久之连它的样子也觉得难看了。那个时候这个词唯一正面的用法就是"背叛自己的反动家庭"。后来不知从何时起，这个词又变得好看了，用得也很普遍了，比如叛逆传统习惯，与旧思想分道扬镳，走上一条人生的新路。有的人甚至因离经叛道成了无比光荣的英雄。

而且，英雄也有差别，有的很伟大，有的很平凡，他又进一步补充说。

我说是，也问他：你说伟大和平凡，差别又在哪里呢？

他认真地想了想，很认真地回答我：平凡的也就是生活在我们身边的，伟大的也就是离我们比较遥远的吧。

# 贵　人

他说：这世界有时候因为很多人而充实，但有时候又因为少了一个人而空虚。

我说：你说的这个世界只是你的那个世界。

他点头，他首肯，他没提出不同意见。这个世界少了谁都还会是照样转的，也没有谁能够让这个世界不再转。可是，若在个人的世界，那情况就不同了。

每个人在不同时期都有他要依赖的人。比如婴幼儿，两只眼睛溜溜的，就只围着母亲转。待到稍微长大点了，就会盯着父亲了。再大开始崇拜偶像，再大就是密友恋人，还有"生命中的贵人"。当然，还有他的导师，能在他的人生中，引导他，帮助他，甚至成为他精神的支柱。如果他在关键时刻离开了这些重要的人，那真的是可谓灾难，那一瞬间他真的会觉得天都要塌了，甚至可能还认为活下去没有了意义。那状况完全像一首歌里所唱的："你快回来，生命因你而精彩，你快回来，别让我的心空如大海……"这歌是多年以前的了，现在这么沉重的歌似乎已经不多了。

现在的人相信的，是没有什么不能替代。无论你失去了什么东西都可从别处补回来。对于人，也一样，没有什么人是不能替代的。这个人不能帮助你了，也就是没有用处了，那么，赶快离开他，赶快去寻找新的贵人。

现在的人相信的：只有一种人是不能离开的，那就是能给你快乐的人。他终忍不住插嘴补充道。


# 异　类

他做过什么错事吗？

那天，我们说起某人，不，他从来就没有错过。

他可不是有智慧，而是相当的有智慧。

他不是相当的有智慧，而是无比的有智慧。

我们觉得他活着不是为了别的什么，而是为了让爱他的让疼他的让希望他能蠢一点的人都彻底心碎。

他为什么会这样呢？这是我们想不通的。

他就真的听不见吗？听不见那些心的破碎。

他就真的看不到吗？看不到那些眼睛落泪。

他就这样正确地活着，完全活成了一个异类，既不会反省过去，当然也没有未来。


## 庐山面目

不识庐山真面目，只缘身在此山中。

有的时候，你要看清某个事物，必须拉开一段距离，必须将它从眼前推开，离得远些才看得好。

我说不错。不过，我是——近视眼！你说怎么办？

他只能把两手一摊，表示他也没有办法。

凡事不可一概而论，只能从实际情况出发。

他说这不是你的话。

我问，是谁的？

他说你知道是谁的。

而其实，事实是，我真不知是谁的。


## 拯救

打开电脑，他惊呼每个页面都是拯救：拯救鲸鱼！拯救海豹幼崽！拯救巴西热带丛林！

巴西热带丛林吗？我没听清楚，问了他一句。

是啊，地球每年都要失去几百万平方英里的丛林。如果巴西丛林消失了，整个地球的生态系统也会随着紊乱崩溃，我们也会跟着进入一个新的冰河时代。

还有穿山甲，他又惊呼道，拯救穿山甲！在中国，穿山甲已经快被吃光了！

我可从来没有吃过，甚至见都没有见过。我立即就发表声明。

那当然，他笑道，吃光了也轮不到你。

那么，如何拯救呢？

他说他要查一查，看看有些什么办法。

于是，继续搜索电脑。


## 上电视

好多年前，已是半夜，妈妈突然打来电话，那时我还不知道她已发病开始痴呆：

今天我在报上看到你的朋友国庆的名字。我在电视上也老是看到他。我怎么从来就没看到你上电视呀？

我说，妈妈，我不喜欢，我喜欢自己安安静静。

哎，她说，你躲什么呢？

是啊，我躲什么呢？

我知道有些事想躲你也躲不过，更知道有些人想绕你也绕不开。我只是不愿上电视。上电视，我不自在，很多地方都不自在。

我把这事说给他听，他说他完全能够理解。

上电视有什么好的？他也不愿上电视。

# 战　争

听广播，看电视，感觉战争越来越近。

我问他：战争是什么？当然是故意问，看他如何说。

他说：战争就是命令下来了，你要么杀人，要么因为不能杀人而被杀。

这虽然不是标准答案，但这答案使我难忘。

我又问：战争中有英雄吗？

他说：没有，只有死亡。

我又问：战争是军人的还是平民的？

他说：既是军人的又是平民的。战争是不分军人和平民的。

我又问：如何防止和消灭战争呢？

他说：保卫和平。

我问：如何保卫？

他说：除了外交等各种手段，有时还得用战争。


# 梦想的折磨

早上好!

早上好!

他在问候我，我也问候他。

昨天晚上睡得好吗？

还好。你呢？

不好，简直在受双重折磨。

双重折磨？

是啊！我的肉体在这一边折磨我，我的灵魂在另一边折磨我，我在一条路上爬着。

灵与肉的冲突呀！

我的前头是我昨天的梦想，我的后头是我前天的梦想，飘在我的头上的是我儿时的梦想。

梦想什么呢？

梦想得很多，但你现在要我说，我又无法说清了。

以前你也说不清呀！

是啊，以前我也说不清。

那就别说了，让它过去吧，心里明白就行了，别跟自己过不去。

他说是，他明白，他的心里很明白。

我知这是一个过程。世人都有这个过程。我自己也有这个过程。愿他能熬过这个过程。


## 保持距离

有的时候，他总劝我，应该这样，或者那样。

我说我也劝你一句：当你和他人在一起时，应该看到他就是他，不要心里总是想着把他变得跟你一样，或者变得跟某人一样。

他沉默了好一气，才又重新开口说：我这也是为你好啊，对别人我才懒得说呢，我是把你当作我亲近的朋友才说的。

我说我明白。我说越是亲近的人也就管得越是多。父母管儿女，妻子管丈夫，管得那个宽，管得那个细，口口声声全都是为了他们好。结果呢？儿女叛逆的，夫妻反目的，还少吗？我说我觉得人与人，即使就是亲近的人，也应该尽量地保持一点距离才好。

可是，我明明看到他已经面临危险了，看到他向深渊滑去，我能不拉吗？

我笑了：你说是深渊就是深渊啊？你总把你的人生经验，看得这样正确无比，看得那么至高无上。别人买账不？有些人就是喜欢探险，即使跌得鼻青脸肿，也是他自己选择的，是他自己的人生，而非别人指定的。

他斜了我一眼，不再说话了，那模样就好像看见我已鼻青脸肿。


## 真正的生活

真正的生活究竟在哪里？他又开始无病呻吟。

我的还没开始呢，你的呢？

还没有，还没有，我的也没有。停了一下，又继续：真想让自己能更纯净些。

我也是。

可是，怎么做到呢？

我也不知道。

孔子说五十知天命，可是我仍觉得没有看清这个世界，不知前边等着我的最后会是一些什么。

到了七十就知道了，孔子说"七十而从心所欲不逾矩"。

还不知能不能活到七十呢！

如今活到七十岁已是很正常的了。我微笑着安慰他。

所谓的正常根本没有，是不是？他还是很执着。

我说是。我懒得跟他再"是"了。"是"完，我又补充道：那不过是个说法罢了。


## 健走道上

公园里到处是慢跑快走踢腿的人，特别是这条健走道，宽阔平整，一天到晚人流不断，我和他也加入其中，成了两朵翻腾的浪花。

我问他为什么人们喜欢体育锻炼而不乐意体力劳动。

体力劳动？他一笑。

我说你现在放眼望去，除了少数工种之外，你还能看得到多少体力劳动呀？连走路都用车代替了，连家务都用机器代替了。

是人谁爱体力劳动？除非生活所迫。体力劳动枯燥无味，有时还会伤害身体。你不也是这样吗？

不得不承认，确实是这样。

体育锻炼就不同了，这是以人为本的，是以身心健康为本的。光说这走步，就是一种享受啊。蓝天白云、绿树成荫，路边湖水碧波荡漾，路上人们充满活力，人人欢欣鼓舞，个个值得一看。

呵，原来你是来看这些跑步的美女的呀？

你不也是吗？

不得不承认，我也同样是。你看，又跑过来一个，脚步轻盈、姿态优雅，那腿好长，那身体的曲线好美，跑起来又那么协调，简直就像一只小鹿。

你心里也像是小鹿在撞吧？

我是欣赏人体美、运动美。其他的人也很美。快走的，慢走的，扭着走的，退着走的，两人十指相扣并肩走的，还有一瘸一拐走的，那都是他们的生命之路，我都非常喜欢呀。

你自己怎么走？

我竞走。我是"列子御风而行"。这是最具功效的走法，省力而快速，锻炼价值大。拜拜，我先走一步了。

# 原来只是嘴唇运动

## 人生的秋冬

时时刻刻从身边溜走的是什么呢？

是生命，是幸福，是爱。

留下来的呢？

是老病，是悲苦，是无奈。

这只是你的回答。你这样不好！人之将老，也不能这样呀，也不能嫌弃惧怕老啊。

怕倒谈不上，事实明摆着，老年肯定不如青年，什么都不如从前的！

人的生命好比四季，春夏是少年是青年，秋冬是中年是老年，难道你只想过春夏而不愿过秋冬吗？

这不是由我决定的。我又不是一只夏虫。

就是，夏虫不可语冰呀！春夏固然好，秋冬也有魅力啊！繁忙的春夏里好多无暇顾及的事情都可以在秋冬中悠闲地来完成，好多来不及细想的情感也能够在秋冬中细细地去回味，好多没有通透的思想那时也可能豁然开朗。远离了名、利、权，跳出了情场的种种纠葛，你也就能拥有一份真正的自由了。你的视野会更开阔，你会感觉到你更加地爱你生活的这个世界。

唉，到那时，这世界，还会属于我们吗？

你有老年的世界呀，老年的世界也是美好的，你听听这些好词汇：平静、参透、放下、慈爱、悠闲、耐心、练达、随心所欲不逾矩，等等，等等，好多，好多。

还有衰老和疾病，还有孤独和痴呆！

这些都是上天的赐予！上天要你完整地体验作为人的感受。你未必就不愿用你那一百岁的眼睛看看那时的那个世界。

你又做梦了。你这梦想家。你真觉得你能活一百岁？

谁也不敢说。

那你想活多少岁？

想也没有用。这也不是我能够决定的。

我们最终的共识是：世人谁会愿意死！老了也不愿意死！老人也都爱活着！


## 无法安宁

她又结婚了。他又告诉我。

我说我们的这个朋友一辈子就是这样了：出走，离婚，再结婚，每次离开了自己的生活却又闯进了别人的生活。哪里她都无法安宁，结果总是孤苦伶仃。

你怎么知道她孤苦伶仃？你看人总是用老眼光。现在的女人早就不是那么可怜兮兮的了。生活多么丰富啊，女人们活得都很好，甚至比男人还要好。

我只知道一个女人找多了对象被人骂，男人找得多就被人羡慕。所以，男人总是越找越好，女人总是越找越差，原因呢，你懂的。

找得好找得差，只是各人的感觉、外人的标准，不足道。女人不要原来的那个被人称为"好"的，肯定有她自己的道理。她下次再选择，即使选得"差"，也不会选那个"好"，这是肯定的，也是自然的。

那她也没有必要闯入别人的家庭吧？

你又怎么能肯定就是她闯入的？以前，人都谴责"小三"，好像原配就是无辜，就是多么天经地义。其实，如果能被闯入，那家庭就有问题了，就已摇摇欲坠了，与其死耗着，还不如放手，人生苦短啊。

他越说越来劲，眼神也有点飘忽了：听说现在的女孩子，婚前交往的男朋友，一般都有五到十个。如此反复选择的婚姻，基础肯定要牢固些。但是，即便就如此，离婚率却还是上升，以后的家庭也许就这样的无法安宁了。

你的呢，还好吧，还算得是安宁吧？

我的是中国特色的。他眼神也恢复如常了。

## 爱的能力

一个人有爱应该很幸福，但真的，老实说，有爱的人很少是幸福的。

对于他的话，我颇有同感，你若真爱一个人，你就会为他担心，为他难过，而且没有一个止境。

不过，你说的这种担心，多半出现在女性一方。女人把她们天生的母性自然地用在了伴侣身上。她们的情感更细腻，更倾注，更投入，我就体验过一回。有一次，我病了，我的情人想来看我，又怕碰到我老婆。那天下午，她焦急万分，却又觉得无计可施。她后来告诉我，她一个人在公园里，走过来又走过去，泪流满面，万念俱灰，爱真的是一种折磨。

我说是的，确实如此。不过，男人也是一样。他们虽然非常享受女人的这种爱和照顾，他们也很愿意回报，但是时间一旦久了，他们又不愿受束缚，他们更盼自由自在，所以很多很多的时候，爱对他们而言就变成了一种无可奈何的痛苦。

那么，为何还要爱呢？

说得严重点，如果没了爱，生活就没意思了，生命也无意义了。

这爱真的是一件特别困难的事情啊！

所以，爱是需要学习的，需要人好好体会的。怎样才能爱得正好，爱得那样恰如其分，既相爱又独立，的确是一种爱的能力。

你又做博士论文了！

你又想找新的爱了！


## 成功的理由

一件事，没做好，我想稍稍解释一下。

他却说：你不做解释，我也明白呀！不过，你根本不必要为你的失败找借口，你要做的主要是为那些成功找理由。

这是什么话？我心想，成功了我还找什么理由？

他像是听见了我的心声，点了点我的脑壳说：成功了，有人就会关注你了。多少人想成功呀，想知道你成功的捷径呀。至于你是如何努力，之前失败过多少次，没人关心的。

哪里有什么捷径呀？

你心里明白的。媒体上网络上此类事情还少了？人们都变得极为敏感。他们首先想到的是：他是如何成功的？他有什么背景吗？成功来得正当吗？有什么暗箱操作吗？是否有潜规则？甚至还会人肉搜索，把你搜个底儿掉，而且多半有收获。所以呀，成功是需要理由的，要为成功找理由。

幸亏我还没成功。人怕出名猪怕壮。引人注目真可怕。

你怕什么呢？

我也不知道！是你说得这么可怕。无论谁听了都会有点怕。

## 蓝色的忧伤

没有什么人，你不能离开，无论朋友，还是家人。

我附和，说，是的，每个人都能自己生活，只要他想生活，即使没有了对他极为重要的人。

什么人才算得是你说的极为重要的呢？既然能离开！

我说我也说不清。我说也许是那种一旦他离开了，你就会感到忧伤的人吧。

他哼着《蓝色多瑙河》，说起有次在海南，汽车在路上奔驰着，路边是蔚蓝的大海、蔚蓝的天空，除了蓝色，别无其他。

为什么把忧伤的情绪叫作蓝色呢？那明亮的天空，那闪闪发光的海水，就是我快乐的一部分呀。

我说我也不知道，可能只要离开实际，进入人们的想象当中，蓝色就变得忧伤了吧。

他说我和他差别太大了。

我说这也非常正常。好朋友总是不同的。正是因为我们不同，所以才能成为朋友。否则，朋友有何意义？

交朋友非要有意义吗？

那为什么交朋友？

他说他也不知道。


## 舒服的交流

我这人到底有何用？哪里讨人喜？哪里招人嫌？做过一些什么好事？做过一些什么坏事？粗粗一想，似乎知道，细想却又未必知道。对我来说，他人的世界可说根本就不存在，我可进去待上很久却找不到认可的东西。他人的世界空荡荡。当然，这些我不会说，

尤其是不会对他说。我和他是朋友。又想，说了又何妨呢？人皆不能
十全十美，先前做过的那些事怎么样都不重要了，怎么样都过去了。

他说，听我这样说，他真的很感动。他知道自己很浅薄，对我
从来没要求。不过，即使我不说，他也能够感受到。他知道我的孤
独孤傲，知道我难觅得知音，知道我虽然是他的朋友，但却难与我
对等交流。不过，即便就是如此，他也坚信做我的朋友是他最为值
得的事情。

听他这样说，我也很感动，我说他把自己看低了。

他说他不看低自己。他也知道自己的长处。但他更知自己的短
处，知道能在我这里得到帮助。他要我不要怀疑自己，人确实没有
十全十美，但我对他很重要。

你对我也很重要啊！我也禁不住对他说。

我们今天是互相检讨还是互相吹捧呀？

都有点，不是吗？不过，能够这样交流，真的使人感到舒服。


## 烟酒不分家

幸福不幸福都是自找的。

他说他对命运两字突然有了新的理解。

所谓命中注定的事情并非指不可控制的事情。有些突如其来的
事件确实改变了我们的生活。但，真正决定有什么会降临在我们身
上的，是我们周围的人的行为，以及那些生活在我们之前的人的行
为，也就是我们的先辈的行为。

他就这样滔滔地说着，二两小酒下去之后，有了一种微醺的感
觉。喝醉了看什么都顺眼。看着他那舒坦的模样，我的心里不由得
想，如果能无中生有地制造出一段好时光来是件多么美好的事情。
可惜，我不能，没有这能力。

在我看来，我们这里，他还在滔滔不绝地说着，在机关里，茶馆里，大学里，工厂里，乡村里，出租车里，不知有多少人慷慨陈词，怒斥诅咒腐败现象，但却无人愿意放弃自己从腐败中分得的那一小杯可怜的羹，奋起驱逐这个恶魔。

我说对。我说他说得太对了。

面对我的这番表扬，他更激动了，他又点燃一根烟，说是烟酒不分家，打算继续滔滔不绝。

我劝他还是别抽了，他烟抽得太厉害了，整个人闻上去就像一个烟灰缸。

听我这样说，他将烟灭了，伸过头来使劲地抽了一下他的鼻子，说我身上油太重，尤其是我的头发上散发出好大的油腻味。

你要好好地洗一洗了！说完，他还感叹道：你能闻到别人的气味，却闻不到自己的。


## 这个时代

他问：现在最流行的网络语是什么？

我说不知道，真的不知道。

他说：这是一个最坏的时代也是一个最好的时代。

他又说：你知道这句话现在为什么成为共识吗？

我说，当然，这个世上，不但活着很多坏人而且活着不少好人，不但有很多好东西而且有不少坏东西。

他说废话。

我说确实，我就喜欢这些废话，因为这些废话能够表达我们好多想说却又无法表达的心里话。

他说：你没有回答我的问题，还是我来告诉你吧。这个时代人人都想成功，成功了的就认为是好时代，没成功的认为是坏时代。所以，不要发牢骚，不要讲废话，埋头苦干就是了。我们这些人只是小民，不是社会改革家，无论这是个什么时代，我们都无法改变它。

面对他的话，我无话可说了，我只能说他真的具有自知之明。

## 相处不易

在婚姻上他知道他已经是一个输家。

你以为两个人在一起就能彼此扶持吗？就能一加一等于二等于三等于四？不，也可能只等于零，甚至比零还要少。

他们那互相指责的习惯，完全就是天生的，与生俱来的。

他批评她，她指责他。他们两个都是输家。

现在他们只是等着谁比谁更尖酸刻薄。

我问：你这是在说谁？

他说：你装什么傻？你这个幸灾乐祸的家伙！

我是真不知道呀，我看你们平日里还是相敬如宾的。

关起门来发生的事你又怎么会知道？

确实不知道。

夫妻都会吵架的，无论多么亲密，而且恰恰因为亲密，他们才会越过界限，伤害对方柔弱的心。至于那种家庭暴力，就是另外一回事了。

说爱真不容易呀！所以，有歌才会唱：相爱容易相处难……

相处更是一门学问，不但要学会理解对方，而且要学会理解自己。凡事都应从实际出发，而不是从概念出发，实事求是，调整自己，这才是爱情最重要的。相处是爱的一种延伸，是人一辈子的事。

## 嘴唇运动

他去参加了演讲比赛，而且获了奖，我当然也去了，去听他演讲。

我说他说得头头是道，大家都为你鼓掌，但是你真相信自己滔滔不绝的那些话吗？

他微笑，不回答。

你说你的内心深处真正想的是些什么？

我不想，他回答，我什么都不想，我只按照演讲的要求张开嘴巴那样讲。

原来只是嘴唇运动。

他说是，这就像他抽烟斗。抽烟斗和抽烟不同。抽烟要抽到肺里去，才过瘾，才舒服。抽烟斗就不行。抽烟斗不能抽到肺里，只能在喉咙里打个转，就轻轻地吐出来，否则，会把肺呛坏。

说着，他拿出一只烟斗，塞上烟，点燃了，抽起来，给我看，看他的嘴唇如何运动，看他如何抽得烟斗吧嗒吧嗒吧嗒直响。

# 书房就是他的大脑

## 读书迷

看了电影《蜘蛛侠》后，他认真地对我说他是永远当不了一个真正的蜘蛛侠的。

我笑他有自知之明。不过，笑罢，我又说，为何非要当蜘蛛侠呢？好的榜样很多很多，可以做的也是很多。

他又说他只是一只羊，总是跟着羊群走。

那就争做头羊好了！

他说想想都觉得累。

我说是，是很累，凡事带头都很累。

他说还是书好看些，他天生就是个读书迷。无论他读什么书，他都会完全抛弃自我，进入那本书。比如他读《金瓶梅》，他就会变成西门庆……

如果你读《红楼梦》呢？我打断了他的话，你也会变成林黛玉？

不，我会变成贾宝玉！

他是个可怕的读书迷。

## 水风井

你能想象一个城市没有书店吗？我是不能想象的。

他问我和书店的故事，我一时真说不上来。

我能说的是有段时间，二十世纪八十年代，我常去一家古旧书店，蔡锷路上的，水风井附近。我喜欢水风井这个名字——"山月不知心里事，水风空落眼前花"。那书店，也很好，可惜现在没有了。

那段时间，我常到那家书店去淘书。偶尔翻到一本旧书，看着那个褪色的封面，细察封面和那内芯被手指所磨损的痕迹以及夹在书页间的原先主人脱落的头发和那书页合起来时所压死的无名小虫，你会想起很多情形，很多已经逝去的事情。你会从那本书的命运想到某些人的命运。

尤其有时候，你在路上走，突然下雨了，而且还不细，你又没带伞，正好旁边有家书店，那你真的运气很好。我就曾经在很多雨天，拐进那家古旧书店，安安心心地看起书来。那时，雨就下得再大，也不关我什么事了，反正我也没有急事。


## 无用的书

你在大学读什么？我问他。

政治学。

为何不当公务员呢？

为何非当公务员？我是双学位，还有管理学。不过，我对所学的已经忘得差不多了。

谁又记得呢？

每当看着书架上所排列的那些书时，我知道，我曾经，非常认真地读过它们。可是，现在要我说，这些书都写了些什么，我真的是说不出了。

那就再读读。

叹了一口气：现在已经读不了了。但愿还有那一天吧。看着我的那些书，心里想着"我是谁?"已是很久以前的事了。

你应该扔掉那些书！全扔了，不留情。

你说扔进垃圾箱？

卖给收废品的也行。

多少有点舍不得呀！

十年不穿的那些衣服，你还会守着不放吗？一袋一袋的过期食品，你还会继续吃下去？

他没有回答。

你说书是做什么用的？有些让人读了发疯，有些让人读了变痴，有些读了白读，那些书是什么书？谁还有时间去看那些书？有的时候，书读多了，书就成敌人了。

他不同意我的观点。他认真地对我说：我的生活用书衡量，用我读过的这些书，尽管我现在已说不好这些书。

你应该用活着的你而不是书衡量生活。或者，我再更正一下：你不应该衡量生活，生活是不用衡量的！

你说应该自然而然？应该顺从现实的需要？而不勉强规定自己？

那当然！读书原是为了现实，而非为了非现实！


## 模特梦

想到商店里的模特，没有一个像中国人，都是西方人，要不干脆就没有脑袋，只有脖子以下的躯干。每次，我和老婆上街，她都用她羡慕的眼睛盯着那些橱窗里的衣着优雅的模特们。我说你就别看了，她们身上的那些披挂，你根本就穿不了，你没她们那样的个子，也没她们那样的身段。老婆不高兴。实话总叫人不高兴。

他听着，他笑了：商店的老板非常清楚，你老婆她想要的是穿上新买的衣服之后，就能变得和模特们一样高挑了。那时，那刻，她心里，想的不是做自己，而是去当那个模特。因为模特的身材好，穿什么衣服都漂亮。你老婆她想买的不是一件两件衣服，而是一个梦，希望自己能变成像那模特一样的梦。

他说得非常好，我不得不点头，不得不同意。

他说是书上读来的。

看来还是得读书，读书才能变聪明。

## 各读各的

这世上只有一件事是没有人和你争的。

什么事？

阅读。你读你的，他读他的，各人读自己喜欢读的。

也有禁书呀！

雪夜闭门读禁书，是人生的一大乐事。

确实，读书是好事，能够读到好的书，那更是人间的大好事。

读书就像继承遗产，继承前人的精神遗产，而且无须跟人吵架，跟人打架，跟人打官司，你也可以继承得到。只是我们的人生有限，想读也读不了那么多。

读不完的书，杀不完的猪，俗话就是这样说的。

这句话一点都不好，我不喜欢这句话。

阅读没人和你争，也没有办法争，这是肯定的。

写书也不关他人的事。

我喜欢读那种没有正常开头的也没正常结尾的书。

## 秀才造反

自古以来，中国的俗话里就有一句话：秀才造反，十年不成……

知道是谁说的吗？他打断了我的话。

不知道。都已经成俗话了！

我看不见得。

什么不见得?

秀才造反,十年不成呀。

是啊,好像也有成了的,比如……

不要比如了,这里有误区。

误区?什么误区?不明白。

在我看来,所谓秀才造反,翻成现在的话,就是逆向思维,主要是在纸上笔下,是思想的精神的,是针对某种习惯思维、落后传统和腐朽意识的。应该说,这种"反"多少还是有"造"成的。

比如?

比如庄子,比如杨朱,比如龚自珍,比如康有为,比如梁启超,就都喜欢逆向思维,就都充满了叛逆精神,只要你去看,你就能看到,可惜的是看到这方面的人并不多,看到的也看偏了。

我想他讲得有道理,因为在我的眼里看来,他是一个当代秀才,何况还有俗话说,不必以成败论英雄。


## 待嫁的新娘

人造书,书造人。他很得意他的表达。

他强调说要读好书,因为读书就像吃饭,你吃进去的是什么,你吸收的是什么,那么最后排出来的也就一定是什么了。

那就不是好书了。

为什么?

吃进去的是什么,排出来的还是什么,这是什么好书呢?

你的意思是?

应该是些渣滓才对。

是,是,是,我的意思也是一样,只是我的意思是渣滓也是不同的。

再不同也是些渣滓！

他摊开手，一脸苦笑。

何况什么是好书？读的人不同，看法也是不同的。

至于书造人？我心里一笑，现在已是书等人了。很多的省级图书馆，借阅率都大大下降，年轻人皆手机一族。那些排在架上的图书，贴着各种颜色的标签，打扮得像待嫁的新娘，等待她们的白马王子，结果却像被打入冷宫。王子们什么时候来呢？也许要到老了才来。


## 藏　书

星期天，去他家，碰见他正整理书架，陈旧斑驳的书脊后面飘出年深日久的气息，藏着他的另一世界。

我说我真羡慕他，还有这样一个地方。

他说，难道你没有？

我说，是的，我也有，但是没有他的大。

他说这是他的投资。书房就是他的地产，藏书就是他的家，各种不同味道的家。今天到这个家里坐坐，明天去那个家里走走，随心而动，畅所欲言，不亦乐乎？

确实，他的书房也就是他的精神家园吧。但是，说到这是投资，我想恐怕已在贬值，可能还会一钱不值。

据我所知，目前的，不少老知识分子，尤其是那些拥有庞大书房的，都颇担心百年之后，他的藏书怎么办。

怎么办？有后人呀！他颇有点不以为然。

子承父业的并不多。

那就捐给图书馆！

好多知识都过时了。何况现在一上网，还有什么查不到？

总有一些查不到的。比如某位专家的研究，或者正在研究的资料，或者还未完成的研究……

这些就不是图书了，用的人就很少了，除了接着研究的人。

听说某大学图书馆就接受了四位教授死后捐献的藏书，还有两位准备捐献，但图书馆的馆员们私下里却牢骚很多：这纯粹是挤占我们的馆藏啊，所捐的图书重复不说，至今没有人来借阅，完全就是一堆废品！


## 金和玉

书中自有黄金屋，书中自有颜如玉，如果真是这样的话，那图书馆就不知会有多少黄金屋以及多少颜如玉了。

我说是，我想笑，他已哈哈笑起来。

你是喜欢黄金屋呢还是喜欢颜如玉？

我说喜欢颜如玉。当然，也不排斥黄金屋。但，我更喜欢颜如玉。所以，每次，当我走进图书馆时，我的脑海就会飘起一团团的暧昧迷雾。

你在暧昧中寻觅着，他也被我感染了，跟着我说起来：四处张望着，拿起一本书，放下一本书，打开一本书，合上一本书，你脑中的那个地方变得越来越大了。那些放在架上的书籍也都脉脉地朝你眨着眼，向你暗示无限的可能，仿佛只要你伸手，它们就会打开来，大浪般的扑过来，轰地一声，将你淹没。

嗨，算了，算了，你算了，我打断了他的话，实际上，读书人，特别是读书读得好的，大多数都穷愁潦倒，有的甚至颓废一生。多的不讲了，只说两个人。李白是不是？杜甫是不是？读书人只有当了官，才可能有黄金屋的，才可能有颜如玉。

他点头并补充：你说的是当了大官。

我说是，是，是，是！李白和杜甫都曾做过官，但那官都太小了，并且没有什么实权，若是当大官，或者有实权，那就什么都有了。

## 书的命运

说起图书馆，他还有一段话，让我很难忘：每当我看着书架上那一排排整齐的书脊，我就感到一种恐惧，那些书脊上的名字就像是刻在墓碑之上，经受着时间的风和雨。更为可悲的，是其中有些书，从来就没人打开过，好像它一生下来，就死了，被人埋进棺材里了。还有一些书，虽被人翻过，或者也曾风光过，但如今却风光不再，以后也不会风光了。

是啊，同感，我叹道：现在的很多书似乎在速朽。是否世上的人和事都被大师们写完了？莫非真像有人说的文学进入了老年时代？你看就连机器人也掺进来凑热闹了，将来的文学别真的搞出个仿真时代啊。

他说：我也想通了，将来的世界会怎样，谁都无法预料的，所以也就别去管什么书的命运了。能写你就尽情地写，自己觉得充实就行，自己觉得快乐就好，何况你写的这些东西，朋友们都喜欢看，我是你的铁杆粉丝！

他对我的这番好意，我当然是明白的，活在当下，为自己，同时也是为了朋友！

## 书 房

说到书房，我对他说：书房就是人的大脑。

我的书房对我来说就是我的大脑了。

我的大脑以我所喜欢的方式方法分布在我书房的各个不同角落里，你若进入我的书房就进入了我的大脑。

我的书房里，当然，很多书，整整一面墙，拐过了两个角，我就坐在一个角里，面向一个角，背对一个角。

有的书，我读过，有的，我还没有读。

读书也要有缘分的，就像一个人结识另一人，五百年修得同船渡，书与人的缘分也是。

所有的书对我来说都是非常宝贵的，不仅仅是书的本身——书的封面、书的背脊、书的内芯——书的宝贵还在于它所唤回的已逝时光和它产生的那个年代。

一般来说，我不欢迎别人进入我的书房，就是家人，也不例外。

谁也别碰我的书（不管什么书），谁也别碰我的纸（即使就是一片纸屑），谁也别碰我的电脑以及鼠标和键盘。

我书房的那扇窗子装配的是双层玻璃，无论多么嘈杂的声音，哪怕就是呼啸的警笛（警车、救护车、消防车所拉响的那种鸣笛）也都被我挡在窗外。这样，我的这间书房也就自成一个世界，成了我的世外桃源。


## 书中之爱

关于爱，他又有了新的理解。

他说：爱没有什么公正可言，也没有什么比例之说。爱之所以崇高，是因为它像神的恩赐，对方是不是值得这份爱从来不重要。因为无论情况多么特殊，所谓爱也只是对于无法理解的而又拥抱于怀的多情现实的偶然一瞥或者一个美丽的寓言，你根本就无法定义，或者，根本没有什么意义。所以，它不可能从属于我们强调的某种原因，也不可能从属于我们怨恨的某种结果。所以，能够活得更长更久，超过你所经历的挫折，是重要也值得的。所以，你应珍爱健康。

我说他真的是心思越来越复杂了，话也越来越拗口，越来越让人听不懂，这都是他看书看多了，是书害了他。

他说我胡说，我总是胡说。

我说，说真的，只听懂一句，要珍爱健康。这话说得很实在，如果健康都没了，还有什么爱？

就是嘛，你这个人做什么，从来都是冲冲冲，都用十二分的力，爱也是。过犹不及啊。知道卡萨诺瓦吗？

好像知道点，十八世纪的，享誉欧洲的大情圣。

卡萨诺瓦一生中，情人可谓不计其数，他深深地爱着她们，并与她们长期地保持着友好的关系。但是，最后他还是因为他的纵欲过度而疾病缠身潦倒了。

你这话是什么意思？难道我纵欲过度吗？

绝对没有这样的意思。卡萨诺瓦的人生经历，我还是比较欣赏的。我看过他写的自传，那是他中年落魄之后用九年时光写下的。

还是看书看多了啊！我再一次确认道。


## 敬惜字纸

他总是向我推荐他曾经看过的那些书，而我对书中的观点的批判，又被他认为是桀骜不驯。我说他就是个"向书看"。无论什么书，无论那本书宣扬什么不好的主张，经过他的想象之后，经过他的修正之后，经过他的补充之后，都会变得美好神圣，人有异议都不行了。而其实，那种思想的新鲜之处却是古老陈旧。

他说这只是我的看法。

我说，当然，不对吗？

他说他不这样看。他说任何古旧的书都是常读常新的。哪怕你读过一百遍，只要你去读，它又是新的。

他还说：我对书的要求不高，开卷有益，大概是我自己没有什么主见吧，内部太虚空了吧？我就像个乡下人，对书总是敬畏的。我老家的人，是不能亵渎写有字的纸张的，不能用它包东西，如厕，不能随便撕毁丢弃。村头建有焚纸炉，上书敬惜字纸四字，有字的废纸都要拿到那里面去烧掉的。

我听了哈哈大笑起来：这是哪个年月的事了？

年轻时的事，忘记不了的。不过，那时也真是没有什么书可看，有时一片小字纸也能看上老半天，日子过得浑浑噩噩。现在好书真是多啊，好电影也很多，可惜不但没有时间而且没有精力看了。


## 呼　吸

我和他走到外面抽烟，站在一棵银杏树下，头上是不停摇曳的嫩叶。

我使劲地抽了一口，说：他们为何老是斗呀！

因为他们是人啊。

人？

是呀，就像你不能不读书。

读书？

你能不读书吗？

不能。

不能不读？

不让我读书就等于要了我的命。不读书的我是没有生命的我。

因为你太喜欢读书了。

这个嘛，我也不知如何说好。不过，我想，我觉得，我大概也不是因为喜欢才读书。

哦？

因为不管喜欢或不喜欢，我都要读书，这就是我。

嗯。就像呼吸一样。人并不会因为喜欢或不喜欢才呼吸。无论何时何地，人只要活着，就要呼吸。

好像是这样。

只要活在这世上，人就有无法舍弃的东西。他又总结道。

我也想再说点什么，张了张口，没说出来。然后，我们就抽着烟，默默地站在树荫下，看着穿过头顶的嫩叶，洒落在脚下的点点阳光。

# 孤单并不等于孤独

## 个人环保主义者

他宣布，从今天起他要做个彻底的个人环保主义者，要绿得比所有的绿色组织都要绿上三分。

他要从我做起，从自己做起，不再乱吐痰，不再乱丢烟头。

凡是有利于环保的事就做，凡是不利于环保的事就不做，但是只是管住自己，不参加任何公益组织，免得给自己添麻烦。

麻烦什么？我不明白。

你参加了就知道了。

他说他最想解决的问题就是电池的回收问题。哪里回收旧电池呢？这是他一直想解决却又无法解决的。

一粒电池会污染好大一片土地呀！他一定要解决这个问题。

不过，在电梯里劝阻抽烟结果挨了打的这类事是不会发生在他身上的，他知道不会有好的效果，他做事追求好的效果。

有的时候，如果一心只是想着办好事，那效果也未必一定就会是好的，好心也可能办坏事呀，已经有很多教训了。他认真地对我说。

## 羡慕鸟

我和他在公园散步，抬头看见一只喜鹊正在一棵树上跳着，一边跳还一边叫，那样子很欢乐。

我禁不住对他说，我很羡慕那只鸟。

他点头说他也是。

我问，为什么？

他说因为它对他所知道的一无所知。他真愿意马上就和它互相交换灵魂，然后，展开翅膀飞翔，感受空中的风与浮力，哪怕只是一小时。

我说是，我也有他这样的感觉，做一只鸟儿要愉快得多。

人为什么这样想呢？为何总是觉得自己处境不是那么如意？为何总是对自己这里那里不满意？

人的欲望太多了。

欲望太多了就不如意了。


## 爱孩子

时代是在变化的。以前只准生一个，现在提倡生两个了。

是啊，孩子是最美好的！他的话也触动了我：孩子向来是生命的意义。你恋爱，你结婚，你生育，然后你的孩子长大，又恋爱，又结婚，又生育，这就是人生的意义所在。

嗨，你也说得太复杂了，不就是传宗接代吗？

对，人生就是传宗接代。孩子就是父母的意义。即使特别自私的父母对孩子也是无私的。

他摇头，说未必。

那我就换句话说吧：即使特别自私的父母，当他们面对孩子的时候，他们的私心也会减少，人也会变得美好一些。

那倒是。看到那么稚嫩的孩子，谁的心不被软化？即使钢浇铁铸的心，也会冰一样融化的。当然，凡事都有例外，除了那些狠毒的人渣，但那已经不是人了，已是禽兽不如了！

## 本　性

他说他很享受自己心平气和的感觉。

一个人只有心平气和才有可能掌控自己。

可是，他又总是觉得他的体内还有另外一种非常可怕的东西，一个蓄满愤怒的水库，随时可能瞬间崩塌，让他无法控制自己，说出一些难听的话来。

他有时都感到疑惑：究竟哪个才是真我，或者有几个自我？

我说他基本上还是一个理性的人，而且也能掌控自己，这是他的外在的自我。然而，他的体内的那个非常可怕的东西就是他原始的自我了，是他与生俱来的基因和儿时的环境决定的。这就是他的所谓本性。江山易改本性难移。虽然，他的后天的教养时刻控制着他的本性，但本性是改不了的。

唉，我的这个难移的本性害得我吃了多少亏呀！

但也得了很多好呀，你怎么就不说了？

那也是。他承认。如果没了这个本性，那他也就不是他了，而是另外一个人了。


## 现　在

现在，什么"家"什么"家"真的是大批大批的了，甚至大师也是大批的了。

这有什么稀奇呢？人才辈出嘛。

不，"家"都是很少的，不够的。如果很多很多的话，那就是另一番景象了。

还能是什么景象呢？不就是现在这景象吗？我笑他也变得迂腐了。

我笑他不知道这句：犯我大汉者，虽远必诛！

我不得不提醒他：整个世界已经进入一个完全崭新的时代！

这个时代是全球化的。这仅仅是开始。你可说是新的光明的开始，也可说是新的黑暗的开始。实用主义正在取代崇高的理想成为主流。这不但是历史的终结，而且也是知识的终结。

为什么？他不明白。

我不得不继续解释：知识已被信息取代。这是一个信息时代。这个时代，人们要的不是知识，只是信息。而你，你现在最需要的就是网络和公关。这两点做好了，你也就是专家了，甚至还是大师了。


## 孤独者

他请我喝茶。他先到。他坐在那里，摆出一副孤独的样子。

我说你这并非孤独。孤单并不等于孤独。一个真正孤独的人，即使他身处人群里，你一眼看上去也会觉得他不仅很孤单而且很孤独。

他说，那是什么样子？他要我说一说。

我说我也说不出，但我能够感觉到，能感到孤独者所飘散的那种清凄，他的那种凛冽的气息使空气都寒冷彻骨，就像一汪深深的黑水那么平静地铺在那里，但那水却有你察觉不到的涟漪。

他说他就是这样的，为何我就看不出。

我说我也不知道。

他说他又离婚了。

我说这于他可说是正常。

他说他又结婚了。

我说这也很正常。

他说他与自己结婚。

我说这还是很正常，因为法律并没规定一个人不能和自己结婚。

## 灭顶之灾

不，不，不，你听到的可不是一个低俗的私通故事！而是独一无二的让人感到心碎的事！

和别的不一样！你懂吗？明白吗？

这两个女人我都爱！我真希望能把自己克隆一下，复制一份，或者干脆一分为二！

我愿意为她们，为其中的任何一个，全力以赴，甚至去死！

一连串的惊叹号，不得不打惊叹号，他的口气就是这样。

作为一个男人来说，他总面对各种女人，就像作为一个女人也总面对各种男人。

在不同的女人面前，他的展示也不相同。

她们也在影响着他，使他产生不同的能量。

他总被他那强烈的无法压制的情感控制，被分割成不同机体。

不同的他以独立的完全不同的鲜活面孔生活在不同的女人身边，而作为整体的那个他，也就成了那么一个复杂混乱的综合体。

没有爱，他不行。爱多了，也不行。

很多时候，他的爱使得他的日常生活完全变成了一团乱麻，使他面临灭顶之灾。


## 垃圾警报

他说：应该承认现在的环境比原来好多了。现在的天空时不时有鸟飞过来。虽然不时有雾霾，但毕竟有鸟了。至少在城里，鸟已不像过去那样全都是惊弓之鸟了。如果哪一天，天上有老鹰如滑翔机一般的盘旋，那环境也就和我们小时候差不多了。

听着他这样的喃喃自语，我忍不住打断了他正说的话。我说，你真是个梦想家呀！现在如果天上有鹰，那也不是滑翔机，而是无人机。现在我们的某些方面可能是比以前好了，但在另外一些方面反倒更加令人担忧。城市里的鸟儿确实比以前多了一点，实行了鸟类保护法，还有枪支管理法，打鸟的人少多了。再说，现在赚钱的门路，较之先前也多多了，谁还会顶风作案呀？

这说明什么？说明经济发展了，文明程度提高了。他竟愈发的振振有词。

你说的这个文明程度，我看也只是表面上的。看上去街道干净了，城市的容貌也漂亮了，但更大的环境问题却像一个生长的毒瘤。难道你真不知道吗？现在好多的大小城市都已经拉响警报了！

什么警报？

垃圾围城的警报呀！还有垃圾填海、垃圾成山，垃圾正以惊人的速度吞噬着我们赖以生存的地球。如果我们听之任之，总有一天，我们的地球会变成一个垃圾球！

有点危言耸听了。

还杞人忧天呢！听说光是外卖用的那些塑料盒的垃圾，中国每周就要产生两亿多份还不止。

如你所说，那些周末赖在床上等外卖的，终有一天会被自己制造的垃圾所掩埋。

不是吗？就是的。我看半点都不夸张。


## 说　吧

世界之所以如此神秘，是因为每个人的身体里面都躲藏着另外一个人，两个人就像双胞胎一样共同生活着。

不，你说得还不够，不仅是躲藏着另外一个人，还躲藏着另外两个人，另外三个人，另外四个人……每个人都是多胞胎，只有具有火眼金睛，才有可能看得到。

说到看不看得到，也就是认识，我的看法是：人之所以看不到是因为他只想看见他想看见的。其实，只要你想看，并且能用心去看，片刻之间就能经历或者看到很多人事。

难的还是看清自己。

那是你不想解剖自己。

无论你如何解剖自己，你也只能在某些方面，或者在一定程度上，了解你自己。而且，之后不管你再怎么地努力解剖，你也不会对自己有更深的了解了。

无论什么都是有限的。我承认他说得对。

而且，即使你了解了，有些你也不好说也不应向别人说。即便就是美好的、高尚的，我说的是你的心思，你一旦向别人倾诉，甚至只是让人猜到，你也就在他的心中多多少少贬值了。

有的时候真是这样。我只承认有些时候。但为什么会这样呢？

人生来是要独处的，不是在实际生活中，而是在个人精神上。

他说的也确是事实，虽然他对我并不是这样，而是一向襟怀坦白，至少我是这样感觉，但我仍然不得其解：事情为何会这样？有些话就真的只能烂在心里吗？

不！不管你内心到底有几胞胎，我只认我的那一个，我感受到的那一个。那一个就是对的、真实的，什么都可以说出来的，说出来不会改变什么，也根本不会贬值的。

说吧！


## 俄狄浦斯

他说：你知道俄狄浦斯吗？

我说当然知道了。外国文学史上的典型的命运悲剧人物，是希腊神话中忒拜国王拉伊俄斯和王后约卡斯塔遗弃的儿子。俄狄浦斯长大后，在不知情的情况下，杀死了自己的父亲并娶了自己的母亲。

他说：我不喜欢他。

我笑：你不喜欢他什么？

我讨厌他未老先衰！那么年轻就未老先衰。

我说：这个我就不知道了，我不是研究者。

他又说：各个时期的俄狄浦斯都远远地不如那个出谜杀人的斯芬克斯！

那狮身人面的女妖吗？

他说是。

我问，为什么？

他说：斯芬克斯不会随着年龄的改变而改变。特别是，她真走运，没有那么多无聊的这样那样的情结！


## 初恋情人

他说碰见了初恋情人。

我问，怎么样？

他说不好说。一别三十年，一大片空白。即使你再善于辞令，再谨慎应对，怀有多么好的愿望，那片空白也难以跨越。能够填补空白的，只有四目相视的微笑，以及对于往事的回忆。

我问他，如何定义回忆，或者说回忆像什么？

他知道我有话要说，就说不知道。

我说就是从前的一切，突然之间又回来了。一头猛兽从身后扑到你的脖子上，要将你的这颗脑袋当成他的一顿美餐，好好地享受和品味。

他说：不错，说得很好，这个比喻真的很好。

# 可怕的战争

说起战争，那一瞬间，他好像就陷入了某次具体的战役，在阿富汗，在伊拉克，在利比亚，在叙利亚，在好多好多打仗的地方。

他说：到处都是持枪的疯子，英勇、豪迈、狂暴、凶猛。有戴头盔的或不戴头盔的，有坐坦克的或坐装甲运兵车的，有开军舰的或驾飞机的。吼叫，嗯哨，狙击，阴谋，偷袭，跪蹲，挖洞，隐藏，在小路上腾挪跳跃，打出一排排的子弹，然后赶紧趴在地上，恨不得就入地三尺。

他们还要癫狂多久才能精疲力竭呢？几月？几年？上十年？几十年？莫非要到所有的人所有的疯子全都死光时？

口里说是保护一切，结果却是摧毁一切，简直比狗还要疯狂。狗都没有那样疯狂，因为狗不得意扬扬。

他说直到这个时候，他才想到若是能够待在监狱里面多好！枪打不着，炮轰不着，战争的目标不是那里。

他知道有一个监狱，向阳而坐，暖融融的，藏在一个大山坳里，他小时候去打柴时常和伙伴经过那里。那时，他很害怕那里，因为人们说所有的坏人全都集中关在那里。今天，他不这样看了。今天的他已认识到战争才是最可怕的，也是人世间最坏的。

他问我：你说呢？

我说我最不明白的，或者说，我最想搞明白的，不是单个人如何作恶——这个容易弄清楚——而是一群人怎么能够抱成一团去作恶，一起作出那么多恶，而且我们很难制止。与此同时，恐惧就像黑色的泡沫翻腾起来，不断地增生和扩散，即使你躲在监狱里，恐怕也很难躲得脱。

## 自己的生活

又和女人不愉快了。

他说他这一辈子，从来没有像现在这样感到自己被一个看不见的嘴巴咬住，咬得稀烂，感到自己与世隔绝，孤立无援。

现在的他无论如何也不可能再想象在这世上还有地方可以享受平安宁静，可以快快乐乐地过自己的小日子。

现在的他走在街上觉得全城的人行道没有一处不又黑又湿。

在那暗夜的荒漠中，溜溜达达地走着两个人，两个挎着胳膊的人，一个是愚蠢，一个叫残忍。

他们见他走过来，还向他轻轻地打了一个会意的手势。

他浑身都流淌着多汁而又发酸的怨恨，这怨恨使得他对自己都感到厌恶。

对于他的这种状态，我没有说什么不是，因为我觉得无论怎么样，他都在过自己的生活，而不像有些人总在表演自己的生活。


## 戏　说

一连几天，我和他都在追着看一部热播的抗日神剧。

晚上看了，第二天，工休的时候就聊剧。

虽然觉得漏洞百出，即使感到幼稚可笑，还是乐意看。

编剧者越是胡编乱造，我们也就越乐意看。

不得不承认，人都爱娱乐，特别是爱胡编乱造，因为只有胡编乱造才能更好地娱乐自己。

尤其是一天工作下来，什么都不想再做了，正经事也懒得想了，能看看各种胡编乱造真的是一种很好的休息。

至于历史，或者说是历史的真相，过去和如今真的是大大的不同了。过去，真相似乎只是让人们有所感悟的故事，所以，我们多的是传说。现在，也许，潜意识里，我们还是这样理解，所以，有很多很多戏说。

至于网上的那些评论，说中国的这些抗日神剧只是使人热爱战争，国际大片才算得上是地地道道的人道主义。我和他的看法是，其实也不是热爱战争，只是热爱战争游戏。


## 守财奴

他说他昨晚又做了一个梦，一个非常好玩的梦。

他一头扎进了一片洁净而澄澈的硬币汇成的海洋里，硬币也像好朋友般将他托浮起来了。

他的全身流淌着金钱变成的血液，泛着铜绿的光泽。

可惜只是梦。我很是惋惜，若是真的就好了。

他说，你惋惜什么呢？这又不是你的梦。

我说我也曾做过捡了很多钱的梦。

那是在一个花园里，一个富人区的花园，我碰到了一堆垃圾，不由得用脚尖一拨，里面竟是钱，全是百元的大票子。顿时，我就一阵狂喜，赶快弯下腰身去捡，越捡越多，越捡越多，竟然还有好多美元，一卷一卷又一卷的，而且也是大面额的。

记不得后来是怎么回家的，反正用一个皮箱装着，具体数目不记得了，只晓得是很多很多，超过了我这辈子所赚到的所有钱。

后来你是怎么花的？

我茫然地望着他，不知他是什么意思。

你梦中的那些钱呀！

好像没有花，从来没花过，它们就那样放在那里，锁在那个箱子里。

他笑了：你真是一个地道的守财奴呀！

也许是吧，他说得对，我就是一个守财奴，但那钱在箱子里却给我一种安全感。而花钱，特别是那种盲目的花钱，却会把我搞焦虑，搞恐惧，搞崩溃。这样的人还少吗？这样的人太多了。

# 拥有青春就拥有一切

## 脱　发

他的头发越来越少。

我劝他去买个假发。

他说他从小就讨厌假发。

他曾见过他的舅舅扯下遮掩秃额的假发，仿佛美洲印第安人剥掉自己的头皮一样。

甥舅二人后来的相逢是在一场葬礼上。

那天上午下着大雨。他的这位至亲躺在那具火葬场的众人公用的玻璃棺里。他凝视着他的面孔，忽然发现他的假发，正在慢慢地向后滑落，渐渐露出光光的头顶。他当时一阵惊恐。后来，他也脱发。

我说听他这样诉说，我也想起我的母亲，想起她在去世之前，我去医院陪护她。

她那日渐萎缩的皮肤皱皱巴巴点点斑斑就像一块没用的破布。我看见时间的脚步在她身上留下的足迹就像化石上的印痕，谐谑、仁慈、冷酷、温情、凶暴、包容、无理、伤感、傲慢、挖苦、温雅、欺骗、荣耀、不公、不仁、体贴、猝不及防、忍耐、无从预测、真实无情。我凝视着时间的印迹，知道一切将化为乌有，肉身正在走向虚无。

# 新朋友

我们新交了一个朋友，他想听听我的看法。

我说好吧，那我说吧。

我说他漂亮，长得很好看，至少女人们大都会对他生出各种好感的。

她们会说他讨厌，眼睛却又跟着他转。

他的身材虽然高大，看上去却显得不高，这是因为他的肩宽并且稍稍有点前倾。

他的肩膀宽阔，腰却很窄，那情形就像一个精力旺盛的动物猛地受到一根极粗的皮绳羁绊才无奈地被约束住。

他显然是可爱的，情趣也是自发的。

他所说的某些话语，常常使人捧腹大笑，他自己却从来不笑。

每当这时，他就会想：既然我的这些蠢话能使这么多人发笑，那我一定还没蠢到我自己所想象的地步。

他的年纪虽不小了，他已看惯岁月的流逝，但却还是密切注视周遭，犹如依旧年轻似的。

在他看来，每过一年，都像一颗奇异的珍珠从他手里滑进海里，他的这种无端的感慨是因女人而引发的。

他是孤独而寂寞的，无论他在什么地方，他都认为自己下贱，尤其当他面对女人，这种感觉就更强烈，女人却说他是好人，他却知道自己不配。

他经常想，所谓好人，大概是指善良吧，而善良这个词绝对只是相对的，或者说是一时的，只能嘴上说说而已。

他说，你这是在说他吗？

我说，你认为在说谁？难道是说你？未必你有这样好？

## 何谓灵魂

你知道吗？

我问，什么？

一个人活在这个世上，他能做的是什么？

我说知道：做自己。

又问：谁最容易上当？

我说不知道。我真不知道。

他说：很多人。很多人不相信自己的眼睛，很多人不相信自己的耳朵。他们宁愿相信媒体。所以，他们最好骗，直到骗得丢失灵魂。

于是，我问：何谓灵魂？灵魂的含义是什么？是另一种隐喻吗？或是另外一种真实但又无法触摸的东西？

他说也许吧。他也不知道。他说若是他知道，我们就能抓住它了。


## 做梦者

我说：你这人总是做梦。

他说：你不做梦吗？

我说：偶尔。

他说：从不做梦的人死得早。

我说：做梦的人就不死吗？做梦的人可能死得更快。因为他的梦越多，他的梦也碎得越多。他的梦就像鸡蛋全碎在现实的石头上。

他说：你这偶尔做梦的人还不知梦的奥妙呀。还这样地自以为是，说得如此悲观可怕，什么鸡蛋碰石头。梦本来就虚无缥缈，无须现实来检验的。

我就怕你把你的梦当成你的现实了。

我真的有这么蠢吗？

很难说，不少人都这样！

梦是现实的补充，夜是白天的延续。做梦是自己给自己编故事。那些故事色彩缤纷，有愉悦，有紧张，有压抑，有愤怒，还有真切的太虚幻境。知道吗？一个美好的完整的梦境可以让人记一辈子，使你朦朦胧胧觉得真的经历了那些场景。

你又开始做梦了！我不得不喊醒他。

## 记忆是什么

不知为何他突然对记忆这两个字感到有点厌烦了。

他说：记忆这东西，无论你做得如何精细，哪怕你做得极其忠实，都免不了某些回避。因为你的所忆之事只是根据你的标准所筛选的重要之事。所以，你的所忆之事并非如它发生那样，它所呈现给人们的只是你愿记得的样子。

他还说：记忆这个东西，一旦控制了某个人，那个人就成了他的回忆的俘虏了。而回忆虽然在某些时候很美好，实际上却大多是令人痛苦不堪的。而它随带的那种忧伤，又会使人再次萌生重现当初的那种渴望，而现实的情况是，人是不可能回去的。所以，回忆最终只是一种臆想的空洞表达。

对于他的这番表达，我觉得没有那么复杂。记忆在我的心目之中终归是个奇怪的东西。有时候，想起来，非常困难，而忘记又那么容易！有时候，它能将许多变得很少很少。有时候它又将很少变成许多许多。再说记忆可以使一件事情变得比它的本来面目更加丰富和多彩又有什么不好呢？即使记忆不准确，那也不能怪记忆，而应该怪人的头脑。你的头脑恍恍惚惚，记忆自然西荡东飘。

## 活得有趣

他又说起他和妻子，当然已是曾经的，很久以前的一段对话：

你说我们会不会也和他们过得一样？

你到底想说些什么？

不像你的父母这样，也非我的父母那样，我们会活得更有趣。

也许吧。

别说也许！必须无疑！否则，太叫人失望了。

他们也非过得不好。

是，是，是，我承认，不能说不好，但也不能说是好。依我看，他们过的这种日子，实在没有什么味。

他默然。

她意识到她的话说得有点不太好，于是，歉疚地解释道：我这样说也包括了我的父母过的日子。我这样说并不是说你父母的什么不好。我只是说他们过得恐怕有点与世隔绝。你明白我的意思吧？他们几乎不出家门，根本没有什么交往。我觉得，他们的生活节奏有点慢，日子也是天天一样，我的父母也是一样。不是吗？尤其是你母亲，好像只为丈夫活着，只为自己的孩子活着。

这有什么不好吗？

我的意思，不是不好，我的意思是她自己也应该有自己的生活，不能总是待在家里，陷在日常的家务事中。可她觉得这样挺好。

如今呢？这么多年过去了，她自己又怎样呢？又有多大不同呢？好像也没什么不同，只是多了下一代人。


## 拥有一切

他继续地说着她，说她总是要买要有，不然就是炒股投资，或者就是出国旅游，这类字眼就像章鱼附在他的脊梁骨上，无数吸盘，轮流张合，逼他生出投河的念头，要不就是远走高飞，逃到荒无人烟的地方，再也听不到她的声音。

一天，被逼不过的时候，他反过来劝慰她：过几年，就有了，我向你保证。

过几年？她惊讶，等到退休的时候吗？

不要说得这么夸张。他笑着安定她。

几年以后怎么样？谁能说得定？况且，我也不感兴趣。还有可能爆发战争，核战争！趁着现在还年轻，我们应该拥有一切。

她想到了所有一切，就是不想拥有青春已经胜过拥有一切。她就看不到，一点看不到，他的面孔这样红润，他的身体如此健康，他的头脑这般敏捷，就是她的最大财富，也是她的最大幸福，她不在乎这种幸福。她不知道要珍惜的是眼前的这一刻，即使这一刻还显得寒酸，也胜过富裕的下一刻。她看不到这笔财富，她幻想的是名流们所拥有的那些东西。

我笑着说：你算了吧！人家要求得并不错。你应该向名流看齐。


## 演员与观众

人在做，天在看，那上天就是观众了。

我说他这个想法好，那我们就是演员了。

两个什么演员呢？

两只莫名其妙的猴子在得意地自吹自擂，耍着过去和现在的两个不同色的皮球，两张嘴像两个漏勺。

他说好了，别这样了，别再妄自菲薄了。

他说我们是艺术家。

他说我们活在世上，做这，做那，说这，说那，我们是行为艺术家。

他说会有那么一天，人们会把我们的相片用相框框起来，恭恭敬敬地挂在墙上。

我说我最讨厌这样，不论那相片是我自己，还是别的什么人。

他问，为什么？样子很惊讶。

我说我不喜欢他日日夜夜地在墙上看着我起床，看着我穿衣，看着我刷牙，看着我吃饭，看着我做事，看着我撒尿，看着我拉屎，看着我睡觉，看着我性交，我不喜欢有人在墙上时时刻刻看着我。

## 表面之下

他说：你知道，生活的表面之下潜藏着许多不为人知的东西。许多的怨恨，许多的恐惧，许多的歉疚，还有无边无际的寂寥。你若想抓住它们，那你根本抓不到，虽然它们就藏在你的生活的表面之下。

我说：是。你说得对。但我和你的差别是我从来就没想抓。

那你想抓什么呢？

我什么都不想。

那不是行尸走肉吗？

想就不是了？从人生的结果来看，谁又不是行尸走肉？只有你不行了，不走了，才不是行尸走肉了。

人死了，那躯体，你说又像什么呢？

像什么？我反问，等待着他已有的说辞。

像一套精神不再需要且不能送人的旧衣服。

那么，活着呢？躯体像什么？就像一套新衣服吗？

## 阳台上

我和他在阳台上晒太阳。

我说我感到了阳光的重量。阳光压榨出草里的水分，压榨出门廊地板上日久年深的树脂酸味。阳光甚至像晚冬的雪压得树枝都弯了下来。阳光落在我的肩上就像一只可爱的小猫卧在我的膝盖上。

他说他认为这世上从来没有一个人能够很好地描绘阳光，能对阳光正确评价，无论现在的科学家们对阳光作出过多少评价。

我说我不明白他为何要这样说，就因为我刚才那样说了吗？

他说我太小看他了。

那你为何这样说呢？

他说也就说说而已，而现在他已经不再想什么阳光了。

那你想什么？

他说在听微风吹过。

听微风？

他说是，听微风，或者是在感受微风。

## 面　具

他说人的脸面只是面具，整个人生就是一场盛大的假面舞会。

我说不，不同意。我说在这人世上再也没有什么东西能比人的这张脸更让人感到惊讶的了。只要你去看，任何一个人的脸对你都是一种呼唤，它使你不得不琢磨它的形象特点以及它的勇气和懦怯。何况还有婴儿的脸！你能说婴儿的脸也是一副面具吗？

婴儿刚刚生下来时当然不会戴面具，他脸上的表情只有两种，满足与不满足。吃饱了，温暖了，身上干爽舒服了，就满足，反之就哭闹。就连笑，也是后天习得的。你没见过大人们是怎样逗婴儿的吗？笑一个！笑一个！都是这样的。刚开始是无意识的，在外界的鼓励下开始笑，微微笑、咯咯笑、哈哈笑。这是婴儿与社会接触交往的开始。慢慢的，他还会假笑，有的时候还假哭，用以试探外界的反应。这就是婴儿的面具了。

这面具也太好玩了！

成人的就复杂了，有些甚至达到了演员的水平。那种控制表情的能力，使他能在社会上，如鱼得水，左右逢源。当然，也有不少性情中人，比如你这实诚人。

我可不想戴面具！

你不戴也可以，但是你要看得出你周围的人，哪些是戴了面具的，戴的是些什么面具，特别是要认清骗子。你仔细地琢磨过骗子的形象特点吗？有些骗子的勇气真的是相当惊人的！

听他这样说，我又想起了儿时母亲说过的话：害人之心不可有，防人之心不可无。母亲总是担心我，说我这个人，被人卖了后，还会帮着人家数钱。

# 每个人都有他的秘密

## 落　叶

无可奈何的，他又想起他，优秀的人英年早逝。

当时的他曾经想，他也不会活太长，到了三十岁，他就要自杀。他真的是这样想。

他还想起她，还有那樟树。树的阴影落下来，落到她脸上，使她看上去，就像一骷髅。

他吻了吻她的眉心，他深切地体验到了那种森森白骨的感觉。

如今，他已知天命了，不但没自杀，而且还活着，活得好好的。她呢？想来也一样吧。只是他俩若是路遇，恐怕谁都不认得了，老得谁都不认得了。

想的和做的，差得太远了。曾经和现在，也大不一样。人虽还是那个人，却又不是那个人了。

时光就像一条大河，这是一个烂比喻了，但是这比喻还算得妥帖。

人的思想就像落叶，在这河上转着，漂着，有的被浪打到岸边，有的则是沉了下去，沉到河底，烂成淤泥。

## 撒　谎

说起小时候，说起爱撒谎，他说他就爱撒谎，因为他说谎话的时候人们都信他，可是他说真话的时候就没有人信他了。

那是你太会撒谎了。

不，是人们太爱听假话了。

撒谎撒多了，就会"狼来了"，人们再爱听假话，也不会再信你的了。不过，谁又敢说他没有撒过一次谎呢？

你也会撒谎？说来听听。

小的时候，每天早上，我和弟弟轮流到食堂里去买馒头，这是全家人的早餐，一人一个，没有多的，我吃完后，总觉不够。有一天我偷偷地多拿了一张馒头票，然后一个人在路上吃掉了那个多买的馒头。但，馒头票是有数的，到月底就少了一张。爸爸问我们，是谁多拿了？弟弟大声说没拿。我也嗫嚅着说我没有拿。于是，爸爸说，那可能是弄掉了，以后要小心。那次我虽然没有受责罚，但我心里很明白，爸爸弟弟都知道，那张馒头票是我买馒头用掉了。

你这叫作被动撒谎，只是为了自保罢了，临时性的，很容易被识破的。

你的呢？

那当然是主动型了，每一次都有所策划，有所准备，类似实话，很难分辨。

说谎太累了，还要编故事，还要防止被戳穿。

那当然，所以说，一个谎言要准备千百个谎言来修补。

还是说点老实话，人会活得轻松些。


## 灵魂的秘密

他说昨夜没有睡好。他按摩着自己的心脏，说他那里隐隐作痛，难以平静且忧伤。

在同一个器官里感觉忧伤和病痛似乎是不可思议的。你又怎么

能够区分哪里是病痛何处是忧伤？你能穿过你的心室，还有你的大动脉，找到忧伤的隐藏地吗？

我真希望死的时候，我的心脏会很平静。他祈祷着对我说。

我说但愿吧，但这不现实。一个人在活着的时候是不可能平静的。若他平静了，那他就死了，就不存在了。你说什么是存在呢？想到存在，我问他，他一时竟答不上来，其实我也答不上来。存在只是人的大脑所想出来的一个词。于是，它就存在了。很多时候，我们只是存在于自己的大脑之中，活在自己的感受里，也就是那不平静里。你的思想和怀疑，你的提问和回答，也只是你自己的事情。

谁又能够真正地了解另外一个人呢？

我说是，除非你能抓住他的灵与魂。

可是，那灵魂又在哪里呢？灵魂又是什么呢？

我想应是他的秘密。我坚信每个人都有他不会说的秘密。即使是他最好的朋友，他也不会说。

你对我也这样吗？

是这样。那你呢？你不也是这样吗？

是这样。我们笑着互相承认。


## 明白不明白

他这两天有毛病了，时不时地自言自语。

我问他，怎么啦？

他说，你没听说过吗？一个人若自言自语是他为了有一天能同上帝说上话。

我说，你信上帝了？

他说，他还没想过，但他知道这句话。

我说，知道有何用？

他说，也许会有用。

我说那好吧，我问个问题，如果你能回答的话，那就真有用。

他说你问吧。

于是，我就问：你说人的这一生，是从不明白走向明白呢还是从明白走向不明白？

他说：你以为你是谁？是埃及金字塔前面的司芬克斯呀！

我说：你说嘛！

他说：一般来说的话，人的前半生是从不明白在走向明白，人的后半生则是从明白迅速地走向不明白。

我说知道难不住你。

他说我正走向衰老，正在走向不明白，你还来问我，真是碰了鬼。

我说我知道他正不明白。


# 不期而遇

手机的发明，他说，尤其是视频通信的实现，使得相隔遥远的人们，随时可以见面了。

我说是，但也使得久别的人们感觉真正的在一起变得不那么重要了，不那么稀奇了，这是否也意味着人们在进一步疏离呢？

也可说是更亲密呀！沟通的容易不也在促进更加的亲密吗？

也是的，我同意，但我还是继续说：正是由于沟通容易，所以什么不期而遇，惊讶、惊奇、惊骇、惊喜，也就更是谈不上了。

这么多的惊呀惊的，你的词语真丰富啊！他夸张地点点头，故作惊讶地一笑道，古典诗词看多了吧？我看你这样的人现在已经不多了。友情、恋情，至于今，表达的方式很多，而且时时在刷新。

我惊讶地看着他，我没想到他竟然认为他和我相比，他算得是现代人，而我只能算"古典"人。

不是吗？他居然还没有感到我对他的惊讶，还在依旧滔滔不绝：现代人，特别是我们所说的手机一族，已经被太多的现代物质消耗掉他们的情感了。这就像吃多了豪华大餐，味觉都变迟钝了。他们已经处变不惊，也就不喜不骇了。他们关注的多是仪式，要不就是如何时尚。至于你说的不期而遇，从网上，到网下，那些五花八门的花样，真的不是什么惊骇所能描述形容的了。

什么花样，说来听听？

他又故作惊讶地一笑：道听途说终为浅，欲知此事须躬行，那要你自己去体验了。


## 偷　听

我搞不懂为什么有人那么憎恨手机，总是说手机的这不好那不好。我喜欢手机，喜欢听汽车上火车上还有商店里的人们拿着手机对话。

这你可要注意了，说明你有偷听癖了。说罢，他又补了一句：还好，不是窃听癖。

我有偷听癖？仔细想一想，倒也不冤枉。我这个人是喜欢听别人说话聊天啊。听别人说，省了自己说，而且边听还可以边把那通话者的对方是女是男有模有样地想出来。有一次在公园散步，听到前面一中年人与上大学的儿子通话，一口一个"崽吧"地叫着，那么样的苦口婆心，那么样的耐烦细心，那种说了又说的模样，那种挂了还说的模样，真是听得心里发软，以至我都放慢了步子，在后面跟着他，不敢超越他，生怕干扰他。

你不会也偷听人家给情人打电话吧？

那一般都声音很小，想听你也听不清的。不过，你可从人的表情去揣摩，猜出来，那种专心致志的状态，那种梦一般的微笑，真的就像正在和那边的情人面对面呢。

好哇，你成了偷听大师了！

那你这就过奖了。不过，有时还真想，如果能有什么设备将那些通话录下来，肯定很精彩，相比有些文学作品，绝对不会差，只是这又涉及他人的隐私权了。

## 照片的命运

手机的普及不光让人们的通信方便了，而且让很多的普通人都成了高明的摄影师。

我说是，走在路上，或者景点，总是看见很多人在举着手机拍拍拍。

拍了也就能留下他们那刻的状况了？

很多晚上就删掉了。

那又为何要拍呢？既然不打算冲出来。

一时的冲动吧，对美的冲动。

总会有几张留下来的。

那当然。我说我更想知道的，是那几张留下来的，最后会有怎样的未来。

照片活得比人久，只要人不撕毁它，烧掉它。

可是，谁又能够知道它们最后的命运呢？

## 自己的声音

你在想事时试过出声吗？如果你试过，一定很可笑，你会看到自己的滑稽，还有古怪和荒诞。

我同意。因为我曾私下试过思考时对着手机说话，想把我的一些思想准确及时地录下来，但录时很可笑，反倒不能思考了。

我就知道你是这样。你在面对自己时，总是不太自然的，或者，往往不能坦然。

可能，是吧，我承认，我第一次听到自己录下的声音时，真的吓了一大跳。这是我的声音吗？好像是别人在说话。

这很正常的。据说我们平时说话，声音是通过我们的听骨直接传进耳朵里的，而录音则是要通过空气的振动来传送我们的声音。前者当然好听多了。

原来如此，恍然大悟，还是原汤化原食呀。任何东西，经过传送，哪怕是最为高级的手机，也会变声或变调。而且，人在交谈的时候，话题也会随时转换。比如，刚才，他是说一个人的自言自语与他在心里默默思考，状态是完全不同的。但没想到一开始，话题就被我转移到录音的感觉和效果了。

我摇摇头，笑了起来，他不知我在笑什么。


## 自言自语

他说：我还是想说说思考时发声的问题，上次被你把话题转移了。我其实是想告诉你，我就是思考时喜欢自言自语的人，我还一直很享受自言自语的状态。

哦？你隐藏得够深啊，我都不知道你有这习惯。

你怎么会知道呢？无论什么人，思考的时候，一般都是独处的。而且，绝大多数的人，都习惯于沉思默想。不过，我喜欢有声化。我觉得有声化能更好地梳理思路。我总自觉不自觉地自言自语地进行思考。有时是模拟环境，有时是设立对立面，有时我还换位思考。我觉得思考时自言自语，可以给自己减轻压力，像自己在安慰自己。

真有这么神奇吗？

那当然。我隔壁一老头，独居多年，在家养老，与外界的交流很少。我以为他不想讲话，讲也讲不出什么话。谁知那天一交谈，他竟那样滔滔不绝。

原来他天天在家里，做什么都自言自语。他说他早上一起来就对自己说，这一天有些什么事，买什么菜，怎么做，吃饭的时候也不忘啧啧称赞自己的手艺，称赞自己居然能活到今天这把年纪，活过了好多同辈人。洗碗时，他最高兴，那是他的唱歌时间，唱歌啦，什么都唱，多半都是儿时的歌曲，还有那些乡里童谣，还有那些他年轻时待过的地方的方言土语。他说他的记性很好，不让自己的嘴巴歇气。上下午的"上班"时间，他一般是看书写字，偶尔也会画几笔。那时，他是安静的。不过，若是兴致来了，他也会放开喉咙朗诵，尽情地抒发自己的感情。

其他人会怎么看呢？不觉得他有精神病吗？

只有你会这样想！我就没有这样想。我还觉得我自己要向他好好学习呢！

## 通讯录

他漫不经心地点着手机，翻着手机的通讯录。通讯录里的电话号码，没有一个是想要拨的。他说起在很久以前曾经丢过一个本子，一个电话本。后来，他想重建一个，已经开始列名单了，想想还是放弃了。因为对他重要的人，他根本没必要写，都已熟记在心了。而那丢失的电话本上写的都是些"工作关系"，有用的也不会超过二三十个人。丢了那个电话本，唯一让他担心的，就是那个本子上记得有他自己的名字，还有自己的详细地址。

我说我不同，跟他大不同。那天，我一不小心，手机丢掉了。

随着手机丢掉的还有我长期储存的各路朋友的电话号码，这就像是突然间一刀割断了我与过去的许多联系。除非我能找回来。或者，我就等待着，等待他们联系我，只有这样，我才能与过去再联起来。他们还会联系我吗？我对他们还有用吗？手机一旦丢掉了是否也就意味着我的那些过去的时间永远地过去了？通讯录中的每一个号码对我来说都意味着那么一个相遇的时刻，或者是那相别的时间。无论相遇还是相别都意味着下次再见，都表示着一种继续。

## 留下手机来

说到丢手机，他笑了一笑，说：如果你的手机丢了，那就什么都丢了！

我说是，不光是通讯录，还有银行卡！

那损失就大了！

是，是，是……好在我的钱不多……我连忙地安慰自己。

生活也不方便了！

是，是，是，不方便……乘公交不方便，坐的士不方便，买东西不方便，找地方不方便，哪怕就是吃碗面，你也会觉得不方便……

所以，什么都可以丢，就是手机不能丢！他特别地强调道。

我说是，自从丢了手机之后，每次出门我都会——腾出一只手，捏着或是触摸着口袋里的新手机！

所以，有人偷东西，或者抢东西，都是盯着人家的手机！他进一步地仔细描绘。

于是，我的脑子里就出现了这样的场面，一个大汉，就是李逵，拿着两把大板斧，站在一条山路上，对我大声地喝道：此山是我开，此树是我栽，要想从此过，留下手机来！

# 还是一颗赤子之心

## 小学同学

在小学同学的聚会上，我和他又见面了，半个世纪没见过了。他问我有什么感觉，我说仿佛一眨眼又变成了小学生，傻乎乎地为那些已经逝去的日子，还有童年的回忆，而兴奋，而欢笑。不管分开的几十年里，我们变得多么陌生，多么隔膜和疏远，我们仍然拥有某种难以忘怀的共同记忆。这是我们的终身纽带。

我们居然还能记起校园生活的很多细节，多半是某个人一提起，很多人就来补充，七嘴八舌，抢着说。大家的记忆都被唤醒了。那时，我们说说笑笑，打打闹闹，联合又分裂，密谋又告密，结仇又和好，拥立山头又另立山头……我们哪里是在念书？我们是在小试牛刀，练习如何混社会啊，这些才是令我们想忘也终生难忘的。

我们那时候真的就这么复杂了？他感叹着对我说，那个阶段应该还是一颗赤子之心啊！

赤子之心？我笑道，幼儿园还差不多。

## 口　哨

他会吹口哨，吹得非常好，尤其是吹《啊！朋友》时。

他的口哨让我想起读小学的某堂课上，我把嘴巴撅着，撅着，一不留神，飕地一声，竟让哨音溜了出来。

老师指了指教室门口，我乖乖地走了出去，走出校门，来到街上。

那真是美妙的一天！

我闲逛着，打发时间。脚下，黄叶，沙沙作响。头上，蓝天，白云袅袅。现在回想，仍想了又想。

于是，我打断了他的口哨，对他说起我的口哨。

## 远去的童年

他告诉我他想起了他小时候把捡来的避孕套当作气球吹的事。他说不晓得怎么回事，当他正在炫耀着时，却被大人一声吼，把那气球抢走了，还被骂着去洗手，去漱口。啊，他感叹，那时我曾收集了多少我不懂的东西。

我说我也是一样，可能比他还要多。

他又说起小时候因为说谎总挨打。

我说那是你不想平庸。

他说是，说老实话没意思，一点味道都没有。谎言就是他的想象，是他所希望的，不像事实那样。他想自己不同寻常，不料却是一败涂地，想象总被现实粉碎。

我笑他不实事求是。

他还说起他的爷爷。说他曾经回去看他。最后那一次，爷爷对他说：上次你回来看我时，已是十年前的事了。再过十年，你想见我，恐怕你也见不到了。然后，他就上了火车。人人都在挥手告别。但是，火车只管往前，因为它别无选择，它不爱看人们道别。

我静静地听他说着，看到了他的回乡之路。那路回去很长很长，那路离开也是很长。

# 常有理

小时候，他住过幼儿园，我也住过幼儿园。最记得是生病时，幼儿园有面条吃。或者你想吃面条，那你就得装生病。那时，面条很金贵。再就是周末接回家，周一又要送回去。每次，再去幼儿园，我都抠住门框边，号叫着，不松手。父母一边哄着我，一边试着想扳开我那抠住门框的手，我就号得更厉害。要不，就钻到床底下，怎么唤都不出来。

他说他可不是这样，他不愿意待在家里，他乐意去幼儿园，幼儿园里多好玩。

这就是人的差别了。人的差别是巨大的。

多巨大？

有人说简直是人与猿的差别一样。

那——我们两个谁是猿呢？

从身胚和模样看，老实讲，公平说，没有贬低你的意思，我觉得你更像些。

好吧，就照你说的。没想到他很大度，竟然一点不计较。

一个人，一只猿，之间有何公平可言？

只是一个比方嘛。只是想要说明一下人之间的差别呀！人之间即使有差别，也是平等的，也应平等相待的。

差别这么大，还能平等相待吗？

平等相待并非说人之间就没有差别。平等相待是一种教养，是即使知道人的差别，也对差别视而不见。这也就是所谓礼数，也就是平等待人了。

无论怎么说，都是你有理，你应改名：常有理。

# 午　睡

说起上学时的午睡，我们两个都有同感。

他怕，我也怕，趴在那张课桌上。

怕什么？睡不着！怎么睡都睡不着，想睡着也睡不着。

还有老师，不声不响，坐在那个教室门口，看着有谁还没睡着，可我偏偏就睡不着。

睡神，教室里面游荡，硬不停在我的身上。

我想去游泳！能去游泳该多好呀！可我没有那个胆量！

我将额头伏在臂上，眼睛看着课桌下面。于是，地面波动起来，成了一个起伏的水塘。水面上有好多泡沫，一个破了，又是一个。泡沫上有水鸟滑过，伸出爪子，撕破水面，鸟嘴张着，叫着饥饿。它们似要攻击我，似要啄破我的皮肤。它们叫着，嘲笑我，骂我是个胆小鬼。我的前面还有蛇，一条又瘦又长的黑蛇，它的身子左扭右摆，搅起一圈圈的波纹。它那平而尖细的脑袋翘着露在水的上面，回过头来紧盯着我。


# 童年和此刻

我和他在街头溜达，来到广场的喷泉旁边。水池边上，好多孩子正在玩着小船。水池中央，水柱落下，形成一道道的圆环。圆环一波又一波地把小船又推回池边。见此情景，我不由得又想起了儿时的情景。时间像是停顿下来。

他也随之感叹道：孩童时代的任何地方都是好玩的乐园呀！可是，人一长大了，就要自己打造了，虽然想要打造快乐，却不一定好玩了。

我问，为何这样说？

他说他又想起了前几日的同学聚会。

同学聚会，没有其他，就是四个字：想起童年。而童年，他觉得，其实就是一个谜。

一个什么谜？我又继续问。

想起它时，它在眼前，时间变了，它也不变。然而，某日，你会发现，突然之间，它就走了，成了一片墨黑的虚空，就像你的某个器官活生生地被摘除了。

你又多愁善感了。我打断了他的话。

他说是是是，他不该这样，他又滔滔地说了起来，说起他的永远的童年。

他这个人就是这样，总是有点摇摆不定，观点也是随时变化，比如此刻，他就说，而且几乎说服我：一个人活在这个世上本来就是件简单的事情，如果你抓住此时此刻，幸福就会像草一样滋滋滋地生长出来。


## 小蜜蜂

听着儿歌《小蜜蜂》，他说他小时候曾被一只蜜蜂追过。后来，他跳进一条河里，在水下憋了好一阵，结果还是被蜇了，那蜜蜂竟哼着在水面上候着他。所以，他说这儿歌唱得根本就不对。什么"小蜜蜂，嗡嗡嗡，大家一起来做工，来匆匆，去匆匆，别做懒惰虫"，它们并没有那么忙。它们有的是时间。它们能等候。那些关于蜜蜂勤劳，如何忙忙碌碌的说法，都是错的，是个谬论。

我说之所以会这样，是他妨碍了人家做工。

他说那次只是路过。难道路过都不行吗？

当然不行。你从蜂的地盘路过，就得遵守蜂的规矩。如果你是蹦蹦跳跳，手之舞之，吓坏了它，它以为你是入侵者，不拼死搏斗那才怪。你要知道，它蜇了你，它的性命也没了。你虽无意杀死它，它却因为你而死！

我被它蜇了一个包，痛了整整一星期！

你够走运了，只有一只蜂，若是一群蜂，你就完蛋了！

那就没有今天了。他笑着摊开手。

那倒不见得。其实，只要尊重它们，也就能够和谐相处。看过"蜂人"吗？

显然没看过，只能摇摇头。

那可真的是奇观。养蜂人的浑身上下密密麻麻爬满蜜蜂，像是穿了一件蜂衣。蜜蜂们都簇拥着他，信赖他，喜欢他，他也慈爱地看着它们，任它们在自己身上，还有脸上和头上，爬上爬下，嗡嗡嗡嗡。

为什么会这样呢？他是怎么做到的？

他把那窝蜂的蜂王放在了他的胸口上。

是母亲的召唤啊！


## 胆大胆小

说起母亲，想起妈妈有次下班回家的时候，带给他一根棒棒糖，还有一把小雨伞。于是，在一个有风的日子，他就打开伞，从高墙上跳下去，他相信自己能飞起来，结果掉在水泥路上，把脚踝都摔伤了。我曾经也这样想过，幸亏我胆小，没有去体验。

你还胆小啊？那个时候谁不知道你打起架来不要命啊！

我不要命吗？应该不是吧？我可是把我的命看得非常要紧的。我是生怕自己死的。但为什么别的人都那样地看我呢？

回想小时候，打架的时候，我一进入那种场合，全身就充满了恐惧感。总是觉得对方会一下要了我的命。于是，我就拼死一搏，就像蜇他的那只蜜蜂，好似要将我的性命置之度外而后生。果然，我的这种疯狂总是压倒了别人。一般来说，我都是——每打必胜，不胜不行，不胜我就决不收兵。

那你到底是胆子大还是胆子小呢？

说我胆子大，是我认定了一件事，就会不顾一切地去做。说我胆子小，是我天生敏感多疑，觉得世界上，时时有危险，处处是陷阱，我必须谨慎。现在，我老了，胆子更小了。


## 各人的眼睛

他不同意我的结论。他说他记得非常清楚，每个学期结束的时候，老师给我的评语中都会写上这么一句：敢于与坏人坏事作斗争！

我说是，是这样。

他说，不过，我认为，你自己也明白，你斗争的多数时候，只是为了你自己。

那当然，我承认，不过，你也要看到，当我为我自己斗时，仅仅只是为个人吗？不，我同时也为了许多和我一样的人。

也许吧。你的正义感很强，个性也激烈，你的眼睛太容易看到坏人坏事了。我与你不同，我小时候平和安静，好像没有看到过什么坏人坏事啊。

怎么会没有？有人在班上称王称霸，欺负人，我就不服！

哦，我若遇到那样的人，不跟他玩就是了，好像也没人找事欺负我。

难怪老师给你的评语总是五个字：不关心集体！

是呀，每个学期都这样讲，但我不知道怎样去关心，我看不出什么事需要我去关心。一切都很正常啊。

人跟人不同，人眼中的这个世界自然也就大不相同，人看世界的方式方法，性格起了很大的作用。

## 大樟树

我们相约去湖边，又路过了那棵树，那棵大樟树。

那是我的树！我转头对他说，小时候我常在树下玩。现在它已老朽了。部分的树干也枯空了，被人用水泥填了起来。枝干也被柱子撑着，要不就会垮下来。看来它真的快死了！

你也太多愁善感了。他打断了我的话。所有的东西到最后都是会死的。它还算是运气好的，没有被人弄走砍掉，还一直活在它的原地。

它是树中之豪杰啊！你想想，它这一生几百年，见过多少风雨呀，庇护了多少生灵呀，它是有功的。当然，它就再伟大，再豪杰，也是要死的，就像人一样。一个人即使再伟大也是要死的，我们这些普通人那就更不用说了。

怎么又扯到人身上了？

树犹如此，人何以堪。这几年真的是经历了太多人的死亡了，看着他们的肉身消失，他们生前用过的物品也被毁掉和丢弃，他们的音容笑貌也在渐渐变得模糊。虽然他们留下的相册，有时还在被翻阅，但是随着他们的同一代人的逝去，他们终将被遗忘。

有点兔死狐悲呀！

你不也是吗？

是啊，是啊，我也是，谁的最终都这样。不过，你也可以想想，也许过了好多年，或许过了好多代，你的基因又会在某个子孙身上显现，那个世上又会出现一个酷似你的人，又是一个新的人生。

那与我有什么关系？你信生死轮回吗？

那你还想怎么样？人都只有一辈子。这辈子足够你活的了。

# 打水漂

站在湖边，他问我，还打水漂吗？

他弯腰捡起了一块不大不小的石子，在手指间转了转。然后，又弯腰，稍稍瞄了瞄，扬起手臂甩出去。石子碰到水面后，受惊似的弹起来，一连跳了好多次。石子在沉下去前，在水面上舞蹈着。

我没动声色，也弯下了腰，选了一块扁平的，放矮身子，甩出去，然后在心里默默地数着，一、二、三、四、五！呵呵，比他多一个，嘴上却说着：不行了，不行了，真老了。

老夫聊发少年狂呀！想不到你身手还是这样的有感觉！

我的心里想：这算什么呀！小时候什么不会玩呀，拍洋菩萨，抽陀螺，打弹弹。打出的弹子那个准，真的可说稳准狠。至今我都听得到那些被我打中的弹子所碰出的清脆声。那时，一群小伙伴，只要有人叫，就溜出去了。玩起来也真是疯啊，简直就是废寝忘食，不知被妈妈骂了多少次。

小时候的最大幸福，不是别的，就是玩！

是呀，我们这代人，童年以后就没有半点时间再玩了。哪里能像现在的人，三十好几了，还在玩电游，而且那趋势，会要一直玩到老。

电游这东西大概更加吸引人吧？

那当然，还用说！不然，哪里还会有这么庞大的游戏产业？现在的玩家很多是以此为终身职业的。这是个好玩又有钱还能出名的好职业。他们都被称为"家"了，游戏家！知道吗？国际游戏的大会上，他们也大出风头的！

唉，听你说，我感觉，我们这辈子，真的没玩够！

你还可以继续玩嘛。你难道就没看到好多好多的银发一族都在抓紧时间玩？玩是人的天性呀！

# 自然人

还想起钓鱼。说起挖蚯蚓，把蚯蚓穿到钓钩上。那时，从来就没想过蚯蚓也是活着的，也是活泼泼的生命，它是否也会痛。

这说明你真老了。

而且还弱了。人只有在老弱时才会想到细小的生命也同样的是生命吧。

我可没有你这么老人般的多愁善感。他说他的小时候有段时间在乡下，成日里在树林中跑过来又跑过去。那些小动物，那些小昆虫，就是他的好伙伴。它们的生，它们的死，他是见得太多了。

一条青绿的大肉虫，叭的一声，掉在地下，很快就被无数的蚂蚁包围、撕咬和缠住，无论它是如何蠕动，如何拼着命地翻滚，最终还是被蚁群浩浩荡荡地抬往蚁穴，成了它们的美餐。

一只鹰在天空盘旋，禾场上的鸡呀鸭呀顿时吓得四处逃窜，人们使劲地喊呀跳呀，使劲地哐哐敲着面盆，那老鹰却视若无睹，一个俯冲，闪电般的，眨眼就叼走了一只鸡。那只鸡的好朋友，另外一只芦花鸡，从此也就吓破了胆，病殃殃的，长不大了。

还有猫，母猫下完崽，口渴难耐时，竟吃刚刚生下的儿女。他眼睁睁地看着它吃，想要去抢救，那只平时温顺的母猫却发出了呜呜声，眼里射出两道凶光。

动物界的那些事情，不是我们人能管的。但是，我们也知道，动物是人可利用的。

我们在山沟的小溪里，翻开石头捉小虾，捉小蟹，拿回家，先是放在盆里玩，玩够了就烤着吃。虾蟹烤红了，又香又新鲜，对于那时肚子里没有什么油水的孩子，真的实在是太必要了。

那时，我们也养蚯蚓。埋一堆剩菜叶在屋外的垃圾里，天天浇些米潲水，不久就会生养出好多好多的大蚯蚓，用来喂鸡鸭，鸡鸭特肯长。

鸡鸭长大了，自然杀了吃。那时的伢子十多岁，不管男孩子，还是女孩子，就会杀鸡了。杀鸡就是家常便饭，你不学几手，以后怎么能持家？

你是不是觉得我们天生就很残忍啊？

没有，没有，怎么会？那时的你是自然人。

那么，现在的我和你又是什么人？我们与自然已经隔离了？

我不知道如何说好。现在已经有人在说：人类正在大步跨入机器人的新时代。

# 体内有个陌生人

## 苦中之乐

说到过去，他这样说：凡是过去的都令人怀想，即使是灾难也令人怀想。

那美好呢？我故意问，那就更令人怀想了。

不想他却这样说：美好的大都极短暂，美好的人事难久存。

每逢处于这样的时刻，面对莫名消沉的他，我可不想和他抬杠。

于是，我说：是啊，是啊，人生总有一些事情是我们左右不了的。随着时间的不断流逝，很多事情都变成了一种难以诉说的怀念。

进而，我还开导他：美好也罢，磨难也罢，恰恰是这些构成了人生，都是值得回味的。人生如果只有美好，也会令人腻味的。你看那些发达的国家，很多年轻人都已腻味得啥也不想干，有的甚至想自杀。现在是暑假，好多的地方，都在办"吃苦夏令营"，据说参加的青少年多得可说是踊跃。他们都在自找苦吃，都想通过苦难追求他们心中认定的价值，体会那些苦中之乐。

苦难也是难得的，不是吗？比如某人的思念之苦……说到这里，他笑了，我也就不必再说了。

## 无法逃离

说到过去，他还说：无论过去多少年，你都无法逃离过去。

为什么？

你是人。

人？

嗯，就是因为你是人。

什么意思？听不懂。

人有情感呀。

那当然。

情感就是人本身呀。

若真是这样，那就永远没个完了！

没个完？

不是吗？你不是这个意思吗？

我可没有这样说。

你说情感就是人，那么只要人活着，情感就不会结束了。

是这样。

只要你活着，就被情牵着。剪不断，理还乱。

是这样。

过去永远都在那里？

是这样。

而且还会连着未来？

是这样。


## 认识历史

他问，什么叫历史？

我说：就是在我出生之前所发生的所有事情。

比如？

比如日本侵略中国，比如日本轰炸珍珠港，比如原子弹轰炸广
岛，比如象形文字的产生，比如父母相亲相爱，所有这些，对我来

说，都是需要研究的历史。

他说：你思维有点混乱。

我可没有觉得混乱。我又不是教科书。我只能够根据我从小听说的、看过的、读过的，组成我的历史概念。那些古老的历史记载，有文字，有图画，有文学作品，近代以来则更是有了照片和影像。我喜欢看这些，每次看都好像我也参与其中了。我看这些最关心的，还是那些单个的人，关心他们在其中的，升降、沉浮、生死、命运。

看到父母的结婚照片，我的感觉就是土，从服饰到表情都只能够说是"二"。这就是所谓原生态吧！不像现在人拍的婚纱照一切都是精心制作。我还想象他们的房子，应该也是极其简陋。他们天天做的工作，现在人，若去做，肯定也觉得是很乏味的。但他们自己肯定不是这样看的吧？任何一代人，不管什么人，都有自己的喜怒哀乐。他们的那些喜怒哀乐不就是他们的历史吗？

至于过去的那些历史，他们怎么看，再往上几辈人怎么看，后人又会怎么看，我们又怎么能知道呢？我也只能用我的方式去认识和理解了。


## 骄　傲

我想赶走自己的骄傲，但赶不走，没办法，看来我是改不了了。他很烦恼地对我说。

我说不要急。我说没关系。我说无论什么人都有无限的可能性。尽管有时候这些可能性并不那么尽如人意，但是随着风向的变化，彼时的残缺也可能就是此时的完美了。过去认为不好的东西，随着时光的不断推移，不是转眼之间就变成了时尚吗？

他打断了我的话，问我到底想说什么。

我说岁月会改变一切。他说这个谁都知道，结果被我说成这样。

那么，我该如何说？或者说，我到底想说什么呢？骄傲，霸气，特立独行，甚至孤傲不群这些词，如今都成了时尚了。不过，就是时尚的东西，也是有很多层次的。

骄傲的人要小心，要常想想身边的人是否能够受得了，如果他们受不了了，那你也就真正地彻头彻尾孤独了。

我也是这样，也和他一样，也是个非常骄傲的人，而且想要改也很难改了，这是个与生俱来的问题。


## 有点带不过

有时总有个古怪的念头，真的希望我和某人能够互相不认识，希望我们仅仅是黑夜里的陌生人。

他木然地望着我，不知我想说什么。

要是不相识，那该多么好！我又强调道。

没有过去！没有伤害！没有悔恨！我进一步地强调道。

你这不是说我吧？他开始笑问，有点反应了。

怎么会是你？我们互相伤害过吗？

就是，谅你也不会后悔认识我。但你怎么会后悔认识那个人呢？你生命中遇到的无论什么人，都是注定要与你发生某种关系的人。过去的人事有好的，也有不堪回首的，但是只要过去了，就成了你的记忆了，你也可以从其中瞥见当时的你自己，有了这些才构成了丰富多彩的人生啊！有成功有失败，有幸福有痛苦，当然还有很多麻烦，但是唯独没有后悔。耐烦点吧，对人生，这也是你常说的。

他说的，是对的，我知道，只是有些人和事，总是不时在心里，浮上来又沉下去，让你有点带不过。

## 心里的宝藏

他劝我：一个人应该向前走，应该向前看，告诉自己过去了的就像一个逝去的人，你不能为了他而哀叹得没完没了，即使你是偶尔哀叹，即使你是暗自哀叹。

我说：有些事，你忘得了。有些事，你忘不了。

他摇头，不同意，并告诫：想忘就能忘得了。这种忘，不是将它置之脑后，而是藏在你的心里，藏在心的一个角落。这是你的宝贵私产，是过去专门留给你的。然后，你应关注别的，应该转移注意力。这样你就有可能重新开始新的生活，情感也能再度鲜活，慢慢也就不再哀叹。这时，偶尔，某个时刻，你会打开你的宝藏，重新检视，与他对话，和他分享你的感受。

你觉得他愿意分享？

不但愿意，而且乐意。

你凭什么这么肯定？

因为他是你的过去，因为他在你的心里，因为他是连着你的。

只要你活着，他就在和你，同呼吸，共命运。

你哀叹，他也哀叹。你快乐，他也快乐。你的生命更新了，他也同时更新了。

这些只是你的想象。

是啊，我是这样想象的或者这样感觉的。


## 体内有个陌生人

我从收发室取件回来，碰见他，自然顺口地告诉他：收发室有你的信！不想，他却回答不急，不必什么都立即知道。有些事，有时候，晚点知道还好些。

我笑：你别忘了啊！

他说：有时候，若是忘记了，倒也不是什么坏事。

我说是，比如我，要不是忘记了那过去的好多事，早就不在人世了。

他问：这话什么意思？

我说如果让过去来统治我们现在的话，那我们的这一生肯定就是白活了。

他愣愣地望着我，隔了好一会，才小心地试问道：突然之间，我觉得，你的身体内，好像有个陌生人！

是吗？你真这样感觉？

是呀，我真这样感觉：一个人是多么容易变成另一人啊！

不过，是否也有可能，不是我，而是你，体内有个陌生人？我把球又踢还他，但我心里也在想，也许我体内真有陌生人？

我能隐隐地感觉到它就存在于我体内，就像一个瘤。医生会活检，取一个试样，确定这个瘤的性质：恶性的、良性的，割掉还是不割掉。恶性瘤可会长满并吃光我的好身体呀！


## 中国戏剧

他说：中国的戏剧喜欢大团圆。

我同意。我说这就是中国文化，是我们的文化基因，大都以圆满为结局，基本上都是这个模式：先是担心，然后不安，然后恐惧，然后流泪，然后伤亡，最后一切都成为过去。过去发生的所有一切甚至叫人不敢相信，就像场噩梦。噩梦醒来是早晨，过去的一切不复存在，全部消失，荡然无存，仿佛没有发生过。

即使是悲剧，也是很圆满，冤有头债有主，最后总是正义得到伸张，恶人有恶报。比如陈世美，贪图富贵，羡慕荣华，抛妻弃子，最后逃不脱虎头铡，真是大快人心呀！又如窦娥冤，虽然死得极惨烈，结果却是感天动地，最后还有当官的父亲为其平反和雪恨，也算是个好结局了。

是啊，如果没有好结局，看戏的人如何安心？这戏又如何能唱上几百年？

中国的戏剧讲到底就是一个大圆圈，有头有尾，周而复始，像那阴阳合抱的知白守黑的太极图。


## 追究往事

关于往事，特别是不好的往事，他说还是忘了的好。

是啊，是啊，是啊，是啊，可是，谁又忘得了呢？除非你已老年痴呆。

往事已经发生，再用语言表述，又有什么意义呢？我觉得没有一点意义。

那倒不见得，只要说出来，语言也就有意义了。所以，人们才会说，前事不忘，后事之师。

往事都很狡猾的，总是慢慢往前移动，然后，突然扑上来。

我的感觉不是这样，感觉它更像影子。

是啊，真的就像你所说的，真的就像影子一样，你说还能怎么样呢？后悔改变不了什么，悲叹只能让一切又一次地袭上心头。

所以，人们总是说，过去的就让它过去吧，一切都应该向前看。

你知道是为什么吗？

为什么？

谁又愿意追究自己那些既往的东西呢？没有一个人是清白无辜的。

你这样说太绝对了！我只同意他前一句，不同意他后一句。

## 旧爱已老

他说最近又有个老同学约他见见面。

我问：是他呢还是她？

他说：当然是她啦。

我问：是什么情况呢？

他不愿意说，他说不知道，但有一点可以肯定，那就是：她老了，他也老了。

我说：你还是不去的好。时光过去了，一切都不是从前了，如果你不去，那她在你的心目中就还是从前那个样子。

他说这是自欺欺人。

我说有时需要这样。

他说之所以想见面就是想看看她现在是个什么样子。

我说她也是一样吧，想看看你现在的样子。

他说是的，笑了一笑，又继续说，无论丑还是美，无论好或不好，我们都曾以自己的方式年轻过漂亮过美好过。

我说是，我知道他想什么，我说那是自然的。我说：爱你记忆中的人，相对来说是容易的，难的是当他们出现在你身边时，或者站在你面前时，你仍能像从前一样，看他们，爱他们。


## 一点都没变

我很怀念我的青少年时期，他说，那时，我对一切都感兴趣。

一切对我来说，都像梦幻一般，紧密地交织在一起。

在那浓重的迷雾里，我看到了生活的变化以及四季风景的转换，所有的人都很有趣。

我就像是一只小狗，对一切都很着迷。

我总是活得很自我，同时也忘我。

我就像一个死里逃生者，不知道我应该先为什么而高兴，也不知道我应该先为什么而悲伤。

一切都同样地迫在眉睫，一切都好像跟自己有关。

那个时候真有劲呀，一天到晚都有劲，从头到脚都是劲。

你现在也是这样呀，你一点都没变，我这样地肯定他。


## 不要这样说

不是被弃就是放弃，构成了我们过去的日子。

我说他真太消极了。

他说，难道不是吗？难道我们不是经过不断地放弃与被弃才疲惫地抵达今日吗？

我不知应如何说好。

不是放弃理想，就是被理想放弃。不是放弃爱情，就是被爱情放弃。最后，直到放弃记忆，或者终被记忆放弃。如果到了那一天，也就抵达死亡了。

我说不要这样说。

他说，难道不是吗？记忆丢失了，如果还活着，就是行尸走肉了。我们之所以还是活人，是因为我们还有记忆。

我说即便就是如此，也请不要这样说。


## 最大的公平

知道什么是公平吗？

不知道他想说什么。

知道什么是最大的公平吗？

这个确实不知道。

死！人生自古谁无死？大官会死，大商人会死，大美人会死，大佛也会死，死就是这人世间最大最大的公平了。

他说得是那样痛快，说罢，吐了一口长气。

我死死地盯着他。他沐浴着午后的微风，看着窗台上的月季。

他说：难道不是吗？

我说当然是，但是我觉得，你真有点不可思议！

他说可能是有点。他注视着那盆月季，伸手轻轻扶着枝叶，好像在那枝头上正开着有一朵花，一朵看不见的花。

月季应该月月开的。它为什么还不开呢？他又反过头来问我。


## 怎么回事

有个年轻人突然走了，肺癌，平时身体那样健康，简直可以说是健壮，胳膊粗，腿也粗，胸肌背肌也发达。

还有那腹肌！

真的很漂亮！

可是，突然就死了，发病还不到半年。

于是，他这样总结道：平时有些小问题不见得是什么坏事，这就像一个人总是有点小病小痛不见得就活不久。

我说，这是什么话？

他说这是他的话：一个人的肉体健康并不等于他精神健康。而在当今的这个时代，相对于人的肉体而言，一个人精神若不强健，也是很难活得好的。

如果照你的这个标准，我用指头打断他，我看这个世界上，包括你，恐怕难得有几个人可以说是活得好了。

那也是。他承认。

谁知他是怎么回事？我是说那个年轻人，问题出在哪里呢？

## 不想死

你能想象你死后，世界会是什么样吗？

不能。

想一想。

还是一个样。

再想想。

变成了没有我的世界。

这就对了，我的朋友，那是个没有你的世界。

废话。

能说废话并不容易。如果能把废话说好那就更是难上加难了，废话也就有力量了。再说，世上有废话吗？

你说，世上有谎话吗？我故意地诘问他。

有人不是说，谎话重复一千遍就变成了真理吗？

他的反应很迅速，还想继续这个话题。可是，我已不想了。我还不想死，不想离开这个世界。

## 向死而活

老了，病了，就是等死。我的父亲这样说。

长寿只是一种希望，一种不可能的希望。他试图着安慰我。

健康也只是一种理想，一种不切实际的理想。我琢磨着回应他。

永远都在变化之中。有什么活动了，有什么损坏了，有什么没用了，这就是身体的必然历史，也是生命的家庭作业，或者说是消亡传记。

身体从发病之日，就开始错乱了。

是啊，健康不存在，人类只能带病活着，依靠时间，带病活着。

人和动物的最大区别就是知道自己会死。（你凭什么这样说呢？）一条狗不知道，不管它活得多么好，最终它都会要死。一只猫也想不到，想象不出它会死。（你是怎么知道的？）相反，人就想得到，一边想着死，一边还活着，经受着煎熬。更有甚者，有的人，活了一辈子，仍在千方百计地逃避他已经知道的不可逃避的这一死，仍在竭力不想死。有的人只有忘掉死才有勇气活下去。

可是，谁会忘记呢？谁又能够忘记呢？


## 死在梦里

就那样，她死了，在梦里，在我摇晃的梦里。

他深深地吸了一口，把烟喷到晨风里，随它们向窗外飘去。

我很喜欢听他说梦，奇异、曲折、气味、颜色，都浓缩在他这根充满滋味的香烟里，缭绕在他的肺叶中，让人觉得很神秘。

我请求他：说说吧。

他的话语很低很轻，略略带有一丝悲伤，有我不可揣测的东西。

似乎是，我与她，在山上。她说这是她的山。她就在这山中长大。她说这是她的小路。她最爱走这条路。小路虽然弯弯曲曲却能伸向任何地方。突然，她的脚下一滑，朝路边的悬崖溜去。我拖住了她的手。她的身子往下滑。我扑倒在小路上。我紧抓住她的手，那手还是往下滑，一点一点滑下去。我想要抓住，却无法抓住，终于滑脱了。我慢慢地张开手，发现那只手，竟是她的手！

她人呢？

不见了。

你手呢?

不见了。

他说平时他做梦，每到可怕时，总有个声音，会要提醒他：这是在做梦！这是在做梦！但这一次却没有，不知道是什么原因。

做梦还要原因吗?

什么都有原因的。

他的眼神看上去似乎仍然在梦里。

# 希望死在自己的床上

## 死 字

死死死，你呀你，总是把死挂在嘴上，死是不能随便说的。他认真地对我说。

我说，为什么？谁都会死的。死有什么稀奇的。说一说，又何妨？

他说他曾有一朋友，知道自己要死了，但他不愿说。

每次，他去医院看他，聊得都是非常愉快。

他们谈这，他们谈那，就是不提死这个字。

甚至在那最后一天，他也一直等到最后才说出了再见俩字。

他正要离开，正在打开门，要走到门外，他叫他回来。

又一次，他回来，站在他床边。

他握住了他的手，用尽力气捏了捏，随后，一个漫长的时刻。

最后，他也弯下腰来，拍了一拍他的肩膀，就像先前他健康时他们在一起时的那样，还是没说死这个字。

## 希 望

又一个朋友心梗猝死。他很难过，我也是。

活在这个世界上，每天都有人在死去，这是非常自然的事情。

但是，若是轮到自己，或你认识的什么人，情况好像就不同了，就有点不可接受了。

他说：这些死去的人，很少是自然老死的。

我同意并补充：大多是意外或病死。

不论人还是动物，一旦衰老了，身体的抵抗力也就降低了，病自然就跟着来了。

高龄死去就算得你是自然地老死了。

但愿你我也都能自自然然地老死。

我希望死在自己的床上。

这恐怕就难说了。他拍了拍我的肩，表示他对我的理解。


## 临死的表现

你知道吗？大象在死前都要回到它的出生地。

你呢？当你流浪到远方，当你在远方老去时，你会像大象那样想着要落叶归根吗？

他说不知道。他说他不想在黄昏离去，只想在东方刚刚露出灿烂的朝霞那刻离去，因为他是伴着太阳露出地面出生的。那个时刻，太阳升天，他却降落到了大地。

我说他真会表现自己，死到临头，还要表现。

他说一表现，他就很快乐。他说做人要快乐，不但要长寿，而且要快乐。长寿不快乐，没用。快乐不长寿，不好。

我说他就是想得好，不但想得好，而且说得好。

他说想得好才能做得好。

我说，你就没坏过吗？没做过什么坏事吗？我问他是否能说说他做过的最坏的事。

他说你真会转移话题。他说坏也只是想法而非他真做了。

那就说你那最坏的想法。

他说他不敢，他没胆量说，好在坏也只在心里，只在心里想想而已。

## 请留神

他说：出生是你走进时间，死亡是你走出时间。

我说：这话说得当然不错。但我知道最重要的恰恰是在这两者之间。这之间充满了生命的悲伤和欢乐。

他说：很多很多的时候，我都觉得我自己就是一幽灵。

我说：我只是比幽灵多了一口气。

他说：每天，我走在人行道上，都经过那些行道树。有的时候，我看见它们。有的时候，我看不见，好像它们不存在。

我说：你不说我不觉得，你一说，我一想，事情真还是这样。

他说：我很想成名，哪怕就是臭名昭著。可是，就是这一点，我也没实现。

我说：还是放弃的好。既然不能遗臭万年，那就争取流芳百世。虽然，这要抵制诱惑，但也不是不可一试。

他说：每当人们说领导时，总喜欢作出这样的结论——他很有魄力！讲句良心话，我真的不知道或者说我不敢肯定魄力这个词用在那时候究竟是形容人的胆量还是表现人的愚蠢。

当然是表现人的愚蠢。我直率地告诉他。

他说：不知生焉知死。为什么这样说？为什么说向死而生？是因为不懂得死的人就不会很好地珍惜生命吗？就不知道爱，就不会全身心去爱吗？

我说：也许就是这样吧。生命对于每个人都只有一次，所以，在人生的道路上，我们应该特别留神。

## 死者像鲜花

我们从哪里认识死亡？他问。

应该是从葬礼上吧？我说。

很多年前，我也问过自己，却无法回答这个问题。现在，我仍无法回答。对于那些隆重的葬礼，尤其是特别隆重的，我甚至都觉得那葬礼并不是为了吸取死亡的教训，或是对死者沉重地表示活着的人们的最后敬意，而是为了观看的乐趣以及仪式的情趣而办。特别是现在更是为了钱。如果你不送钱的话，你也就没脸面去参加什么葬礼了。

我说对于现在的葬礼，我也一直有点纳闷，人们悼念死者的时候为何一定要用鲜花？以前好像只用纸花。

他说，这都不明白吗？我们给歌者献上鲜花是我们说歌者像鲜花，我们给舞者献上鲜花是我们说舞者像鲜花，我们给勇者献上鲜花是我们说勇者像鲜花，我们给死者献上鲜花是我们说死者像鲜花。鲜花开了，自然会落，再好的鲜花也会落。


## 想到死

他的耳朵灵得很，他又说起了他的父亲，但是如果话不投机，他就装作没有听见。人不活到那个年龄，没有活到这个档次，还真不会这样做。

我说我父亲就不是这样。我的住在医院的父亲日日夜夜不得安宁，时时刻刻都很恐惧，说他现在已经是一天不如一天了，已经离死不远了。

他说，是啊，年轻人，或者没老没病的人，之所以能平静，能安宁，是因为他们不知道他们自己也会死呀！

他们当然知道的，只是他们不会像我的父亲那么样每天都能感觉到自己一天不如一天，每刻都在走近死亡。

他们的年龄和身体不会让他们想到死。

人只要不想到死，就能活得轻松了，也就什么都不怕了，也不用担心什么了，就可以平常地看待眼前的一切了。


## 盖棺论定

知道盖棺论定吗？

这还不知道？人死了的那个时候。我回答。

错！他喝道，不是死，是遗忘。

是遗忘？

对！是遗忘。遗忘才是盖棺论定。

我不明白他的意思。

遗忘既是对你的肯定同时也是对你的否定，无论肯定还是否定，它都是那最后的论定。

他这样说就更加弄得我不明白了。我说他说得太过玄虚。

玄虚吗？一个人的存在与否不是存在于他人的或者后人的记忆中吗？

那当然。

人物、事物和感情，如果后人还记得，那就表明人还活着，活着如何盖棺论定？

说得也对。无话可说。

万物只有被遗忘了，才算得是死亡了，灭亡了，消亡了，才可盖棺论定的。

他的说法让我难过，为我那位朋友难过。在时间的河流之中，他的身影时沉时起，已渐模糊和遥远，虽然他还活在人间。

他的结论让我伤心，因为我一向以为，就算我和她不在了，我和她所拥有的爱情还有可能抗拒时光日日夜夜的不停流逝，后人也许还会记得我们存在的某个瞬间。

现在还有谁会记得他的祖宗十八代呢？他还在那里继续发挥。

那确实。我承认。

三代，都不晓得了。他马上又补了一句。

这下，我可不退让了，我说他历史虚无主义。


## 精神与物质

你幸福吗？他也学着"央视"问我。

于是，我反问：你问哪一方面呢？

随便哪一方面都行。

那就——还是过得去吧——因为——现在——我还活着。

活着就是幸福吗？

难道还是死了吗？

有时——也许——还真是！那要看是什么情形。

你说什么情形呢？

如果能够安息在自己创造的精神里就是最大的幸福吧。

精神终归只是精神，它所做的只能是安息你的那点精神。

那么——物质呢？我所拥有的物质呢？

物质只能安息于物质。

你凭什么这样说？

凭肉体和灵魂。凭我们看见肉体腐烂，凭我们觉得灵魂飞升。

那——我不是分裂了吗？

你本就是分裂的。

# 放　弃

他到医院来看我久病在床的父母，他没有将想说的话完全彻底地说完，但我已经知道他没说完的是什么了，他也已经知道我在心里面替他说完了：按照人生的自然规律，不管谁的父亲母亲都不会永远在世的。我们自己也一样。

我们都在竭力回避我们都没说的那天，但是，那一天，终究要来的。而且，到了某个时候，都会盼望那天到来。

那是什么时候呢？那是生不如死的时候。

医院里集中了不少这样濒死的人类，医生们用种种方法努力地与死亡抗争，老人们也用最后的力量求生求生再求生，最后还是抢救无效。

我曾见过好几个最后抢救无效的老人，死后都是面目狰狞。相比之下，那一些正常死亡的老人，则大都是面容祥和，有的甚至像在微笑。

我问自己，到那一天，能不能平静放弃呢？有些时候，能够放弃，也是需要勇气的。有些时候，选择放弃，更是一种好的选择。


# 警　告

这几天，他背痛，心脏放射痛。他有高血压心脏病。我劝他多休息。

他感叹：这一辈子没有人把我当作病人看。

我说很自然，因为你健康，至少看上去很健康。一般情况下，这个"看上去"可是决定一切的。

他说：真的吗？

我说：当然呀！你不记得我去年跟你说的那个人了？也是肩背

痛。两三天后早晨起来就猝死在家里了，救心丹含在嘴巴里还没吞下去，救护车也还在路上，就这么快，刚刚五十岁。

五十岁！

是呀，刚刚五十呀！他那两三天还在外面走，实际上已应是慢性心梗发作了，心梗一到大面积，那就没救了。你一定去医院看看。

无论什么事，到了你口里，就变得这样吓人了。他一脸的不以为然，我一直在吃降压药！

光吃降压药也不抵事的，那个死了的，血压并不高！我再一次警告他。


## 掌握寿命

有时候我觉得很多人很可怜。他们很不幸，活一世都不明白自己究竟在做什么，是在创造呢还是在毁灭。

你不也是这样吗？我接上了他的话，还有我，也一样。

是啊，创造不容易，毁灭可太容易了。我们真得搞明白，剩下的日子怎么活？

怎么活？

首先，你得搞明白你应当为自己活。到了我们这个年龄，不必再为谋生操心，做人的义务也大多完成了，成人以来头一次可以把自己放在第一位，这样的好日子在以前那是想都不敢想的，难道不应好好珍惜，一天掰做两天过？活得好，还要活得久，越老越值钱，好多人积累了一辈子的好财富，物质的和精神的，却没来得及享受，没有活出相应的水平，也没创造出自己的成果，就突然间撒手而去，那真的是太可惜了！

那有什么办法呢？阎王要人三更死，谁敢留人到五更？你还能控制自己的寿命？

事在人为嘛。虽说不能控制寿命，争取一定的主动权应该还是可以的。你不是爱创造吗？努力创造奇迹吧。

我哪里有那个能耐？争取不自毁，就算不错了。

呵，你这可是最低标准，活到平均寿命线吧。

平均寿命线？那是多少呢？

各地有差异，一般七十多。


## 谎言与时间

说到信任，他说：为了避免他人的不愉快，我会说谎的。这很容易做。我宁可让别人不信任我，也不想让他们恨我。

我说：那以后，我不能轻易地相信你了。

他说：对，你不能随便相信什么人，包括我。

不过，他又说，某些事你还是可以相信我。

什么事？

比如约好了在哪里见面。比如我不会杀人。还有，如果我知道某件事对你至关重要的话，我会为你去冒生命危险的。

我笑：你把话说得这样满，那就更不可信任了。

他说：信不信任，要看结果。结果出来了，你也就知道这个人可不可信任了。

我的心里一直认为真话谎言很难区分。而且假以时日，很多谎言还真的会随着时间变成现实。时间才能证明一切。


## 魔　盒

也许告别就是对不能伸手的，伸手即会消失的存在，伸出你的手。当然，这也是意味着，你对某种你心里的未能表达感情的存在，或未充分表达的存在，还存在着恋恋不舍。

听着他的话，我问什么事又如此地触动他了。

他不答，继续说：如果能像歌里唱的，能把过去的那些时间，装在盒子里，需要的时候就可拿出来，那该多么好。

我说当然好，但那是魔盒，弄不好还是潘多拉的。

潘多拉的也好呀！他将目光转向窗外。一缕阳光照了进来，长长地投射在他的那张办公桌上，不像是阳光，倒像是斑痕。

阳光也会留下斑痕。

看着他那悲伤的样子，我不由得得出这样的结论：相信不幸比相信幸福也许真要容易许多。


## 冬春之交

转眼又到年底了。他说他觉得这一年似乎比前一年短了些。他问我的感觉如何。

我说人是不同的，时间感也会不同。有时候你觉得时间过得快，有时候你觉得时间过得慢。小时候你觉得时间过得慢，而随着年龄的越来越大，时间也像加速了，一年一眨眼也就过去了。但，在时间的河流之中，如果你能定睛凝视，你也可能会看见一个个的时间段，并在那些时间段中看见你是个什么样子。

他说是呀，很奇妙，可是，他又总是觉得即将过去的每一个冬天都好像是同一个冬天，即将来临的每一个春天也好像是同一个春天。

他说他就喜欢这种冬春之交的时刻，疲惫的冬天终于过去了，春暖花开的日子就要到来了，万物开始萌生希望，准备生长，疯狂生长，打算绽放，尽情绽放。

冬春之交的这个时刻是值得人纪念的，每一天都不同，都是新鲜的。他进一步地强调着，脸上洋溢出春天的喜悦。

# 他的情感有如别墅

## 我是谁

万籁俱寂，窗外黑漆漆的，已过子夜，我们在加班。

时间呀！他感叹。

我说：时间在做它能做的事。

他说：是啊，它在消逝。

它不消逝做什么呢？待着不动吗？待着发傻吗？

你说它是从哪里来的？

你说呢？你说它要到哪里去呢？

谁都不知道，可是还要问，这就如我们平时所问：你是谁？你从哪里来？要到哪里去？

他说这句话，虽已问烂了，但他还是很喜欢。

我说经过多年的询问，我已不再想知道我自己是谁了。即使我知道我自己是谁，我也认不出自己是谁了。

## 梦中人

做事做累了，自然想到睡。

我说我不想加班了，我想回家睡觉了。此时此刻，那张床，就是我最幸福的地方！

他说他也是，也不想加班了，也想回家去，趴到那床上，好好睡一觉，浸入那梦乡。可是，可能吗？

他说人能感觉到自己的存在，但不能感觉到自己的不存在，任何器官都不能。

他说他妈妈至今也不知她已不在人世了。她是在梦中过世的，就像睡着了一样，再也不会醒过来了。现在她还睡着呢！我也不知道，我也不明白，我将在何时就不存在了。我们没有消失的自由。

我说你放心，我说我知道，你一定也像你妈妈，在你梦中的故乡过世，幸福、安宁，不再醒来。这是她给你的基因。你本就是梦中人，你一直是梦中人。

他说他真是如我所说的。他说儿时上床的时候，妈妈都要他把鞋子放好。这样，放好了的鞋子，到了半夜就会跑到王母娘娘的宫殿里，为他带回一个美梦，并把那个梦塞到他的枕头下。


## 最佳工作时间

筋疲力尽，站起身，事情终于做完了。

挪开椅子，走到窗前，太阳正在冉冉升起。

高楼大厦、街巷里弄，还有远处的高速公路，竟然都像一些活物，仿佛都在伸着懒腰，我的心里不由一动，似乎突然有所感悟：我们一直本末倒置！

他说：你说得太夸张了。其实最好的上班时间应该是从晚上开始，晚上九点到凌晨五点！

我问，为什么？

这样，一天工作结束，也就正好迎接太阳！夜晚经历的那些无助，那些绝望，那些孤立无援的感觉，也就全都消失殆尽！人们平日所感觉的那些白昼所有的力量，那些改变一切的力量，你在晚上也感受了，而且更大也更强！

那你现在更强了？

是呀，我又感觉我自己再一次地强大起来，觉得自己信心百倍，觉得自己做起事来又达到了最好状态！

又想追求幸福了？

难道不行吗？我追求幸福的权力是谁也不能剥夺的！

即使阎王也不行吗？我故意地刺激他。

阎王也不行！

阎王叫人三更死，谁敢留人到五更——这句话是谁说的？

管他谁说的！

面对他的这种精力，我想阎王也只能等等。


## 有与无

有人说感觉是短暂、过时和无聊的东西。

我说，我的感受恰恰相反。我喜欢感觉。我从这短暂的过时的无聊的感觉里看到了称作永恒的东西。

他说永恒不可说。

我说那就说时间。我说对于有些人，时间就是不动的。几十年都过去了，可是对于他们来说却是什么都没有逝去，什么都没有淡化，什么痛楚都没有减缓，什么失望都没有消失，什么怒火也都没有烟消云散。这些对于他们来说，不是永恒，是什么？

他们算什么？他们也是短暂的呀！什么都是短暂的。

那就没有永恒了？

有也不可说。

为何不可说？

这是个"有"与"无"的问题。

任何"有"都是短暂的。他强调。只有"无"是永恒的。他强调。所以，才能"无中生有"。他又再一次地强调。

## 你在她就在

一个朋友的妻子过世，他说，那朋友就开始酗酒，不好好地过日子了。他对那位朋友说：多多保重好自己就是对逝者的最好怀念。你在她就在，她与你同活在这个世上。你若不在了，除了你们的儿女之外，她也就彻底不在了。

我说：是呀，真是这样！以前对什么你永远活在我们心中等等等等之类的话感到有点滑稽好笑，现在不了，现在的感觉大不同了。妈妈死时，我曾写过一篇文字表达我对她的哀思，文字的意思大概是：一个人死了，我们就说他走了，没了。他能走到哪里去呢？他能没到哪里去？他曾同我们一起笑过哭过唱过叫过，一起想过很多事，做过很多事，可我们现在却说他走了，没了。他的音容笑貌还在我们的脑中，浮在我们看不见他的眼前。虽然随着时间的流逝，他会渐渐变得模糊，但是只要我们活着，他就活在我们的脑中，活在我们跳动的心里。

他同感，他又说，他的一个很好的叔叔最近也因车祸去世。随着亲友的不断离世，我们曾经的很多事情自然无人再提起了，爱心也已无法表达，旧日的伤痕难以抚慰。于是，我们感受到了更多的寂寞和孤独：情人没有了心上人，儿子没有了父亲，母亲没有了儿子。这点恰恰清楚地证明，岁月、不幸和失望，远不像人们认为的那样会随着时间而流逝，而是只会悲哀地随着流逝而加强。为什么会这样呢？因为那些流逝的时间都积聚在你的脑中或者你的那个内心。


## 时空与意识

时间是我们的意识的产物，空间也是。

没有我们的意识，就没有时间，也没有空间。不管它们在不在那里，不管它们是不是一种客观存在，事物真的就是这样。

对于他的这种看法，我是完全同意的。

何等奇妙的世界呀，看不见的景象，听得见的寂静，虚无缥缈的心灵国度，无法接触的缅怀回忆，难以展示的沉思空想，是我们的另类现实：

它在那里，我们看见了，它就存在了。

它在那里，我们看不见，它就不存在。

我们的眼睛限定了我们看见的存在，我们的心脑限定了我们感觉的存在。

一个人活在这个世上，除了物质生活之外，更多的是他的心思。

人若有能力都会按心思去过自己的物质生活。这是毫无疑义的。


## 理解即天堂

他问：你知道天堂吗？

我说我怎么会知道，我从小到现在一直在人间。

他说他今天一早起来就一直在琢磨天堂，但没琢磨出一个名堂。

我不明白他怎么会突然之间对于天堂有了这般强烈的兴趣。

在我看来，所谓天堂，就在世间的一个心灵能够知道另一心灵并能与之沟通对话相互理解的那个瞬间。

他说：是吗？你是这样理解的？

我说：难道不是吗？

我说无论你在哪里，人都是各种各样的：有笨蛋也有聪明者，有诚实的也有撒谎的，有左撇子也有右撇子，有称兄道弟的也有反目成仇的。你说谁能理解谁？所以，人说理解万岁！能够互相理解的地方就是我们说的天堂。

## 爱是什么

他又说爱情。

我说你算了，知道什么是爱情吗？

他说当然知道啦。一个人有什么样的爱情只能取决于他自己。它就像是莎士比亚，有多少人来扮演，就有多少莎士比亚。爱情能给人很多，也可能什么也没有给。爱也是需要才华的，需要特殊的才华。

那你是爱的天才了！我准备开始挖苦他了。

他及时地打断了我，又说爱情是不可知的，说它来自不可知处，消失在不可知的时候。说罢，觉得还没尽意，又说爱情是负心的女人，像只猫一样，把你抓得遍体鳞伤，即便你只想和它玩一玩。

我说算了，告诉你吧，真正的爱情很平常，平常得不像真正的爱情。


## 兵马俑

到西安，看兵马俑，看到的是人的害怕。

害怕什么？

害怕死。害怕自己死了之后自己就不存在了。为了保持自己的存在，为了显示自己的存在，显示自己的巨大存在，才有了那些兵马俑。

唉，历来的帝王都是这样！

不，我说只有胜利的帝王。

还有，看历史总是能看到某个皇帝死掉了，人们就把他的爱妃、马夫、厨师等等全都闷死，为他殉葬，让他们在另一世界继续陪伴他们的主子，而，实际上，那世界，根本就不存在的。

我说这个谁都知道。

他说，那你说说看，他们为何这样做？

我一下竟没答上来。

他说是为了继位的君王，为了让他的侍从们清楚自己是干什么的！为了让他的服务者明白：我死了，你们都莫活！


## 高兴地老

他说，他的情感有如别墅，适合度假，不宜长住。

他说，死亡能够分离人，生活也能分离人，不是吗？

他说，就此别过，后会有期，就是这个意思呀，活着只能好自为之。

他说，光靠厉害和固执是不可能走远的，还要心计和知识才有可能走更远。

他和我闲聊着。我们都已知天命了。我们觉得已过去的没有什么好流连的，并非某些书上所说好像失落了什么东西。梳理我们瞎扯的结果，大致可以概括如下：

想念过去的岁月，惋惜某年某月某日，都是毫无价值的。所有的人都要衰老，所以，应该高兴地老！昨天真那么有趣吗？某年就那么有意思？那你说说看。不要惋惜什么青春，我们这些人没有青春，哪里有过什么青春？只有随着岁月的增长，接近那个末日之时，内心倒会变得年轻。因为那时人已老了，所有的都无所谓了，你要如何就如何了，不用再说什么谎了，也没什么可害怕了，多年养成的卑躬屈膝也可甩掉不在乎了，再也不用先前那样吹牛拍马卑鄙下流那样同流合污了。那时，世上残存的一切都与我们毫不相干。我们剩下的唯一任务就是挺直自己的腰杆。如果能在离世之前，切实做到这一点，那我们就可以骄傲地向世人宣布我们没有白活了！

## 我的权利

一个过了五十岁的男人，每天早上醒来的时候，还会满怀希望地睁开眼睛吗？因为昨晚的骚扰电话，我不答理他。

一个没有爱人的家就像别人的家一样。我不答理他。

我现在是一个人。一个人还能怎么样？很多人又能怎么样？我不答理他。

有时候，你想走一条正确的路，结果却走进了死胡同。我不答理他。

你是否能体会到转瞬即逝的那种永恒？我不答理他。

人的不同最根本的就是思维方式的不同。我不答理他。

有的人虽然是朋友，但那朋友却像是厅里开着的电视机，想看时看一眼，不想看时就让它那么无聊地继续开着，随它去了，顶多也就是浪费点电。我不答理他。

一个人的说话的权利以及不说话的权利都是重要的都是人要争取的而且应该坚持的。我还是没有答理他。

你再不想理我了？

没有啊！我只是在坚持我的权利，我的不说话的权利。我终于说话了。

## 埋在何处

青山处处埋忠骨，何必马革裹尸还。这句话知道吗？

这句话没有人不知道。

哪里的黄土不埋人呢？

那就更是知道了。我觉得他有点搞怪，看来又有什么鬼了。

不，不，不，你不知道！

我笑着，看着他，看他能搞出什么来。

一般人都知道自己出生在哪里，但——几乎没有人知道自己最后会埋在哪里。

我说他错了，如今的好多人，在生前就买好墓地了。

那也只有若干年。若干年之后，他买的墓地是否还会是墓地，那就谁都难说了，也没有人知道了。几个人知道三代以上？


## 信 仰

老兄，你说，信仰和宗教是一回事吗？

我认为是两回事。信仰是指你有思想，有理想，而宗教，你知道，这世上有很多宗教，并且形成很多团体。

我知道你不属于宗教，但你是有信仰的人。

我承认，我爱思想，尊重不同的思想者还有理想主义者，但我同时也认为不能因思想而疯狂，更不能用某种思想使得大众变疯狂。我是个自由思想者。

有思想就有信仰了？

那我也不这样认为。信仰必须有行动。因思想而行动才可说是有信仰。在有信仰的人看来，没有信仰那就是瞎了聋了和哑了，那就什么都不是了，是一间没有灯光的屋，是一座没有指针的钟。而行动若没信仰就是没有琴弦的琴。


## 只剩思想

他问：你这样想过吗？

我说：怎样？

你活到了七十岁，然后八十岁，然后九十岁，然后一百岁。

我望着他不吱声，不知道他想说什么。

那时，你所爱过的人，包括你爱过的所有女人，都死了，消失了，除了你，他们一个都没留下。

我还是望着他不吱声，等着他继续说下去。

你就坐在那里想着，整天想着，整夜想着，最后变成了一个思想。

我说我没这样想过。

他说昨晚他在梦里就看见自己是这个样子。

一个思想的样子吗？

是啊，不过一个思想而已。

# 有些话语好像云朵

## 喜欢夜晚

夜晚降临了。

有些人喜欢夜晚，有些人害怕夜晚。

你呢？害怕还是喜欢。

你知道我喜欢的。夜晚是对禁忌的解放，是对约束的解除呀！

你好趁机乱团了！

乱什么团？

偷窃、凶杀、赌博、越狱、卖淫之所以都选择了夜晚，并不只是因为夜色使监管更加困难了，而是因为夜晚本身便是混乱丛生的时刻。

这种时刻和混乱，我大都在床上度过的。在床上，我感受了无法形容的快乐呀！光芒只有在夜里才是更为宝贵的！

## 他人即地狱

萨特说，他人就是地狱。在这办公室，你就是他人。那——你就是我的地狱了。

我说好，那我走，我走了，这办公室就只有你一个人了，自然也就不会有什么地狱了。

可是，天堂呢？天堂又在哪里呢？

只能问你自己了。在你自己身上吧？

他笑了：人人都希望有天堂，而不希望有地狱。人人都在寻找天堂，结果看到的都是地狱，于是只好装修地狱。可是，如果没了地狱，天堂又有什么意义？

面对他的这种驳问，我轻轻地缓缓说：每个人都需要确信一些事情的。只有这样它才能帮助你发现生活的意义。再说，至少在你离世的时候，你可借此安慰自己。

人总这样骗自己。他怪怪地笑起来。

听着他的怪怪的笑声，突然之间，我竟觉得，我对他真毫不了解。

一个人真知道他很熟悉的某个朋友在经历着什么吗？


## 生活是玩笑

平常的事情，虽然平常，可它每天都在发生。时间就和平常一样，一秒、一分、一小时的，平平常常地过去了。

好好地活着！活得好好的！飘在空中的一句废话。

只要活得足够长，什么问题都能解决，包括活着的问题。

什么是生活？生活是经历。经历了才能说生活了。

生活是什么？生活就是这生活对你开的一个玩笑或者讲的一个笑话，一个荒谬的大笑话。

我说他今天很奇怪，说话的声音都变了，让我觉得他的嘴里好像含了一条虫子或者一只活着的小鸟。

他说没有，他没有，他只是吞下了一个蟋蟀，然后，又咽下了一只蟑螂。


## 真善美

说到真善美，他说，那是我们应该的样子，而非我们现在的样子。

你的意思是，现在没有真善美了？

我没这样说。但现在的很多人，常常把真的看作假的，把美的看作丑的，把善的看作恶的，他们分不清真善美，也分不清假丑恶，不是吗？

这一点，我承认。不过，万物都在变化，真善美就不变化吗？

真善美再变也是真善美，假丑恶再变也是假丑恶。

请举一个具体的例子。

那你就好好看看我吧。

看你什么？真善美呀！

看着他那一身的肥美，我不由得笑了起来。我说我已被诱惑了，眼睛也被眩花了，我在美的光芒之中，已经看不到真和善了。


## 世界一统

他说：我们平时常说不要将自己的幸福建立在别人的痛苦上，这当然是对的，是符合我们的道德观念的。可是，事实上，这又是不可能的。

我问：为什么？你神经错乱了？

他说他才正常呢。因为他正常，他才能看到，整个世界是一个统一体，是一个联通的器皿。什么地方一些人越是不幸了，另一些人的幸福感也就更加强烈了。这样，我们的这个世界也就取得平衡了，就不会像小船一样翻掉了。

我说他简直胡说八道，真的是越想越糊涂了。

他说也许吧。他说他糊涂也与我有关，因为我是他的朋友，朋友难免互相影响。近朱者赤，近墨者黑，说的就是这个道理。

我是朱呢还是墨？

他的回答却答非所问：人在坏的环境里要做好事不容易。同理，人在好的环境里要做坏事也很难。不过，有时，也可能一粒老鼠屎坏了一锅汤。再说，在正确的生活里就不会犯错误吗？在被污染的环境中你能纯洁地生活吗？很难回答这样的问题。另外，我还很怀疑，人在干净的环境里就能干净地生活了？有时候，旅游时，我们从一个奇特的国家转到另一个奇特的国家就像是从一个时代转到了另外一个时代，时空发生了巨大的转换，而我们能不尊重当地特有的国情吗？能不入乡随俗吗？

他的思路转得太快，我想跟也跟不上了，我想还是不跟算了。


## 看电影

我和他看过两次电影，都是单位发的票。

第一次，看完后，出来时，我问他：怎么样？

他说：很不错，很有点意思。

我问他有什么意思。

他说要是讲出来就没什么意思了。

第二次，又去看，看完后，走出来，他问我：怎么样？

我说看到了生和死，看到开端与结尾，看到电影里的一切是如何的同样的那般安静恬淡的黑，之后同样的虚无。

他问我说的是什么意思。

我说我觉得这世间的每个人所拥有的生命似乎都是这影院里所安排的一场电影。先是黑暗，接着光亮，随后又黑暗，最后又光亮，就像我们走出影院，面对天地，恢复日常。

他说我总结得非常好。

## 星际和平

团结一切可以团结的力量，你说，这算什么？

是呀，我说，应该是团结一切不可团结的力量才算什么呀！否则，如何能显出团结的力量？只有这样，团结才能成为不同人的不同意见的不同世界的友好使者。

可是，你这是否又是投降主义呢？

那我就不知道如何是好了，那就只有斗争和打仗了，那就只有把地球打个稀巴烂了。

想了想，我又说，地球上应该没有什么不可团结的力量，除非是外星人进攻地球，那才是我们不能团结的力量，是我们共同的敌人。

他说，那也保不准会有"球奸"，投降外星人来打地球人啊。

你真是个好战分子啊，你想打星际大战吗？

什么可能都有的，也可能将外星人团结起来，搞星际和平呢？


## 不可知

经过多年的研究之后，你知道我知道什么吗？

就是什么都不知道！

这个世上，对他来说，没有什么难懂的书，没有繁复难解的计算，没有无从下手的推理。甚至可以说，越是困难也就越会激起他更强的好奇心。

他的父母一直担心，如此疯狂的求知欲可能会使他脑溢血。

可是，结果怎么样？

结果是多年的探索之后，他明白了不可知，成了个不可知论者。

不过，我说，即使这样，人总还是喜欢什么都要搞个清楚才好。

他说未见得。比如，他指着对岸的沙滩上，那里坐着两个人，由于太远，看不清，你说他们在做什么？

我说在亲嘴，他说在做人工呼吸。

## 男女关系

马克思说人是社会关系的总和。

他说不是。他说人是男女关系的总和。

他将女人进行分类：A、B、C、D、E、F、G……

他给所有的女人打分：五十分、六十分、七十分、八十分、九十分、一百分……

但，最后，他失败了，他承认他是失败者，失败于女人。

他之所以会失败是因为他爱女人。

他永远爱她们，于是，永远是一个失败者。

所以，我说：只有笨蛋才以为男人和女人爱得不同。当然，还有学究。笨蛋和学究。我可以十分肯定地说，男人对女人的爱，一样肝肠寸断，一样混沌纠结，一样迷恋困惑，最后，一样无法完满。

## 创造者与毁灭者

看了毕加索的画展，清一色的立体女人，怪诞、丑陋、忧郁、沉重，全都是见棱见角的。

他向我介绍立体派艺术。我说立体不立体，好像不重要，重要的是这些女人彻底失去了她们的爱。如果成为这样的人，想想，都是可怕的。

他说是。知道吗？这些女人都是被毕加索毁灭的。她们都曾是他至亲至爱的妻子和情人，但最后不是被他逼得精神崩溃，就是为他自杀身亡。可以说，他当初诱惑她们不是为了寻求爱情，甚至也不是为了想要占有，而是完全出于毁灭的欲望。他曾说过：我可能到死都没有得到过爱情。

他真的是太可怕了！我一直都以为他是一个创造大师！

他是创造大师呀，但同时，他也是大师级的毁灭者！他内心的创造天性与他天生的毁灭性构成了他的生活核心。他所有的艺术作品都极富自传色彩，他的作品就是他。

不过，我有点想不通，那些女人怎么就心甘情愿被他毁灭？有两位甚至在他死后还自杀，追随他而去，像殉葬一样。

用毕加索的话说就是，女人一旦跟了他，也就离不开他了。这些女人就像是被太阳吸引后烤焦了。

我觉得更像飞蛾扑火。

例外的好像只有一位，弗朗索瓦丝。她所具有的人格强度与毕加索旗鼓相当。她始终都保持了她自己的独立性。据说，在一次争吵中，毕加索用烟头摁在她脸上她也不求饶。最后，她终于下定决心逃离了毕加索的魔咒，活出了她自己的人生。后来，毕加索也向她承认：你赢了！


## 是非标准

你说，这个世界上，有永远不做错事的人吗？

应该有吧。我就听说过，有人说自己，总是一贯正确的。

那该多么乏味呀。

我说是。

如果他能犯点错误，或者不是那么完美，也许会更美好些，就像毕加索。

我同意。

我说反过来也一样，一个老是做错的人若能做一件正确的事，一定也会非常高兴。

他说应该是，但他不确定，因为他觉得他现在其实已很糊涂了。到底什么是正确，什么是错误？是用自己的标准呢还是别人的标准？那答案可能是完完全全不同的。别人的标准也会是见仁见智五花八门。每一类人都会有他们自己的衡量标准。这世上哪里有什么绝对的正确和错误！

那不是没有是非标准了？

我觉得所谓的是非标准不是人为制定的，而是社会效果决定的，所以随着社会的发展，标准也在不断变化。

于是，我俩都笑起来，因为我俩都想起了下面这句话：

实践是检验真理的唯一标准。


## 童年愿望

说起童年，他感慨：童年真的是人生中最快乐的时期吗？

这个问题不用回答，他的目光已告诉我，他认为有些人的也许是，有些人的就未必了。

但，童年是珍贵的，这点是毋庸置疑的。我特别地强调道。

再珍贵，也很短，一眨眼就过去了。

再短，人对它的记忆，在我看来却是不短，有的甚至可长到生命留存的最后一刻。

你又记得一些什么？

你又想听一些什么？

比如你在童年时期你最想的是什么？

当然是有个好爸爸。有个英俊的好爸爸，有个高大的好爸爸，有个有权的好爸爸，有个腰缠万贯的好爸爸，这样，就不怕拼爹了。我笑着对他说。

这是可以理解的。大概谁都这样的。他点头，他承认，他也是，只是可惜他没有。

我笑我也和他一样，感觉好像也没有。


## 害怕战争

如今这个世界，真正有威慑力量的，恐怕不是上帝了。

我知道，我笑道，是黑客。还可能是操作员某天的一个误操作，核电站就爆炸了。

想起就有点令人害怕。

说到害怕，他又笑。我问他，笑什么。他说想起一个朋友，在部队里当炮兵，回来后，对他说，炮兵们都不怕炮弹，但是非常害怕子弹，而步兵正相反。你说可笑不可笑？

我说我不觉得可笑，战争当然令人可怕。

也有不怕战争的。

那是因为没有办法，不能逃避，无法选择。

战争之所以成为战争就是它使你无法选择，否则，就没有战争了。所以，害怕是没用的。

害怕没用也害怕，这是一个客观事实。

好了，好了，不说了，我投降，我害怕，你这人就是喜欢打仗，打嘴仗，不占上风就不停嘴。


## 共　情

三十岁以后，我就觉得向别人倾诉是一件没有意义的事情了。

可是，我还是要说，而且还更加努力地说。为什么？也许我需要别人来告诉我那些我原本知道的东西。

所以，我仍继续说，每天说，说废话、心里话。许多我对别人说的话，都是我没有思索过的。那些话就好像云朵一般翻涌着变成雨点向别人落下。每到这时，我会发现，有些我以为不了解的，其实我是明白的。

我之所以这么絮絮叨叨地说，有些是说给自己听的，我需要确认自己，鼓励自己。当然，我更渴望别人能理解我，能接纳我，那我将感到非常的愉快和满足。

人都有这个需求的，但朋友好找，知音难觅，真正能满足这个需求的只有两类人。

两类人？

一类是心理咨询师。好的咨询师都是学习过共情方面的知识的，并且都有共情能力。他能设身处地地理解你，能更准确地把握材料，与你进行深入的交流，从而体验你的内心，给你提出有益的建议。另一类是真正爱你的人。他会从各方面了解你，研究你，搜集你的只言片语、陈年旧事，恨不得钻入你的体内，还有你的大脑里。他随时都能从你的角度考虑问题，激发你的自我探索。他虽然没学习过共情方面的知识，但是因为他有爱，他自然就具有非常好的共情力，而且很多的时候比咨询师还要强。

这种爱可不一般啊！

那当然。

谁有呢？

你说呢！

# 相对而言

他说，以前，在没有照相摄像以前，舞蹈是一种瞬间的艺术，就像昙花一现，不会留下一丝痕迹，无法保留持续性。

那雕塑呢，就是永久的艺术了，凭着难以摧毁的材料，比如花岗岩，来抵御时间的冲击。

不过，即便如此，最终面临的，依旧是死亡，无论什么石都难免不风化。

那就不说永久吧，说长久总可以的吧。

什么都是相对的，看你相对什么而言。

相对什么呢？我也不知道，只是这样感觉罢了。凭感觉不行吗？

我说了不行吗？

是啊，你没说，你只说了相对而言。

说相对不行吗？这世上有什么事物只独立而不相对呢？

好像真的还没有，都像我和他相对。

# 我们都只能活在今天

## 老年理想

年轻时，你觉得这个世界是老人的，凡事都由他们做主，说了算。老了，你又觉得这世界突然属于年轻人了，他们对食品，对音乐，对服装的品位等等，完全主宰了这个世界。

你现在还不老呀，只是一个中年人，你正主宰着这星球的老中青的三个世界。

变成老人很快的，而非一点一点的，不是慢慢细细的。

那又怎么样？你又能够做什么？

如果我们的人生尽头能够有青春，如果青春能开始于我们的那个人生尽头，我们是否就可以更接近自己的理想了？

我没想过这个问题。我只看见现在的你，当然还有现在的我，已经有一张老脸了。

你刚才还说我只是一个中年人。

那我再稍稍修正一下：有一张老脸的中年人。

你说这话的意思是，我们只能以衰老的面孔去迎接我们的理想了？

我只知道理想二字正在渐渐变成梦想。

有梦想也好呀！有梦想就是好！

## 害怕曝光

有的人什么都不缺，他说，只缺少一样东西，那就是安全。

那就让自己更强大，强大了就安全了。

强大也是危险的呀。有的时候越强大反倒变得越危险。

那就做个普通人，我说，普通人都随遇而安，因为他们没有什么更多的东西可失去了。

只有特权者生活在恐惧中，害怕失去他们的特权，失去他们拥有的一切。他们最害怕真相大白，他说，最害怕提高透明度。

我说我也是一样呀。虽然我没什么特权，但我有我自己的隐私，不愿暴露我的隐私。我也害怕真相大白，害怕自己太过透明。

那是两码事，完全不一样。

哪里不一样，不是都害怕透明吗？

他说你算了，你别瞎扯了，恐惧也要有资格的，你还没有这种资格。


## 正视自己

他说：你永远不知道会遇到什么事。

我说是，今天不晓得明天。

他又说：我们中间的有些人从来遇不到什么好事。

我说是，永远不知道自己什么时候会交好运。

他又说：如果大多数女的知道她们的丈夫会变成什么样的人的话……

那她们就不会结婚了！我接上了他的话。

你怎么能这样说呢？

我应怎么说？

不要老往坏处想！

我觉得凡事想坏点，总比想得太好要好，做人做事都不能对自己估计太高了。

取法乎上得其中，取法乎中得其下。知道吗？

我说我的看法是：一个人他可以持有崇高的价值观，可以想得非常美好，可以说出豪言壮语，但在面对极端情况面对真正的考验时却可能把这些全都置于脑后的。那没置于脑后的，也就是那剩下来的，就是那人的本质了。它既不是正面的，也不是负面的。有的时候，人的行为会比他自己对自己想象的更美好更高尚，但也可能更糟糕。我们应该使自己尽量保持清醒才好。

他说我这人总是这样把一件小事变得很大，让人觉得索然无味。


## 看淡看透

子在川上曰：逝者如斯夫。如果水不流了，是否就不逝了？就是永远的存在永远的生了？

水不流了，水就死了，就是一汪死水了，生也是死一般的生了。

面对他的这种提问，我的心里总是想，为什么他老是想着这类问题呢？为何别人就不想呢？人的差别真太大了。有的时候真的是一个天上一个地下。

我说，对于这个问题，看法真的千差万别，但是如果归结起来，也就这么三种人吧。第一种是他这样的老盯着流水，老想着逝去的人。第二种是从来不想这类问题，盲目地活着的人。第三种是把这问题想明白了，然后该怎么活就怎么活的人。

这种问题真的能够想得明白吗？

现代人相比古代人，最大的优势就在于，随着天文学还有宇宙学以及其他科学的发展，能够更多地了解到宇宙大致的真实样貌，从而使得抽象的宏观视角成为可能，使人能够认识到自己的渺小与卑微，把一切都真正看淡。

看淡了又如何？那还活着干什么？

看淡了才是看透了呀，看透了就不会再纠缠什么问题了，而是高高兴兴地活，享受世上的一切美好，时时处处都能感到生之快乐与欢欣。

没办法，我永远都是你说的第一种人！

你应该试着改一改。

你能揪着自己的头发把你自己提起来吗？有些时候，人对自己，真的可说无能为力。

## 父母让位

说起结婚的时候。一个男人把女儿交给了另外一个男人。一个女人看着儿子投入另一个女人的怀抱。既高兴，又伤感，谁都不知未来怎样，心里都是忐忑不安。

他说，是啊，我就是这样呀。看着自己辛辛苦苦呵护了二十多年的儿子，现在却要另立门户，过他们自己的小日子去了，首先在感情上我就有一种失落感，就像有人将自己最心爱的东西偷走了。其次，就是担心了。他们能过得好吗？那儿媳，能像我们父母这样仔仔细细地照顾他吗？

结果呢？

我很快就发现，他们就是想独立，过得好不好都是他们自己的事。关心多了反惹来他们的烦躁和嫌弃。中国有句俗话说"娶了媳妇忘了娘"，以前这是一种指责，现在成了普遍现象，被人们接受了：父母是应该让位了。

让年轻人独立是明智的。

我是想通了。不过，现在社会上，抓住儿女不放的，也是大有人在的。有些父母就担心儿女结了婚以后，想管你也管不到了。于是，就在婚前加强把关：对儿女自己找的对象左挑右挑。特别是找女婿，总想找个最优秀的，万无一失的，一旦觉得不合意，轻则苦口婆心，晓以利害，重则横加干涉，甚至以断绝关系相威胁。

这是螳臂当车啊。

岂止挡车，还是击石，以卵击石。

## 活在今天

酒吧里有的是这样的时候：

我们都相信我们活得很好，或者活得很不好，甚至有罪，我们都喝得酩酊大醉。

我们都有那种命数已定的无助感觉，我们会戴着手铐死去，我们会半路横死而且还不是我们的错。

我们就这么胡思乱想。可是，我们却总会因为莫名其妙的理由而被判无罪。

我们以为今天还是昨天，而昨天是明天，而明天是那天。

于是，我问：那天是哪天？那天我在什么地方？那天你在什么地方？那天他在什么地方？那天说了些什么话？那天做了些什么事？那天想了一些什么？

他说：那天不是过去。那天也非未来。那天就是今天。我们不要忘了今天。

我说：我怎么会忘了今天？此刻，我就活在今天。我们都只能活在今天。我们只有活在今天，我们才有我们的昨天，以及我们希望的明天。

## 化羞辱为动力

他说：世界上最容易的事莫过于羞辱别人。

我说：有时候也未见得。有时候更难的倒是不去羞辱别人。

这两句不是一个意思吗？

怎么会呢？

他见我不明白，想来说也说不明白，于是就拿过一张纸，在上面这样地写道：容易＝羞辱，难＝不羞辱。

我说我还是看不出这两者有什么相同。

他说那只能说明你太喜欢羞辱别人了，动不动就羞辱别人。

我说是，或有点，所以，我才会认为一个人不羞辱人不是一件容易的事。

哦，那我明白了，明白这两句话的意思了，原来一个是受羞辱的人说的，一个是授羞辱的人说的。

他顿了一下又说，你知道吗？你刚才又羞辱了我一盘。

没有吧，我可没有这样的意思。

没关系，思维占下风的人是经常要受羞辱的，我已经习惯了。我总是化羞辱为动力。呵呵，你听过一句广告词吧：顾客虐我千万遍，我待顾客如初恋！


## 七大洋

他说她很漂亮。

我说那可是个有脾气的姑娘，爆发起来七大洋的风暴都望尘莫及。还有她那嗓门，也是远近闻名。

可是，他说，她的身形却又如此娇柔文雅。呵，多么的高远缥缈呀。

我说，走吧，要做事了，没时间在这里做白日梦了。

七大洋是哪七大？他又突然问。

想了想，答不出，可是，我的脑子里很久就有这个词了。

应该是七大洲四大洋的缩语吧？七大洲，四大洋，小学学过的。

是吗？真的不记得了。于是，低头查百度：

果然，没有七大洋，只有四大洋，或者七大洲。

七大洲指地球陆地分成的七大块，包括亚洲（英文：Asia）、欧洲（英文：Europe）、北美洲（英文：North America）、南美洲（英文：South America）、非洲（英文：Africa）、大洋洲（英文：Oceania）、南极洲（英文：Antarctica）。

四大洋是地球上四片海洋（太平洋、大西洋、印度洋、北冰洋）的总称，也泛指地球上所有的海洋。

还是你聪明，你的记性好。百度也很好，百度才漂亮，百度是个好东西。


## 手

人在孤独的时候，就会看自己的手。这是他的分析。

我从来没这样想过，但是自从那天之后，每次看手我都会想起他说过的这句话。

手是人的第二张脸。第一张脸人如果不是借助镜子或者其他什么对象，想看也是看不到的。所以，人在多数时候都只好看自己的手。

所以才有面相和手相之说吧。

手的确是有看头的。人都爱惜自己的手。特别是在今日，随着科学技术的发展，人更远离体力劳动，手也随之更细嫩了，更漂亮了，更活泼了，更灵巧了，手的语言也在日益变得更加丰富多义。各种手势，各类首饰，不但象征身份地位，衬托颜值，而且还能辅助表达人的内心感情。听说有些有钱的明星还为自己的手掌手背手腕手指上了各种高额保险，保额高达几千万。

呵呵，这么宠着自己的手，弄不好，哪一天，它真的会闹独立！

手是听大脑指挥的。

那也未见得。有些惯偷决心戒偷，可是一旦碰到机会，那手还是情不自禁、不由自主地伸了出去。

大概是他脑子里还残留着先前的那个动手的指令吧？不过，手能作用大脑也是实验证明了的。养生书上不是说如果经常活动手指能防老年痴呆吗？


## 买菜佬

为了了解这个城市，我决定每天抽出两个小时，散步、步行，你也跟我一起走吧。他对我说。

我说我不行。我，上有老，下有小。

他说是，他理解。他说他的这个决定于他来说是正确的。步行能够让他想起转瞬即逝的某种思绪，注视当前所存在的。双脚踩着地面向前，感觉像是在读好书。还有林荫路，还有狭窄的集市街美食街，还有素不相识的人们和他目视打招呼。这些都使他觉得散步是一种特别的存在。

我说，我没时间散步，买菜却是有年头了。每天走着去菜市场，市场的人都熟悉我。有个卖蔬菜的小贩说我长得像赵本山，于是，那一排蔬菜贩子只要见我进了市场，就会热络地套近乎：赵本山，今天买点什么菜？你看这茄子菲嫩的！蔬菜被称为小菜，这些卖小菜的小贩就是那个菜市场中地位最为低下的人了，小本生意，起早贪黑。卖肉的就有格一些，垂着眼皮，两个眼珠盯着案板上的鲜肉，锋利的尖刀在骨肉间划过来又划过去，寻思着怎么样才能把刀下的每块肉切得更加有卖相。卖水产的那边最吵，活鱼活虾、泥鳅黄鳝，宰杀时溅起血点子，吓得人都躲闪不及，一惊一乍，乱喊乱叫。

你真是个买菜佬啊!

那当然,一大家子要吃啊,天天买一大堆回来。你看市场门口新挂的那块大牌子——生鲜市场,生猛鲜活——象征着这个城市的充满活力的源头啊。


## 积极消极

他突然说一个人要有积极的生活态度。

我觉得好笑,自然就问他:什么是积极的生活态度?

他说很简单,那就是你要坚信每个麻烦都有一个解决的办法,每种弊病都能补救,每种疼痛都有止痛药。

我说我的理解不同。我说你若真想知道到底什么是积极,那你就首先要弄清什么是消极。

他问我,什么是消极?

我说就像人所说的,如果有人打你的右脸,你就再将你的左脸,转过来,送过去,让他打。

他又问,什么是积极?

我说也像人所说的,以眼还眼,以牙还牙,以手还手,以脚还脚。


## 行为分类

他说:不知从什么时候开始,人类将自己的行为分为了善与恶。

我说:还有天堂,还有地狱,还有天使和魔鬼,不知是何时发明的。

你真相信吗,天使和魔鬼?

有的时候信,有的时候又不信。

那你什么时候信呢?

如果哪一天我相信这世上有天使自然那天也相信这世上有魔鬼了。

天使也分种族吗？魔鬼是否有阶级？

应该不会吧。

那档次呢？是不是也会分档次？是不是也像我们这样喜欢想象，喜欢推测，喜欢问一个为什么？


## 等　待

人生到底怎样才好？

不知他想说什么。

是"等待"好，"展望"好，还是"寻找"才更好？

我喜欢"等待"，"等待戈多"。虽然它不像"展望"那样给人留下光明的尾巴，也不像"寻找"那样持有一种积极的姿态，但人生的实际情况真的还就是忧乐未知、陌阡不识，死生无常。说罢，我又继续补充，人生的状态，多的是等待。我等，故我在。

等待什么呢？

谁知道？等待某种久不到来而又始终期盼的东西吧。

人的期盼是不同的。

是啊，所以，等待也不相同。

至于是否能够等到，那就看各人的运气了。

# 负负得正，不是吗？

## 睡觉的样子

我妈妈说过，如果讨厌某个人，就看看他睡觉的样子。一天过去了，睡觉的样子也就是那个人的真面目。可是，如果不是一家人，你哪里又有机会去看那个讨厌的人那个睡觉的样子呢？这几乎是不可能的。

他说，他倒不是这样认为，他认为一个人睡觉的样子应该是放松的可爱的。你如果有机会看某个人睡觉的样子，你即使讨厌他也会在那刻变得不讨厌了。他说他生气或是感到痛苦的时候，就先睡个觉。睡醒之后，那心情自然就会好多了。他说睡觉于他来说是获得新生的一种方式。

我说他说得有道理。因为人在睡觉的时候也就自然而然地放下了对外界的戒备心，也放下了白日里他所戴的那些面具。很多人睡熟后面相如儿童。睡得好于人来说真的是一种福音呀。人的心情好，这世界也会变得好些吧？

不想，他又突然说，他也经常做噩梦。在梦中，他打架，他骂人，有次甚至将拳头打在床边的墙壁上，骨头都差点打裂了。他想那个梦中的他，那面目之凶狠，不说都可想象的。

日有所思，夜有所梦，我们一生的三分之一是在床上度过的呀。

所思也可说是梦呀，青天做的白日梦。

## 脑与心

小时候，他曾问过他妈妈一个傻乎乎的问题：人们是怎么知道他们是用头脑来思考的？当时，他妈妈惊恐地摸了摸他温热的脑门，看看出了什么毛病。为什么她儿子会有这样的想法呢？

我说，是呀，我就从没这样想过。人们不是说心想事成吗？心与脑在思维上到底是什么关系呢？人说自己的自我意识是集中在大脑的，其理由是因为大脑高于胳膊吗？高于腿及身体其他任何部分吗？

他说也许真是这样。

我说也许什么呀？是心想呢还是脑想？

他说他也说不准，但他喜欢另一句：沉重的肉身。为什么？因为这句话让他意识到他的脑袋是小的。小小的脑袋相对于他的这个沉重的肉身，分量总是很轻的，所以，他常感到空虚。

我说你的空虚的脑袋只要那么稍微一想就装得下整个宇宙呀！所以，不要说你的脑袋小。至于心，无论多么强大的心，也有空虚的时候的。所以，人们常说心虚。

## 心灵鸡汤

他说他为自己羞耻。

我说有什么好羞耻的？世界上没有羞耻的事情。我们之所以努力生活就是为了抵挡羞耻。

他说生活也很糟糕。

我说不管多么糟糕，生命中仍有很多美好。

他说我就是心灵鸡汤。

我说鸡汤有何不好，我还怕我不是鸡汤。再说，人性本是善的，或者一半是善，或者至少四分之一是善，可是即便在最佳状态，人也不会尽美尽善。所以，不必苛求自己。

他说，我苛求了自己吗？

我说，你说呢？我劝他还是喝点鸡汤。


## 随风生存

站在湘江河边，看着江水流去，他突然说起了生存之道：

生存之道不适合高尚的灵魂。

生存之道对弱者不会给机会，它只是让强者更强。

生存之道告诉我们，如果敌人多于朋友，你就应去别的地方。

生存之道要求你先把你的敌人打倒，然后可原谅他。掌握主动，是一个人生存的关键。你应在别人攻击你前，就果断地主动出击，先下手为强。

尤其是，遇挫折，别放弃，有时候就是一粒棋子也能赢得整盘棋局……

他还想不停地说下去，我打断了他的话。我说我觉得不管怎样，我们都像这水面的波纹，一波一波又一波的，随着风灭，随着风生。


## 脸和尾巴

你注意过人的脸吗？

谁的脸？

我是说，在平时，你留意过其他人的脸吗？

无事盯着人家看是不礼貌的。

一个人不熟悉人的脸，或者说，不善于观察人的脸，就谈不上认识人。

为什么?

因为人的脸最表现内心。

很多人都戴着面具的。

那就透过面具看。

我又没有火眼金睛。再说我也懒得看。有时甚至我觉得面对某些人的脸,还不如面对狗的脸。那狗就算戴面具,也还有尾巴,它的尾巴的一抖一动也会表现它的情绪。可是,有些人,却只有一张脸,一张不是脸的脸。

这话说得太难听了。

这难听是你引起来的。


## 两种撒谎

人是一个混合体,人的灵魂里,真善美与假丑恶总是微妙地交织融会。

比如说?

比如说撒谎者在何等程度上撒了谎,又在何等程度上真的在撒谎。他难道就不是自己谎言的牺牲品?他是第一个牺牲品!他何尝不是在欺骗他自己。撒谎者首先是对他自己在撒谎,他最怕面对他自己。

对于他的这种说法,我说我还略有异议。我说我认为撒谎者是因愉悦而撒谎,是因幻想而撒谎。撒谎是为了隐藏自己,以利自己面对现实,抵御闯入内心的对手。谎言在我们的日常之中起着决定性的作用。我们不仅想欺骗别人,而且更想欺骗自己,我们总是自欺欺人。撒谎当然是悲剧性的。因为撒谎确实要冒失去自我本真的风险。

听了我的这番异议,他说:你不觉得吗,你总是用你的"是"

来阻击抗衡我的"是"？

我说——"是"。我说你的那个"是"是你选择的角度，我说我的这个"是"是我选择的角度。我们所站的角度不同，我们从"实事"中求的"是"自然也就不相同。


## 伪装者的新生

关于撒谎，他意犹未尽，接着又说到伪装者：

伪装者总是想成为他本不是的那种人。

他的活动需要他总是不断地临场发挥，就像在流沙中勇往直前。

每一刻都需要重新巩固和塑造他所伪装的某个人物，直到现实与表象、谎言与真实混为一体。

从编织空中楼阁开始到最终将其变成现实，真的就是一门艺术。

他的谎言所表现的就是他的阙如和渴望，是他所不是的样子以及他想成为的样子。

通过伪装，他接近了有时甚至真成为了他心中的那个榜样。

这就是假戏真做了。

这时的这个伪装者就真的是创造了自己，让自己又一次获得了新生。


## 挨打的境界

你莫讲，有的标语还真的写得那是一个绝：莫打架，打输了吃亏，打赢了坐牢！

哪里看到的？

派出所。

他笑我也笑。写得确实好。

如果别人硬要打，把你逼到墙角里呢？

那就只能听《圣经》的：别人打你左脸的时候，你把右脸也伸给他。

那句话到底是怎样说的？到底是别人先打你的左脸还是先打你的右脸？

呵，好像应该是先打右脸。《圣经》里好像是这样说的：有人打你的右脸时，连左脸也转过去让他打。有人想要拿你的内衣，连外衣也由他拿去好了。有人强迫你走一里路，你就同他走二里路。总之，要爱你的仇敌，为那逼迫你的祷告。《圣经》的意思是要你用爱来征服你自己的私心，用爱来感化你的世界。

是啊，我说，或者说我在笑也行，挨打也是有差别的，《圣经》的境界还是高些。


## 寿终正寝

他说他还是没忍住，昨晚又去见了她。她对他叹息道：看来，我们的这个爱情，这个无比伟大的爱情，即将寿终正寝了。

他笑着回应说：总算还曾伟大过吧。

她又说：你总虚构各种故事，把它说给自己听，然后，你就分不清哪些真哪些假了。

这么说，那我们，他忍不住反讥道，又没有伟大的爱情了？

你说有那就有，你说没有就没有吧。她的话里充满哀怨夹着恨意和冷漠。

有没有都无所谓，你是这样想的了？他的眼睛看着她。

我怎么想要紧吗？她的嘴唇撇了一撇，每一字都咄咄逼人，让他感到难过伤心。

每次这样争吵过后，他都会有一种感觉，感觉躯体正在消融，感觉所有过去的一切——无论爱，还是性，确确实实都是虚幻，而他自己所生活的这个五彩缤纷的世界也真如她所指出的只是他的虚构所在。


## 幸不幸福

前几年，有人在嘲笑电视台，采访路人，问他们：你幸福吗？其实，人家问得没有错，问题提得也大胆，人生最根本的问题就是幸福不幸福。

有些人是幸福的，有些人则不幸福。多数人处在两者之间。一般来说，人们即使幸福，也不愿表示自己幸福，因为这个不表示是保护幸福的最好方法。

为什么？

幸福是不好坦白的，坦白了就容易受到伤害了。不是吗？

好像是，我承认。我说人在幸福的时候往往不知道自己的幸福，所谓身在福中不知福，就是说的这种状态。比如我，就是长大成年之后，才觉得自己的童年是幸福的。而，实际上，那时的我并不幸福，但也不像我后来，那样的抑郁和不幸。

是啊，他说，小时候，他对幸不幸福也是不太在意的。那时的我们只知道这一天好玩不好玩，玩了些什么，有没有意思。现在呢，也一样，只是现在的我们知道生活就是这样了，再会玩也玩不出什么名堂把戏了。而且，谁也不会在乎我们幸福不幸福了。因为在乎我们的人，也就是我们的父母，已经离我们而去了。而我们也与离去不远了。我们曾经以为我们活得很聪明，活得很实在，其实只是愚蠢而已。

## 旧的去了

今早终于下狠心，将那张破躺椅扔出去了，坐了三十多年了，对它也有了感情了，真还有点舍不得。一个物件用久了，也会生发灵性吧。

不要这么伤感嘛。旧的不去，新的不来，人事都是这样呀。

话虽这样说，感情总有的。

再有感情也没用呀，它现在已不能坐了，留着只能占地方。

二十世纪的七十年代、八十年代，甚至九十年代，谁家里有一套沙发还真有点值得炫耀。但现在，你看看，在楼下的垃圾箱前，时不时地可以见到一个两个被丢弃的品相还不错的沙发。当然也有坏了的，扶手上的漆皮剥落，沙发垫上也有切痕，像是划破了皮肤，里面的海绵露了出来——就像一匹马被割破了肚子，流出那么一团内脏。

时代真的是不同了。

## 负负得正

他说一对孤独的男女有了关系，成了情人。那男的对女的说：我知道你是在寻找幸福。

寻找幸福不对吗？那女的反问道。

那男的解释说：幸福这个词，对于我来说，从来就算不得什么，直到我见你想从你当下也就是我们的关系中生产蜜糖一样的幸福，我才有那么一点担心。

担心什么呢？女的又问。

因为我就从不幸福！那男的回答。

这么说，你认为我这是在利用你了？而且，可惜，利用错了？

女的有点明白了。

可能事情真是这样。男的表示有点抱歉。

这算得是公平交易，因为你也在利用我，而我从来也不幸福。

女的笑了。男的也笑。他们两人相视而笑。然后，两人笑出声来。这笑可是真正的笑，而非怀有什么的笑。

我说这就是负负得正。两个从不幸福的人，碰到一起了，可能也就幸福了。


## 他　们

你说在这个世界上，最令人感到烦恼的动物，会是什么呢？

人！

唉，你这人真聪明，你怎么就知道我要说什么？

天天听你说，还不知道吗？

人上一百，形形色色。他们总在某个时刻，某个最不恰当的时刻，出现在你面前，带来使你讨厌的闲话，或者极其无聊的谣言。他们的出发点，即便是善意，其结果也只能是扰乱你的内心平静。他们的关心带给人的是窒息而非安慰。他们滔滔不绝地讲着，唾沫星子四处乱飞，只是为了证明自己怎么讲都有事可讲。他们告诉你许多故事，只是为了要你相信他们是一个有趣的人。他们表示对你的敬慕也会弄得你极不自在……

如果没有他们呢？我打断了他的话。如果真的没有他们，我想你又会感到寂寞。

# 真正的深刻很随意

## 该与不该

老话说，知之为知之，不知为不知。不知若是装着知，那当然是可笑的。但是，知之为知之，也非那么简单的。

这么说是什么意思？

一个人应该知道什么，或者不应该知道什么，或者什么应该早知，什么应该晚知才好，是智慧也是命运。不是吗？

想想好像还真是。

比如，我知道三种哲学，一是黑格尔，一是达尔文，再就是尼采。

黑格尔说的是一切存在的都是合理的，不论好还是坏。达尔文说的是人和动物差不多，都在为生存而竞争，不论邪恶还是善良，竞争赢了才能生存。尼采呢，说的是人性中对恶的抗拒只是虚伪教育的结果，这教育是错误的，是对人性的扭曲。

知道这些对我来说，究竟又有什么用呢？我的人生的下一步到底应该如何走？想来还是不知的好。或者晚一点知道的好。知道早了，你的心思就可能会被扰乱了。

## 碎　片

他又跟我说起她。

我问：简单地说，她到底有些什么特点？

想了一下，他说道：

她是个从来就没有写过一行诗的诗人。

她是个从来就没有画过一幅画的画家。

她是个从来就没有爱过一个人的情人。

她彻底背叛了她自己。她的才能从来就没有得到过施展。

她的旅途从来也没有开始过起程。

她的诺言从来都没有得到践行。她什么都没有留下……

我打断了他的话。我问他为什么要在她身上投射自己的这些影子，而且碎成这个样子！

## 自来自往

不知为什么，我现在，越来越不愿意与人交往了，或者说，可以交往的人越来越少了。

这说明你确实老了。

为什么？

人变老了大都这样。

为什么？

因为熟悉你的人和你比较熟悉的人正在一个个地离去。

最后就无人可谈了？

就只能和自己谈了。

和自己谈也算谈吗？

那你说算什么？

自己和自己交往吧。

## 看事容易做事难

今天，他起床起晚了，只好在办公室吃早饭。

他用他那短肥的手指磕开一个煮老的鸡蛋。磕开一个鸡蛋容易，在写字台的边沿上轻敲几下就行了。他铺开一张餐巾纸，以便包好破碎的蛋壳。然而，他没想到的是，这个鸡蛋的每块蛋壳都与蛋白紧密得很，紧密得就好像战士们在守卫国土，弄得他不得不对它施行外科手术，一丝不苟地剥着鸡蛋，就像一个钳工一样。他不想轻易地放弃他已买下的每块富有弹性的蛋白，哪怕它紧粘在一小片的蛋壳上。遗憾的是他想的，与他能够做到的，距离实在比较大。在他笨拙的手指下，他手里的那个鸡蛋变得像是布满了环形山的月球，里面的蛋黄隐约可见，现出斑斑点点的暗影。

我看着，笑起来，他抬起头对我说：有时候一件简单的事，做起来却不简单。

我继续地笑着，说：是啊，是啊，真的是，看事容易做事难。


## 想得太多

他总这样胖。他说他永远都会这样胖。即使每天只喝水，他也同样胖。

我说那倒不见得。我说只是还没到他要瘦的那一天。

他问，那是哪一天？我说我也不知道。不过，有一点我知道，没有什么是永远的，美好的时光总是短暂，而这短暂还很像此刻我们脚下的河水，每一刻都在流在变。

生活看上去精彩纷呈，但真相是无物长存。

一切都在慢慢腐烂，一切都在渐渐死去，没有什么能够例外，只是我们不愿面对，不愿去想这一点。

他说对，他同意，但是现在不要想，更不要在此刻想，心里明白就行了。站在河边，他把手搭在我的肩膀上，拍了一拍，对我说：有时候，我觉得你真想得太多了。

好像是这样，我也点点头，表示我同意：有的时候，一个人，情感过于细腻了，就很容易郁郁寡欢，不易得到快乐了。


## 流浪狗

何谓流浪狗？

他说，他看过一本书，说得非常好：流浪狗就是无家可归的狗。

我说我没觉得好。流浪狗既然在流浪，当然也就没有家，而且不会有主人。

他说我打断了他的话，他还没说完。我说那就继续说吧。于是，他又说了下去：

流浪狗通过它们的皮毛感受着各种各样的风。它们所感受的那种风与穿过树丛的那种风当然不是一样的。

我想问他如何知道的，但想了想还是算了，于是，他又继续下去：

它们睡得都很浅，呼吸也很短促。

它们警惕着被人踢，被狗咬，就像它们也时刻准备反击逃窜一样。

一个拥有家的人，或一条被人养的狗，是没有这样的戒备心的。

流浪狗不会相信人也不会相信任何狗。

流浪狗看都不用看就知道谁是有家的人或者谁是无家的狗。

当我们心怀恐惧的时候，它们只是想睡个好觉……

我抬起手，摆了摆，还是打断了他的话。我不忍再听他这样直白地说下去了。

## 独断专行

有人批评他太霸道，做事老爱独断专行，总不尊重他人的意见。

他说只能部分接受。一个人若想做点事，特别是想要做点好事，确实要尊重他人的意见，但更要尊重自己的意见。一个人不尊重自己的意见，又怎会尊重他人的意见？

听他说这话的意思，似乎他的主要问题，不是不尊重他人的意见，而是不尊重自己的意见。

他说，不论尊重谁的意见，主要是要看这个意见正确不正确，有用没有用。事情一旦开始做，那就开弓没有回头箭了。

就不能重新考虑吗？

机不可失，时不再来。

要是万一失败了呢？

失败乃是成功之母。

一失足为千古恨呢？

那恨再大也只那点大！我又不是领导人物，能犯什么大错误？


## 爱护世界

不是我要求高。我觉得人和动物是有区别的。人是有灵魂有克制力的。

难道动物就没有？

这里可是人的世界。

人就不是动物吗？

好吧，就算人是动物吧，但人是群体动物呀！

狼也是，牛也是，马也是，好多的动物都是群体动物。

但人的群体是最大的呀！

他这句话我无法反驳，因为就我们的肉眼所见，人的群体确实最大。于是，他又接着感叹：即便就是再弱的人也是这个世界的强者，他也处于这世界的食物链的最高端。

我说不错，说得很对，但却是废话，人们越是明白这点，也就越是每天忙着如何统治这个世界，而非爱护这个世界。


## 不再珍惜

说到珍惜，他说，尤其是对心爱的东西，那就更要小心翼翼。昨天，他一不小心，就打碎了一个杯盖。打碎了就打碎了，想复原都不行了；即使复了原，那裂缝也在。今天早上，他泡茶时，他的眼前所看到的就是没有杯盖的杯子，那杯盖已碎了，是他不小心摔碎的。

是呀，失去后才懂得珍惜。我至今都记得小时候用过的第一支钢笔，黑黑的、亮亮的。那支笔丢失后，我整整想了它一年。后来，家里又给我买了一支新钢笔，我才移情别恋了。

那时候物质匮乏，什么都很珍贵。

而且越是珍贵的好像越是易丢失，东西也是越高级也就越易破碎，一不小心就会碎，所以要特别小心，不说拿它时要戴白手套，动作稍微慢一点总是你要记住的。

好在我用的，都也还耐用，都是傻大黑粗的，不用戴什么白手套。我交往的人也是差不多，男的像是贵州山民，女的像是东北大妞。我们的友情也很耐久，都是多年的朋友了。大家在一起不用太小心，讲话也是直来直去，偶尔得罪了也没有关系，谁也不会计较的。

你所说的这种友谊是计划经济时代的产物。那时，大家都差不多，有竞争也不激烈，嫉妒心也不太强。友谊最怕的就是嫉妒了。

唉，看来我这人是要被淘汰了，什么都恋旧，什么都守旧。

我也一样呀！你看现在的好多人，什么都不珍惜的，旧的不去，新的不来！

这是物质丰富了啊。所以，现在，到处都是丢弃的垃圾。情感也一样，前男友、前女友，前夫、前妻，到处都有，走错路也碰得到。


## 行道树

又开始挖行道树了，不知又要做什么，总是这样的栽了挖，挖了栽。他说树真可怜，看着人来挖它了，却没有脚可以逃跑，只能等着人来挖，伸着脑壳让人砍。

做了一棵树，当然就只能任人栽任人挖任人乱砍了。就是猪牛羊，眼看要挨刀，也跑不成呀！谁叫这个世界上，还有人在呢，人为万物之首呀！

我们这个城市的树，来来回回地不知变换了多少回了。我最留恋的是我小时候那些人行道上的树，比如梧桐三姐妹：中国梧桐、法国梧桐和泡桐。中国梧桐是一种非常古老的树种了，传说凤凰非它不栖，由此你就可以想见它的高大优美了。那时的街边都种这种树。每到秋天，树上面就会落下一片片的小船一样的果瓣，上面还附有圆圆的果实，孩子们捡来炒了吃，每一粒都很香。泡桐树则木质疏松，长得快，以前父亲在院子里就种过一株，两三年就长成大树，浓荫遮盖了半个院子，春天它还会开出喇叭状的大白花。三姐妹中最年轻的就是法国梧桐了，那是从国外引进的最有名气的行道树，树皮年年都更新，光滑又洁净。以前，街道窄，街两边的法国梧桐往中间长拢，就成了林荫道，是遮阴遮雨的天然屏障。后来，随着城市改造，就只剩下几条小街还有这种林荫道了，偶尔去走走，感觉真好啊。至于泡桐和中国梧桐，现在已很难见到了。

你就是爱怀旧！

我见证了这个城市几十年的变迁啊。那个昔日的老城已经完全不见了，已经变成统一的"现代化的大都市"了，而且还在变，越变越迅速，越发地面目全非了，连我都不认识它了。

是啊，现在的行道树，品种也变了。经历了各种替换以后，现在已经有了"市树"，也就是香樟树。

樟树虽然好，但全是樟树就不太好了，就显得有点单调了。

单调就单调一点吧，总比老是栽了挖，然后又再栽的好。


## 一口气

说到过去的某个时候，他说：那个时候，你说话，用不属于你的嘴。你看人，用不属于你的眼。你走路，用不属于你的腿。

那还有什么可说的？

还有一颗心！

那心恐怕也一样，也早不是自己的了。

那是谁的呢？

这我就不知道了。我只是觉得人都变成那样了，那生命恐怕也差不多了。

你说，生命是什么？

是什么？

空气！生命是由空气组成，只是一种气息而已。我们活着，仅仅就凭一口气。呼吸，然后，有朝一日，机器停住了，呼吸也就结束了。

## 滔滔不绝

不知你注意到了没有，几乎所有的公务员都是——年纪越大，头发越黑。

我说，这还用注意吗？

鸽子在我们头上飞着，一圈一圈又一圈，一圈一圈又一圈，他说他的心也像鸽子飞。

我说不是家鸽子的，只是一只野鸽子的。

他说好，说得好，就是一只野鸽子的。

他又问，这城市到底是个什么地方？

我说是人生活的地方。

他说NO，是人集中生活的地方。

我说NO，是人大规模集中生活而且越扩越大的地方。

他说好，说得好，说我总比他说得好。

我说你要是这样说，那我就懒得跟你说了，我还是保持沉默好了。

他说我和他沉默的时候，或者一动不动的时候，我们就不是活的了。

滔滔不绝就活着了？我不同意他的话。


## 现实的心结

他说他身上有着两个我。

我说我知道，一个内在的，一个外在的。接着，我还补充道：有时候，那个内在的我变成了那个外在的我。有时候，那个外在的我变成了这个内在的我。

他说我真了解他。他说：你是个现实主义者。

不，你错了！我否定。我说：我是个想改变现实的人。

所以，你活得不轻松了。他笑道：其实呀，我才是现实主义者，而且，任何时候都是。任何时候都现实并非那么容易的哟，但是我做到了！

真的吗？我质疑。我说他还不是富翁。我知道他想当富翁。

他苦笑：看样子，这辈子当不成富翁了。

当富翁有什么好呢？我听说不少的富翁们并不觉得自己幸福。

富也有富的难处吧。

不过，即便就是如此，人还是想先富起来。

这就是现实的心结了，剪不断，理还乱。


## 喜欢日常

明天我们做什么？他问。

后天我们做什么？我问，而且继续问：还有大后天，还有大大大后天，我们做什么？一直到死，做什么？

你应该喝酒！

为什么？

酒是好东西。酒可以让你超越日常，让你看到日常生活是多么的平庸呀！

你为什么会觉得日常生活就平庸呢？我问他。

我为什么要远离你所鄙视的小幸福呢？继续问。

有的人活着是为什么而活着。有的人死去是为什么而死去。有的人则不然，既不为什么而活着也不为什么而死去。活着，就是这样活着，直到最后终于死去。

他笑着，看着我，不停地摇着头。

这有什么不好呢？我又问。为了什么才好吗？我继续问。日常生活也有它普通淳朴的魅力的。我特别地对他指出。

我说我就是这样的人，喜欢日常生活的人。


## 哪怕一次

真想随心所欲呀！能随心所欲多好呀！他感叹地对我说。

我说这是美好的幻想，总有人会限制你，总有力量阻拦你。

是啊，他说，无论做好事，还是做坏事，就连死亡这样的事，也由不得你自己呀！

也许只有在内心世界，或者我们的想象之中，或者我们的睡梦里，我们才能随心所欲？

哪怕一次也好呀！他继续地感叹着，就像一个年轻人。

于是，我认真地对他说：我现在，不但不想随心所欲，而且越来越不想再有任何变化了。我不想再登上一列火车，或者一架什么飞机，不想到其他的地方去旅游。我希望过一种一成不变的生活，每天的时间表也一成不变。我只想能住在一套自己的房子里，房子不大也不小，家具全是永恒牌。一切都那么井井有条，所有都那么安安稳稳，全部都那么规规矩矩，不喧不闹，风平浪静。

你怎么会这样呢？他惊呼。

我说我也不知道，但我真的这样想。与此同时我还想——但是没像他那样惊呼：你为什么会这样呢？为何随着岁月的流逝，你竟一点没有改变？在你那个内心深处，那些希望，那些欲望，那些活力和梦想，以及诸如此类的愚蠢，为何一点不曾消失，而且一直保留至今？


## 假想敌

我问他有没有敌人，他数了又数，数个没完。

又问他有没有朋友，他说那就不用数了，都是过去和曾经的了。

我说，我呢？不是你的朋友吗？

他说：唉，你就不用说了嘛！

我说他活得真是惨，这么多敌人，那不是睡觉都要全副武装了？

他说他皆敬而远之！

那也防不胜防啊。我真有点为他担心。我说，作为他的朋友，他现在已剩下的，或者说是唯一的，还能算得上的朋友，我劝他一句：你所说的那些敌人可能都是假想敌吧？都是你单方面认为的吧？身处这个和平时代，一个人要成为敌人，也不是那么容易的。

我性格不好，不怪别人，我看不得那些苟且的小人！

你的性格我当然知道，桀骜不驯，易得罪人，又清高，眼睛里面揉不得沙子，而且还要说出来，别人望了你就怕。不过，即便就是这样，人家也没到坏的级别，也没到敌人的级别吧。人皆有欲，这是实情，你自己也有呀，为何不能理解别人呢？

他们总是下意识地有意无意地暗算我！看到我失败，他们就高兴！

唉，你这是反应过度了。职场竞争，哪里都有，成功的人总是少数，失败也莫看得太重。再怎么样，这职场，也只是人生的一部分。

我要是能像你这么样的清心寡欲那就万事大吉了。

经历多了，看淡了。欲望淡一点就好了，也不需要清到寡呀！


## 且说三分话

说到对于人生的觉悟，他说他觉悟得太迟了。那些仔细思考的日子，那些畅谈理想的日子，那些想改变天下的日子，都已经过去了，一眨眼就过去了。他现在甚至都难以相信他曾经有过那样的日子了。

我说是。我说有点好笑的是我们现在有时还说：三十而立，四十而不惑，五十知天命……谁又知道天命呢？我们早就该闭嘴了。

　　他还说：只有当他不在了，我才能够感到他，感到他的曾经存在，失即得。

　　也许吧。也许真是这样吧。试想很久很久以后，他真不存在的时候，而我又还活着的时候，我对他是什么感觉，要说真还说不出来。我只能说：他真聪明。他把我都看透了。而我就是这样的人，很少把别人放在眼里，心里那就更别说了。

　　但——我——真的是这样吗？我又想为自己辩护，如果我真的就是这样，那我写下这些文字又说明了什么呢？

　　也许什么都没说明。我做不到像他那样，想到什么都对我说。我的心里一直认为：有些话可以说，有些话不能说，说话也是要看人的，要看时间和地点，也要因时因地因人而异。所以，我的话对于他，有些话是说了，有些话却没有说。

　　对人且说三分话，未可全抛一片心。父母是这样叮嘱我的。

# 结尾的话


他问：问和答有什么差别？

我说应该差不多吧。

他说：错！不是差不多，就是一回事！

想想，也是，他说得对，还真的是一回事。很多时候，当你提出一个什么问题的时候，那情形也就离那个答案不远了。

在他看来，有些问题虽然永远找不到答案，但如果能提出问题就是一件好事了。真正的快乐与意义不在别的什么地方，就在我们找不到的或许也不想找到的地方。但是，无论求索答案，还是享受追寻的过程，这其间的重要性都不亚于那个目标。我们活着需要提问就像本身需要太阳需要水需要空气一样重要。

他的生活中有好多问题，彻头彻尾，都是问题，他是一个问题人。

对于他来说，若没了问题，就像少了烟，就难过一样。

他贪婪地点了一根烟，问我：抽不抽？

我的回答是不抽。我说我又在戒烟了。

他又狠狠地吸了一口，让烟留在了肺里。

他说烟能消除伤痛，猛吸一口你都会忘掉如何哭泣呢！

我说这是他的身体正忙着对付他这口烟的尼古丁！

# 香雪文丛书目

刘世芬《毛姆VS康德：两杯烈酒》　　　　　　　定价：62.00元

夏　宇《玫瑰余香录》　　　　　　　　　　　　定价：68.00元

汪兆骞《诗说燕京》　　　　　　　　　　　　　定价：68.00元

方韶毅《一生怀抱几人同——民国学人生平考索》　定价：66.00元

王　晖《箸代笔》　　　　　　　　　　　　　　定价：68.00元

周　实《有些话语好像云朵》　　　　　　　　　定价：58.00元

// 集木工作室

投 稿 邮 箱：jimugongzuoshi@163.com

微信公众号：集木做书

 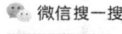